Missing Dixie

CAISEY QUINN

MISSING DIXIE

SÉRIE

NEONDREAMS

TOME 3

ROMAN

Traduction de l'américain par
TYPHAINE DUCELLIER

&H

Titre original :

MISSING DIXIE

&H® est une marque déposée par Harlequin

HARLEQUIN
83-85, boulevard Vincent Auriol, 75646 PARIS CEDEX 13.
Service Lectrices — Tél. : 01 45 82 47 47

www.harlequin.fr

ISBN 978-2-2803-4868-3 — ISSN 2271-0256

Pour toi, parce que tu m'as brisée en mille morceaux, que tu m'as ensuite forcée à recoller. J'aurais été prête à tout te donner, mais je ne sacrifierai mes rêves pour personne.

« Au bout du compte, nous ne sommes que des êtres humains… enivrés par l'idée que seul l'amour et rien d'autre est capable de guérir notre dénuement. »

F. SCOTT FITZGERALD

Prologue

Gavin

— Une Michelob Light, deux Jack Daniel's-Coca, un bourbon on the rocks et un Sex on the beach, me crie Kimberly par-dessus le comptoir bondé.

— J'te fais ça tout de suite !

Pendant que je prépare la commande, je ne peux pas m'empêcher de me demander quel genre de bande d'amis commande des boissons aussi différentes les unes des autres. C'est un nombre impair, donc, a priori, ce n'est pas un double rencard.

Une fois que son plateau est prêt, Kim retourne en salle, et je sers quelques habitués installés au bar. Le groupe qui se produit ici ce soir annonce qu'il fait une pause mais, heureusement, le bruit des conversations meuble le silence.

J'ai toujours détesté ça, le silence. C'est pour ça que je joue de la batterie : c'est l'instrument le plus bruyant que j'aie trouvé et ça m'empêche de m'entendre penser.

A un moment, le brouhaha des conversations diminue et c'est là que je l'entends.

Quelqu'un est en train de jouer sur le vieux Wurlitzer abandonné dans un coin, au fond de la Taverne. Mais ce n'est pas à cause des notes de piano que je me fige. C'est la façon dont c'est joué — à la fois sans effort et à la perfection — qui m'interpelle. Une combinaison dont seule une personne est capable, parmi tous les musiciens que je connais.

En regardant vers l'endroit d'où provient la mélodie, je me rends compte que je ne suis pas le seul à être envoûté. Une partie des clients se dirige vers le fond du bar pour mieux entendre. Cal va me tuer (c'est mon patron, un type à la figure toujours rouge écarlate), mais il faut que j'aille voir par moi-même. Il faut que je sache si c'est elle. Au moment où je contourne le bar, une voix de femme appelle mon nom.

Je tourne la tête et me retrouve nez à nez avec une paire d'yeux verts brillants, qui me scrutent sous un carré blond coupé à la perfection.

Ashley Weisman se tient juste devant moi et sa chemise oxford est beaucoup trop déboutonnée pour qu'elle soit là pour des raisons strictement professionnelles.

— Tu ne réponds pas au téléphone.

— J'ai eu pas mal de trucs à faire.

— Tu ne peux pas m'ignorer éternellement. Je suis ton avocate.

Je soupire et je l'attrape doucement par le bras pour la pousser vers la sortie. Mais elle est fermement campée sur ses talons aiguilles et ses lèvres rouges font la moue tandis qu'elle me fusille du regard.

— Tu es drôlement pressé, Gavin. Tu ne vas même pas me demander si je veux un verre ? Quel genre de barman es-tu ?

— Le genre qui n'a pas le temps. Je t'appelle demain.

— Je vais prendre quelque chose à boire, d'abord.

Elle fait un pas de côté pour échapper à ma prise et elle va se percher sur un tabouret au comptoir, en ignorant royalement mon air contrarié.

La musique continue à se répandre autour de nous. Il faut absolument que je sache qui est assis à ce foutu piano, mais je serre les poings et j'attends qu'elle daigne me dire ce qu'elle veut.

Je ne peux pas l'expliquer mais, au plus profond de mon âme (enfin, si j'en ai une), je sais pertinemment qui est en train de jouer du piano. J'ignore ce qui l'amène, j'ignore si elle sait que je travaille ici, et j'ignore si elle a envie de me voir. Ce que je sais, par contre, c'est qu'elle ne doit surtout pas croiser Ashley. Pas encore. Pas avant que j'aie pu tout lui expliquer.

— Je vais prendre un Orgasme, s'il te plaît.

Les yeux d'Ashley brillent d'une lueur d'intérêt, mais je ne lui offre qu'un regard blasé en retour.

— Ou plutôt, j'en prendrai plusieurs.

Je réprime à peine un énorme soupir tandis que j'attrape les bouteilles de Baileys, de Kahlúa et de vodka. Une fois que son cocktail est prêt, je pose le verre bruyamment devant elle.

— Cadeau de la maison. Ne te sens pas obligée de le boire au comptoir.

— C'est bien la première fois que tu as l'air aussi pressé de te débarrasser de moi. Tu as un rencard, ou quoi ?

Sans pouvoir m'en empêcher, je tourne la tête vers le piano. La mélodie accélère et les battements de mon cœur en font autant. Les notes m'appellent, comme le ferait le chant d'une sirène, et je ne sais pas si je vais encore tenir très longtemps avant de foncer vers le fond du bar.

— La pianiste ? Je l'ai vue en arrivant. Elle est jolie.

— Tu as terminé ?

— Oh… je crois que j'ai compris, dit-elle en m'observant attentivement. C'est elle, c'est ça ? La fille pour qui tu tiens absolument à mettre de l'ordre dans ta vie ?

— Je dois mettre de l'ordre dans ma vie dans tous les cas, et tu le sais. Alors qu'est-ce que tu dirais de m'aider au lieu de me causer encore plus de problèmes ?

Elle fronce les sourcils, comme si je venais de l'insulter.

— Je ne vois pas en quoi je te cause des problèmes. Je suis curieuse, c'est tout. Ce n'est pas un crime, que je sache.

Je ferme les yeux, j'inspire profondément par le nez et j'expire par la bouche, comme on me l'a appris pendant les réunions.

— Tu sais ce qu'on dit à propos de la curiosité.

En voyant Cal qui passe près du bar, je lui crie que je prends ma pause. Sans attendre sa réponse ni sa permission, je quitte le comptoir et je traverse la marée humaine qui me sépare de la fille assise au piano.

Il fait sombre ce soir et le groupe de femmes qui l'entourent me bouche un peu la vue, mais je parviens quand même à l'apercevoir.

Elle ne joue pas de la musique et elle ne l'interprète pas non plus. Elle *est* la musique. La musique prend corps sous ses doigts. Elle joue comme si sa vie en dépendait, et je ne peux que l'admirer, fasciné par ce spectacle incroyable.

C'est bien elle. J'en étais sûr.

Un énorme nœud se forme dans mon estomac et ma gorge se serre.

Elle ne devrait pas être ici.

Moi non plus, je ne devrais pas être ici.

Si elle me voit, ça va lui faire du mal, et je donnerais tout pour empêcher ça.

Avant même que je puisse réfléchir à ce que je pourrais lui dire, aux mots qui atténueraient un peu sa souffrance, la musique s'arrête, et elle pivote sur le tabouret comme si elle pouvait sentir ma présence. Un tonnerre d'applaudissements retentit autour de nous, mais c'est à peine si je les entends.

Son regard s'assombrit et une flamme à l'éclat inquiétant s'allume dans ses yeux. Il n'y a pas de mots pour décrire l'émotion qui passe sur son visage. C'est un mélange de choc, de trahison, et surtout de douleur insurmontable.

Je serre les dents et je me force à soutenir son regard, même si je préférerais baisser les yeux pour ne pas voir à quel point elle a mal.

— On peut demander le morceau qu'on veut ? s'enquiert Ashley derrière moi.

Dixie Leigh Lark hausse les sourcils, puis elle me lance un regard de pur dégoût avant de répondre :

— Pas ce soir.

— Dommage, dit Ashley en haussant les épaules.

Dixie repousse bruyamment le tabouret du piano et, une seconde plus tard, elle est face à moi. Si elle avait des mitraillettes à la place des yeux, je serais déjà en train de rendre mon dernier souffle.

— Salut… Je pensais que tu étais peut-être repartie à Houston. Enfin, j'avais espéré que…

— Va te faire foutre, Gavin.

Les mots sortent de sa jolie bouche avec une telle rage que je recule d'un pas.

Là-dessus, elle sort du bar en trombe, et je sens plusieurs regards assassins se poser sur moi.

— Eh bien, on peut dire qu'elle démarre au quart de tour, dit Ashley avant de finir son verre d'un trait.

Si elle savait…

Je suis vraiment dans la merde.

1

Dixie

Trois mois plus tard

— Saloperie !

Le morceau de métal est à peine entré dans ma chair que je sens les larmes me monter aux yeux.

— Merde, Dixie, ça va ?

La tête de Jaggerd McKinley émerge de sous le capot de la Mustang Fastback 1968 qu'il est en train de réparer, et il manque de se fracasser le crâne en se relevant.

Une fraction de seconde plus tard, il me rejoint, après avoir attrapé un chiffon propre sur une étagère au passage.

— Ne bouge pas, m'ordonne-t-il.

Il presse le tissu sur ma hanche pour empêcher le sang de couler, et je baisse un peu mon jean pour lui faciliter la tâche. La plaie n'est pas très étendue mais elle me fait affreusement mal et j'ai l'impression qu'elle est profonde.

Je hoche la tête en direction de la bâche d'où dépasse le bout de ferraille tordu.

— Qu'est-ce que c'était que ce truc ?

— Rien du tout, grommelle-t-il.

— Un rien du tout qui fait un mal de chien, en tout cas.

J'écarte doucement sa main pour jeter un œil à ma plaie et je le regrette aussitôt. Depuis le temps, je devrais pourtant savoir que je suis incapable de supporter la vue de mon propre sang.

Ma vision se trouble et je me sens pâlir.

— Toujours aussi délicate, à ce que je vois, dit Jaggerd en riant.

Son souffle me chatouille la joue et je réalise soudain à quel point on est proches.

— On dirait bien.

Lorsqu'il appuie à nouveau sur ma blessure, je retiens un cri de douleur et mes jambes se dérobent sous moi.

— Ouh là, doucement, ma belle.

Il resserre son étreinte et m'aide à m'adosser contre la portière passager de la Mustang.

— Respire profondément.

— Je vais bien, je t'assure. Je suis fatiguée, c'est tout. La semaine a été longue.

— J'ai entendu dire que Dallas était de retour. Je suis content qu'il aille bien.

Je hoche la tête. J'avais prévu de rester fâchée à mort avec mon frère pour le punir d'avoir « oublié » de me prévenir que Gavin n'était pas parti avec lui en tournée, mais il a eu la grande idée d'être porté disparu pendant presque deux jours et de me ficher la trouille de ma vie. Alors j'ai bien dû me résoudre à lui pardonner.

— Moi aussi. Le mariage a lieu ce week-end.

Jag détourne le regard et s'essuie les mains sur son jean.

— Il y a des gens pour qui ça marche, apparemment.

Le mélange d'émotions contenu dans sa phrase me vrille l'estomac.

— Il faut croire que oui.

Je suis si contente pour Dallas et Robyn, et tellement impatiente de tenir mon futur neveu dans mes bras. La tristesse qui pèse sur mes épaules ces derniers temps s'allège un peu à chaque fois que je pense à leur mariage. Je suis sûre que ce sera parfait. Enfin, à l'exception du fait que je vais me retrouver en présence de Gavin. Même si je suis impatiente, je ne peux pas m'empêcher de penser aux sourires et aux rires forcés que je devrai offrir à tout le monde, alors qu'en réalité je serai dévastée.

Après des mois sans le voir, je vais être dans la même pièce que Gavin Garrison, et il faut que ce soit le jour du mariage de mon frère. C'est un peu comme recevoir la pire nouvelle de sa vie pendant la journée la plus belle et la plus ensoleillée de toute l'année.

J'ai l'impression de suivre un nuage qui ne cesse de grandir et menace de se transformer en tempête. Mais je ne laisserai pas l'orage éclater. Parce que je ne peux pas gâcher la joie de tout le monde en détruisant tout sur mon passage.

« Attends-moi, Bluebird. »

Ce sont les derniers mots que Gavin m'a dits avant de

partir. Visiblement, j'aurais dû demander des précisions quant à la durée de l'attente. J'ai cru qu'il voulait que je l'attende jusqu'à ce qu'il revienne de sa tournée avec Dallas. Sauf qu'il n'y a pas participé et que je l'ai appris en tombant sur lui par hasard. Charmant.

En tout et pour tout, j'ai eu l'honneur de croiser Gavin Garrison deux fois au cours des trois derniers mois. Une fois au bar où il semble travailler, et une autre quand mon frère a été porté disparu et qu'il est passé prendre de mes nouvelles. Comme s'il en avait quelque chose à faire… Il n'est même pas entré dans la maison : il est resté sous le porche, comme un étranger.

Je sens la colère monter en moi, comme à chaque fois que je repense à notre rencontre à la Taverne. Et à cette femme qui lui caressait le bras de sa main impeccablement manucurée.

La voix de Jaggerd me tire de mes pensées.

— Tu es sûre que ça va ?

Je déglutis péniblement et il recule d'un pas.

— Oui.

— Tu as été vaccinée contre le tétanos ?

Je réfléchis un instant, prise d'un doute.

— Je suis presque sûre d'avoir fait le vaccin quand j'étais petite. Dallas et Gavin avaient accepté que je les accompagne au cimetière de voitures pour chercher un rétroviseur pour le pick-up de Dallas, et je m'étais entaillé la main sur un morceau de tôle rouillée.

Jaggerd marmonne quelque chose entre ses dents sans me regarder.

— Qu'est-ce que t'as dit ?

Quand il lève la tête vers moi, une expression indéchiffrable passe dans son regard, mais il la fait disparaître aussitôt d'un battement de cils.

— J'ai demandé si tu avais ne serait-ce qu'un souvenir sans lui.

Il y a une note de défi dans sa voix. Comme s'il connaissait déjà la réponse et qu'il me testait pour voir si j'allais nier la vérité.

Son attitude de macho possessif, sa pseudo-jalousie, tout ça me tape sur les nerfs. J'ai déjà eu ma dose et j'en ai assez à présent. Pendant longtemps, j'ai laissé Dallas et Gavin (et même Jaggerd pendant l'année qu'a duré notre relation) décider de ma vie, de mes sentiments et de mon humeur, mais c'est moi qui décide maintenant. Peut-être que ce sont les quelques mois passés seule sur la route qui m'ont aidée à grandir… ou le fait d'avoir le cœur brisé à mon retour. En tout cas, il s'avère que je suis parfaitement capable de prendre mes propres décisions, et l'une d'entre elles consiste à ne plus me laisser marcher sur les pieds. Et Jaggerd est sur le point de le découvrir.

— Et si tu prenais ton courage à deux mains et que tu crachais le morceau, McKinley ? Fais-nous gagner du temps, parce que je t'avouerais que je n'ai vraiment pas le courage de déchiffrer tes sous-entendus.

Il écarquille les yeux, surpris, avant de me sourire.

— Désolé. C'est dur de se débarrasser des vieilles habitudes.

Je fronce les sourcils. De quoi il parle, à la fin ?

— C'est-à-dire ?

— C'est-à-dire que j'ai toujours eu l'impression d'être la cinquième roue du carrosse. La musique est ton premier amour, Gavin Garrison le deuxième, et moi… Moi, j'étais le lot de consolation, celui avec qui tu as passé le temps jusqu'à ce que Gavin se rende compte de ce qu'il avait sous le nez.

— Jag, je…

— Ne te fatigue pas, Dixie. Je ne suis peut-être qu'un simple mécanicien mais je ne suis pas stupide et je te connais. Ça se voit comme le nez au milieu de la figure quand tu mens.

Malheureusement, ce n'est pas la première fois que j'entends ça.

— Tu n'as jamais été un « lot de consolation ».

C'est la vérité. Jaggerd McKinley est réellement adorable, même s'il peut avoir l'air un peu brut de décoffrage au premier abord. C'est avec lui que j'ai perdu ma virginité et il a été très doux et très attentionné. Certes, il ne faisait pas battre mon cœur à toute vitesse et sa simple présence ne m'électrisait pas comme celle d'un certain batteur de ma connaissance, mais c'est un type bien et j'ai beaucoup tenu à lui.

— Ah bon ? Et qu'est-ce que j'étais, alors ?

Je me creuse la tête pour trouver une réponse honnête sans toutefois lui faire de peine.

— Un garçon adorable qui m'a traitée avec respect, et tu es toujours mon ami. Et pour être honnête, j'ai bien besoin d'un ami ces temps-ci.

— Jaggerd-le-bon-vieux-copain. J'en ai de la chance.

Un long silence s'installe entre nous et j'en profite pour l'observer. Ses cheveux châtains ont toujours l'air d'avoir besoin d'une coupe, comme sa barbe, qui a toujours l'air d'avoir besoin d'être taillée. Il a de beaux yeux noisette qui prennent la couleur du whisky au soleil, la peau douce et une bouche charnue qu'un tas de femmes seraient ravies d'embrasser, s'il daignait leur prêter attention… C'est un type vraiment séduisant… simplement, il n'est pas *mon* type.

— Qu'est-ce que tu veux que je te dise ?

Ses épaules s'affaissent et il retire le chiffon de ma hanche.

— Rien, admet-il. C'est comme ça, c'est tout.

Ses yeux s'attardent un instant sur ma peau dénudée, et il hausse les épaules.

— Ça devrait aller mais, si j'étais toi, j'irais nettoyer ça. Regarde dans l'armoire à pharmacie de la salle de bains, il doit y avoir de la crème antibiotique. Ce serait dommage que ça s'infecte juste avant le mariage de ton frère.

Sa remarque me rappelle la raison de ma venue.

— Justement, en parlant du mariage…

Je mordille nerveusement ma lèvre inférieure et je le regarde avec insistance.

— Tu n'es pas sérieuse ? dit-il en haussant les sourcils.

Il a raison quand il dit qu'il me connaît. Je n'ai même pas besoin de poser la question pour qu'il comprenne ce que j'ai à lui demander.

— Je n'ai pas envie d'y aller toute seule.

— Pourquoi ? Parce qu'il y sera ?

— Non seulement il y sera, mais quelque chose me dit qu'il sera accompagné.

Jaggerd me scrute pendant une éternité, comme si j'étais une machine bizarre dont il ne comprenait pas le fonctionnement, puis il pousse un soupir.

— J'accepte de venir avec toi au mariage à une condition.

— Je t'écoute.

— On y va ensemble, mais chacun a le droit de repartir avec quelqu'un d'autre.

— Tu veux dire qu'on ferait équipe ?

Je ne peux pas m'empêcher de rire à cette idée.

— On peut dire ça, approuva-t-il en me donnant un petit coup de coude dans les côtes. Même si je te parie que c'est encore moi qui vais finir tout seul.

Il sourit, mais son sourire est forcé et il y a une lueur de déception dans ses yeux.

Je lui dis doucement :

— Jag. S'il te plaît, ne…

— Ça va, m'interrompt-il en levant les mains. Promets-moi juste de faire attention, d'accord ? Garrison est un mec à problèmes et, si tu veux mon avis, il ne sera jamais assez bien pour toi. Mais j'arrête de me mêler de tes affaires.

Il fit un signe de la tête en direction de ma hanche.

— Par contre, tu vas me faire le plaisir d'aller nettoyer ça tout de suite, s'il te plaît.

— J'y vais.

Je balance le bout de tissu ensanglanté sur une pile de chiffons sales et je me dirige vers la salle de bains.

Pendant que je nettoie ma blessure en essayant de ne

pas tomber dans les pommes, je repense à ce qu'il a dit. Pourquoi les gens répètent-ils toujours qu'on est trop bien pour la personne qu'on ne peut pas avoir ? Je ne me suis jamais considérée comme étant supérieure à Gavin, ni à qui que ce soit d'autre d'ailleurs. On est tous faits pareil. Simplement, on n'a pas tous les mêmes cartes en main. Gavin a reçu une donne plutôt merdique et on ne peut pas dire que ce soit beaucoup mieux de mon côté mais, d'une certaine façon, quand on est ensemble, rien de tout ça n'a d'importance.

On a toujours formé une famille, Dallas, Gavin et moi. Sauf que maintenant que Dallas a Robyn et un bébé en route, il a sa propre famille. Tandis que, de mon côté, j'ai juste l'impression… d'exister. La dernière fois que je me suis réellement sentie vivante, c'était quand j'étais avec Gavin. Dans ses bras, je me sentais enfin à ma place. Mais comme souvent avec le bonheur, cet état de grâce a été de courte durée.

Peut-être que je suis un peu trop susceptible, mais peut-être pas. Il était là, au bout de ma rue, et il n'a même pas pris la peine de m'appeler. Après tout ce qu'on a traversé au cours des années, ce serait trop lui demander de m'appeler ? Ou de m'envoyer juste un message ?

Salut, Bluebird. Tu te rappelles, quand je t'ai dit de m'attendre ? Laisse tomber, en fait. Je suis rentré mais je n'ai pas la moindre envie de te voir. Prends soin de toi !

Ce n'est pas compliqué quand même, si ? C'est seulement après que je suis tombée sur lui par hasard dans un bar avec une espèce de blonde qu'il a commencé à m'appeler et à m'envoyer des messages en me demandant de lui donner une chance de s'expliquer.

Trop tard, monsieur le batteur.

Enfin… à vrai dire, j'aurais sûrement fini par céder. Mais on n'en saura jamais rien car, après quelques jours, les appels et les textos ont cessé.

J'ai analysé chaque moment qu'on a passé ensemble à Austin dans les moindres détails. J'ai relu tous les messages qu'il m'a envoyés depuis, jusqu'à l'obsession. Malgré ça, je ne suis toujours pas parvenue à une conclusion concernant les motivations et les intentions de Gavin Garrison.

Papy disait toujours que vivre, c'est comme conduire une voiture. Même s'il faut regarder derrière soi de temps en temps, c'est bien plus important de regarder là où on va que de faire une fixation sur là où on était. Alors je suis bien décidée à ne plus être cette fille, celle qui détermine sa valeur d'après la capacité d'un mec à la remarquer ou non.

Je lève la tête et j'observe mon reflet dans le miroir.

Gavin Garrison est bien plus qu'un type que j'aime bien. Plus qu'une obsession ou qu'une addiction. Dans mon cœur, il est mon passé, mon présent *et* mon avenir. Sauf que je ne sais pas s'il veut l'être. Ni si j'ai encore l'envie de me mettre à nu pour lui demander s'il le souhaite.

J'ai perdu beaucoup de temps focalisée sur le passé et sur ma tristesse. Mais quand j'ai arrêté de laisser tout ça me consumer, j'ai fini par me retrouver là où je me retrouve toujours : dans la musique.

Quand j'ai cessé de pleurer et de m'apitoyer sur mon sort, j'ai changé des choses dans ma vie. J'ai trouvé la joie et le bonheur en donnant des cours de piano et de violon à des enfants défavorisés de mon quartier. Ça a eu tellement de succès que j'ai dû créer une entreprise et lui trouver un nom. A présent, Over the Rainbow n'est plus seulement une activité : c'est une passion qui m'a aussi permis de tisser des liens d'amitié avec de nombreux parents d'élèves. Ce n'est peut-être pas la même chose que d'être sur scène, sous le feu des projecteurs, mais ça me plaît tout autant.

S'il y a bien une chose que j'ai apprise à propos des dons, comme celui de savoir jouer d'un instrument, c'est qu'il faut les partager avec le reste du monde, d'une manière ou d'une autre. J'ai aussi appris une leçon inestimable grâce à mes grands-parents, même s'il a fallu que je voyage à travers tout le pays pour la comprendre. Cette leçon, c'est qu'on peut très bien vivre heureux sans réaliser son rêve. Mes grands-parents en sont la preuve. Ils ont eu une vie pleine de joie et d'amour, assez pour réussir à en donner aux deux orphelins qu'ils ont eu à élever. La vie ne se passe pas toujours comme on l'avait prévu et, parfois, des parties de soi se brisent en cours de route. Mais il y a toujours de l'espoir et la possibilité d'utiliser les morceaux cassés pour reconstruire autre chose. Je sais de quoi je parle : mon cœur doit ressembler à une mosaïque, à ce stade.

Debout devant le miroir, je promets à mon reflet de me concentrer sur la musique, de trouver la joie partout où elle se trouve et de ne jamais baisser les bras.

Mais, surtout, je me fais le serment de ne plus jamais déposer mon cœur aux pieds de Gavin Garrison.

Sauf si c'est lui qui dépose le sien à mes pieds en premier.

2

Gavin

Réunion du groupe aujourd'hui. Rendez-vous au local de répète à 16 h 30. Ne sois pas en retard.

C'est tout ce que dit le message de Dallas. C'est plutôt bizarre étant donné que, techniquement, on n'est plus un groupe, mais je suis trop fatigué pour poser des questions, et puis je connais Dallas. S'il n'a rien dit de plus, c'est qu'il estime que ce n'est pas nécessaire.

Son message est la première chose que je vois en consultant mon portable au réveil. On est jeudi après-midi et j'ai encore fait la fermeture du bar hier soir — ce matin plutôt. Ce qui veut dire que même s'il est 15 heures, pour moi, c'est l'heure du petit déjeuner.

Pendant des mois, j'ai passé mes journées et mes nuits à guetter un message comme celui-ci. Une partie de moi attendait ça depuis longtemps. L'occasion de la voir et de lui montrer que même si ce n'est pas encore parfait, je fais de mon mieux pour m'améliorer et devenir le genre d'homme qu'elle mérite. Mais, d'un autre côté, la perspective de me retrouver face à elle me fiche une trouille indescriptible.

Après la séparation non officielle de notre groupe suite au MusicFest d'Austin, Dallas est parti faire une carrière solo, Dixie est retournée à Amarillo et moi, j'ai pris contact avec mon agent de probation pour trouver un moyen de réparer toutes mes erreurs.

Le problème, c'est que ce n'est pas exactement ce que j'ai dit à Dixie. En fait, je lui ai laissé croire que j'étais parti en tournée avec Dallas.

Quand j'ai vu Dixie Lark il y a trois mois, les derniers mots qui sont sortis de sa bouche ressemblaient à tout, sauf à une déclaration d'amour. Après ça, je lui ai laissé des messages vocaux, je lui ai envoyé des textos, je lui ai demandé encore et encore de me laisser une chance de lui expliquer ce qu'elle avait vu, ce que j'avais fait et pourquoi je ne l'avais pas contactée plus tôt. Mais elle ne m'a jamais répondu. Quand Dallas a été porté disparu à Rio, je suis passé chez elle pour prendre de ses nouvelles, mais elle n'a pas semblé ravie de me voir. McKinley était là, alors j'ai décidé de garder mes distances, même si je mourais d'envie de la prendre dans mes bras et de la réconforter. Puis Noël et le nouvel an sont arrivés et, pour la première fois en dix ans, je ne les ai pas passés avec elle et Dallas. Dallas m'a bien invité à passer les fêtes avec lui et Robyn, mais j'ai décidé de travailler à la place. Si l'invitation était venue de Dixie, j'aurais démissionné s'il l'avait fallu pour pouvoir y aller mais, tout ce que j'ai obtenu d'elle, c'est un silence radio absolu.

Le pire, c'est que je ne peux même pas lui en vouloir.

Je pousse un grognement et je m'étire aussi loin que mon dos me le permet, puis je me traîne hors du lit.

En passant à côté de la table de la cuisine, j'aperçois une lettre qui indique que la dernière traite du mobile home a du retard. D'habitude, j'arrive à faire les fonds de tiroirs et à payer à temps mais, dernièrement, j'ai commencé à mettre de l'argent de côté. Ma mère n'est jamais là et je n'ai pas prévu de passer le reste de ma vie dans ce trou, alors je ne vois pas pourquoi je devrais continuer à payer pour ce taudis.

Mon projet de devenir un homme digne de ce nom présente trois composantes majeures. La première, c'est de payer pour toutes mes erreurs passées pour ne plus rien devoir à personne. C'est pour ça que je respecte les consignes de ma liberté surveillée au pied de la lettre. La deuxième consiste à faire des efforts soutenus pour atteindre des buts à long terme. Comme gagner un salaire, continuer à jouer de la musique, vivre une vie normale. Et la troisième, c'est de trouver un moyen d'être complètement honnête avec Dixie.

Bizarrement, c'est avec le troisième point que j'ai le plus de mal.

Après une douche rapide, j'enfile un T-shirt, un jean propre et mes chaussures, sans prendre la peine d'attacher les lacets. En apercevant mon reflet dans la glace, je me dis que me raser ne serait pas du luxe mais, là, je n'ai pas le temps. Si je suis en retard, Dallas ne manquera pas de me faire la leçon et je ne suis vraiment pas d'humeur.

Le local n'est pas très loin mais il commence à pleuvoir, alors je vais à la station essence qui se trouve à quelques pâtés de maisons pour emprunter la voiture de M. Kyung.

M. Kyung fait partie des rares personnes sur cette Terre qui me font confiance.

Quand j'avais neuf ans, il m'a surpris en train de piquer du fromage dans son magasin. Un simple regard lui a suffi pour comprendre que j'étais un gamin crasseux à moitié mort de faim. Il m'a dit qu'il ne me dénoncerait pas à condition que je travaille pour rembourser ce que je lui devais, et que je promette de ne plus jamais rien voler.

J'ai donc commencé à laver les sols, approvisionner les rayons et m'occuper des livraisons dans le voisinage. A chaque fois que je passais la porte de la boutique, sa mère, une dame de soixante-dix ans et quelques, insistait pour me préparer à manger. Avec le recul, je suis presque sûr que c'était sa manière à lui de donner un coup de main à un gamin qui lui faisait de la peine. En tout cas, il le faisait d'une telle façon que je n'ai jamais eu honte, et je lui en suis reconnaissant. Il a toujours dit que, dans sa famille, un homme privé de sa fierté n'avait plus rien. Au moins, grâce à lui, je n'ai jamais perdu le peu de fierté que j'avais.

A l'âge de seize ans, alors que je travaillais toujours à rembourser une dette de cinq dollars vieille de sept ans, M. Kyung a acheté un vieux pick-up Isuzu rouge et il m'a officiellement engagé comme livreur. Enfin, c'était aussi

« officiellement » du travail au noir, mais je n'allais pas chipoter.

D'une certaine façon, ce petit monsieur pas très bavard est comme un père pour moi. Grâce à lui, je n'ai plus jamais rien volé. Depuis que je bosse à la Taverne, je n'ai plus vraiment besoin de travailler pour lui, mais il me laisse toujours emprunter son pick-up et venir manger chez lui de temps en temps. Sans poser de questions. Sa mère est morte il y a quelques années, et sa femme a pris le relais aux fourneaux.

« Ce n'est pas aussi bon que ce que faisait ma mère, m'a-t-il murmuré un jour au-dessus d'une soupe aux raviolis qu'il appelle *manduguk*. Mais si tu arrêtes de venir, ça fera énormément de peine à Lin et je serai obligé de te casser les dents. »

Je ne sais pas si ça blesserait vraiment sa femme ou s'il a peur que je ne mange pas à ma faim mais, en tout cas, je continue à me joindre à eux pour le dîner à l'occasion.

Quand j'entre dans sa boutique, il est au téléphone, en train de parler coréen dans son kit mains libres.

Sans même me saluer, il me lance un trousseau de clés, qui effectue un arc parfait dans les airs avant d'atterrir dans ma main.

Avant de partir, je lui dis par-dessus mon épaule :

— *Komawoyo*. Je serai de retour avant la fermeture.

Je retourne chez moi en pick-up, je charge ma batterie à l'arrière au cas où Dallas aurait autre chose en tête qu'une simple réunion, puis je me mets en route. Situé dans le centre d'Amarillo, le local est un ancien garde-meubles qu'on louait toujours pour y répéter. Sur le trajet, j'écoute ma station de radio rock préférée et j'essaie de me concentrer sur la musique pour ne pas penser à l'anxiété que je ressens à l'approche des retrouvailles avec Dixie.

Ça fonctionne… jusqu'à ce que j'arrive derrière le bâtiment et que je voie qu'Emmylou est garé à côté du 4x4 de Dallas. Autrement dit, elle est déjà là.

Dallas doit être content qu'elle soit à l'heure, pour une fois. Peu importe ce qui le pousse à nous amener ici, ça doit être important, pour qu'il ait décidé d'une réunion le jour de son dîner de répétition de mariage.

Mon adrénaline, ma testostérone, mon rythme cardiaque, tout crève le plafond en même temps lorsque je pousse la porte et que je la vois.

Les jambes croisées, Dixie est assise sur le canapé, l'étui d'Oz à côté d'elle. Visiblement, elle a eu la même idée que moi quant à l'objectif de cette réunion. Dallas se tient debout en face d'elle, mais il n'a pas l'air d'avoir apporté sa guitare avec lui.

J'ai à peine fermé la porte derrière moi qu'il se lance :

— Puisque vous êtes là tous les deux, inutile de perdre du temps. On doit tous être au restaurant dans deux heures, alors je vais aller droit au but. Il y a un tremplin musical à la Taverne dans trois semaines, et j'ai pris l'initiative de nous inscrire avant qu'il n'y ait plus de place.

Il a fait quoi ?

— Je sais, on n'a pas joué ensemble depuis des mois et j'aurais dû vous en parler avant, mais le timing était vraiment serré.

A la façon dont Dixie entrouvre légèrement la bouche, on dirait bien que c'est un scoop pour elle aussi. Dallas lève les mains, comme pour nous empêcher de l'interrompre.

— J'aimerais que Leaving Amarillo retente sa chance. On pourrait reprendre les répétitions dès que je rentre de voyage de noces. Ensuite, on donne un concert pour se chauffer le week-end suivant et on monte sur scène pour le tremplin.

Il marque une pause et nous dévisage chacun notre tour avant de continuer :

— Que ce soit clair : si c'est pour que ça se passe comme au MusicFest, ça n'est pas la peine. Il faut qu'on en ait autant envie tous les trois, qu'on soit tous prêts à donner tout ce qu'on a. Si ce n'est pas le cas, ça ne fait rien. Je proposerai à Afton Tate qu'on compose des chansons ensemble et, si ça ne lui dit rien, je verrai si je peux m'en sortir en écrivant pour les autres. Il ne s'agit plus de vivre mon rêve : je dois subvenir aux besoins de Robyn et de mon fils, parce que je les aime plus que tout. Mais ça s'applique aussi à vous, et c'est pour ça que je ne veux pas que vous acceptiez juste pour me faire plaisir. Si vous dites oui, il faut que ce soit parce que c'est ce que vous voulez vraiment. Parce que c'est votre rêve. Sinon, je retire notre nom de la liste et on n'en parle plus. Le sergent-chef Dallas prend sa retraite, alors je ne vais pas piquer une crise si vous refusez. C'est à vous de voir.

Mes yeux se posent sur Dixie, qui reste aussi immobile qu'une statue. Quand il constate qu'aucun de nous ne répond, Dallas plisse les yeux.

— Bon, si vous…

Je l'interromps si précipitamment que je m'étrangle presque.

— C'est d'accord. Je te suis.

J'attends ce moment depuis que j'ai vu le flyer au bar. Qu'on soit bien d'accord, je n'ai jamais souhaité que la carrière solo de Dallas capote, mais ce groupe est la seule chose qui ait jamais compté à mes yeux. Alors je mentirais si je disais que je n'avais pas envie d'en refaire partie. Et j'en ai marre de mentir, aussi bien à eux qu'à moi-même.

Ma réponse est accueillie par un silence de plomb. Il ne tarde pas à devenir tellement palpable que c'est comme s'il y avait une autre personne avec nous dans la pièce.

— Dix, dit enfin Dallas à voix basse. Je sais que l'année a été difficile et que tu as dû affronter beaucoup de choses. Si tu n'as pas le courage de te lancer là-dedans, je t'assure que je comprendrai. Je te soutiendrai quoi que tu décides.

Elle se lève sans un mot et, tout d'un coup, j'ai l'impression que mon cœur pèse une tonne dans ma poitrine. Elle attrape son étui et je suis convaincu qu'elle va dire que ça ne l'intéresse pas. Le groupe, moi. Ça ne l'intéresse plus. Et c'est à cause de tout le mal que je lui ai fait.

Quand elle se tourne vers moi, je lui offre mon plus beau et encourageant haussement d'épaules dans la catégorie « Qu'est-ce qu'on a à perdre ? », mais elle ne semble même pas me voir. Il y a une volonté de fer dans ses yeux, sauf que je ne sais pas ce qu'elle veut.

Je ne tarde pas à le découvrir : un instant plus tard, elle se dirige vers la porte.

— C'est tout ce que tu avais à nous dire ? demande-t-elle d'une voix douce mais claire en passant devant Dallas.

— Oui. Enfin, j'ai aussi un truc à te demander par rapport au mariage, mais on peut en discuter ce soir au dîner.

Elle fronce les sourcils, et je croise les bras en attendant qu'elle m'achève et brise mon cœur déjà mal en point avec un refus catégorique.

— Je… J'ai besoin de temps… Pour réfléchir à tout ça, dit-elle prudemment. Je te donnerai une réponse à ton retour de lune de miel, si ça te va.

Les épaules de Dallas s'affaissent légèrement. La déception se lit sur son visage, mais je ne peux pas dire qu'il ait l'air surpris par sa réponse.

— Pas de problème. Je comprends. J'aimerais pouvoir te dire de prendre ton temps mais, malheureusement…

Dixie hoche la tête et lui sourit.

— Je sais. Je te répondrai dès que possible. Si tu n'as plus besoin de moi, je vais rentrer à la maison. Il y a un petit garçon qui vient chaque semaine prendre des cours mais je n'ai pas encore rencontré ses parents, alors j'aimerais bien les voir quand ils le déposent. Et puis je dois encore me préparer pour le dîner.

Dallas la serre brièvement dans ses bras et, l'instant d'après, elle est partie. Des cours ? Quels cours ?

— Alors comme ça, tu n'as même pas droit à un au revoir ? J'ai connu plus chaleureux comme ambiance.

Je ne réponds pas. Je me contente de m'appuyer contre le dossier du canapé et je me prends la tête dans les mains.

Il doit bien y avoir un moyen de lui expliquer. J'ai juste à trouver lequel…

— Elle va se calmer, dit Dallas. Enfin, j'espère pour toi, histoire que tu puisses au moins lui parler.

— Ce n'est pas seulement pour moi que je m'inquiète. Il y a le groupe, aussi. Tu crois vraiment qu'elle peut laisser derrière elle tout ce qui s'est passé et me pardonner ?

— Je pense que oui.

Je sais qu'il essaye de me remonter le moral mais je suis complètement découragé.

— J'espère. Au fait, tu as réservé le local pour combien de temps ?

— Il reste trois quarts d'heure, répond-il après avoir consulté son portable. Tu vas jouer encore un peu ?

Je hoche la tête. Ça ne me fera pas de mal de relâcher un peu la pression avant d'aller à son dîner de répétition.

— OK, dit-il par-dessus son épaule. Je passe te chercher tout à l'heure, comme ça je suis sûr que tu ne seras pas en retard.

— Ça marche.

Sergent-chef Dallas a peut-être pris sa retraite, mais il est toujours aussi carré. Il fera sûrement un bon père.

Après son départ, j'installe ma batterie et je joue jusqu'à en avoir mal aux bras. Au bout d'une demi-heure, je suis en sueur, fatigué, et je dois encore ramener le pick-up et prendre une douche, mais le fait de savoir que je vais la revoir me donne la force de continuer. Même si je ne la verrai que de loin, et juste le temps d'un repas.

Quand je ramène son pick-up à M. Kyung, j'en profite

pour faire quelques courses pour la semaine. Je rentre en courant chez moi pour avoir le temps de prendre une douche, mais je m'arrête net en constatant que la porte d'entrée est entrouverte.

Je l'ai fermée avant de partir.

J'en suis sûr.

Tout comme je suis persuadé de l'avoir fermée à clé.

Je pousse la porte et je regarde prudemment à l'intérieur.

— Ho hé ! Il y a quelqu'un ?

Pas de réponse.

— Je peux vous aider ?

En vous collant mon poing sur la tronche, par exemple. Mes bras sont peut-être fatigués, mais ils peuvent encore servir.

Il n'y a pas un bruit. Sûrement ma mère qui a dû passer par là pour planquer sa came avant de repartir. Quand j'entre dans la cuisine pour ranger mes courses, ce que j'y trouve me fait lâcher mon sac.

Ma mère est là, en fait.

Allongée par terre. Inconsciente.

3

Dixie

— Il ne vient pas, annonce Dallas.

Je me suis doutée que quelque chose n'allait pas quand je l'ai vu arriver tout seul au dîner de répétition.

— Tout va bien ? s'enquiert Robyn.

Je lui suis reconnaissante de poser la question et de m'éviter d'avoir à le faire. A chaque fois que je fais ne serait-ce que mentionner le nom de Gavin, on me regarde avec pitié et, franchement, ça commence à me fatiguer. L'air de rien, je lisse le devant de ma petite robe noire et je tends l'oreille pour saisir la réponse de Dallas. Je n'entends pas grand-chose, à part qu'« il doit travailler ». A en juger par la mine tout sauf convaincue de mon frère et la ride entre ses sourcils, ça a tout l'air d'être une excuse bidon.

De mon côté, ma leçon avec le petit garçon dont je ne connais pas les parents s'est un peu prolongée et j'ai failli être en retard. J'ai tellement couru dans tous les sens que c'est un miracle si je ne me suis pas cassé une jambe.

Une dame aux cheveux gris me fait de grands gestes et je m'approche de mon frère et de Robyn pour les prévenir :

— La coordinatrice vous attend. Et vu son état, j'en déduis qu'on n'est pas en avance.

— Toi d'abord, demoiselle d'honneur, me dit Robyn avec un sourire crispé.

Ce n'est pas un grand mariage mais l'endroit est immense. Depuis qu'elle est petite, Robyn rêve de se marier dans cette propriété. Il y a des photographes partout, et même le magazine *OK!* est là pour faire un reportage sur Dallas Walker et le grand amour pour lequel il a tout plaqué.

Lorsque mon frère est rentré à la maison, je ne savais pas trop dans quel état j'allais le trouver. Je m'attendais à ce qu'il soit triste, maussade ou amer. Enfin, quelque chose comme ça. Même si c'était lui qui avait décidé de revenir et d'épouser sa copine enceinte au lieu de repartir en tournée, il venait quand même de renoncer à sa carrière alors qu'il avait enfin tout ce dont il avait toujours rêvé (enfin, tout à part le fait de jouer avec son groupe). Mais non. Il va bien. Evidemment, la presse s'en donne à cœur joie, en criant sur tous les toits que leur histoire est digne d'un conte de fées. Dallas, lui, n'arrête pas de dire que, d'ici une semaine, ils raconteront sûrement qu'ils ont rompu et que Robyn affronte seule sa grossesse.

C'est plus fort que moi : je regarde mon portable pour voir si j'ai des nouvelles de Gavin. Il faudrait vraiment que je songe à me débarrasser de cette sale habitude. Surtout que, comme toujours, il n'y a rien.

Par contre, j'ai quelques messages de la part de certaines

des mamans d'enfants à qui je fais cours. Je leur ai envoyé une description du petit garçon qui vient tout seul au cas où elles le connaîtraient mais, apparemment, personne n'a jamais entendu parler de lui.

Tout ce que je sais, c'est qu'il s'appelle Liam et qu'il passe me voir chaque mardi et chaque jeudi, à 17 heures pétantes. Il n'a pas l'air d'aimer jouer du piano ou du violon mais il revient toujours, alors je continue à lui faire cours. J'aimerais juste pouvoir parler à sa mère ou à son père pour en savoir plus sur lui et trouver un moyen pour qu'il s'ouvre un peu à moi. Jusqu'à maintenant, le seul mot qui est sorti de sa bouche, c'est son prénom. A part ça, il ne parle pas.

— Vous, venez ici ! aboie la coordinatrice de mariage de Heritage House à mon intention.

Je commence à remonter lentement l'allée, avec un bouquet en plastique entre les mains. J'éternue à cause du parfum dont sont vaporisées les fausses fleurs, et la coordinatrice me fusille du regard, comme si je le faisais exprès pour l'énerver. J'articule silencieusement des excuses et je continue ma progression vers l'autel.

Une fois à ma place, j'assiste à l'arrivée de l'amie de Robyn, Katie, et de notre amie commune Cassidy, toutes les deux au bras d'amis de Dallas. J'étais censée être escortée par Gavin mais, comme d'habitude, il n'est pas là et je me retrouve toute seule comme une idiote.

Une fois qu'on est en place, la musique commence à jouer. Dallas est à son poste, près de l'espace vide où Gavin devait se tenir, et je lui adresse un sourire d'encouragement.

Puis la mère de Robyn commence à remonter l'allée à

son tour. On rigole tous sous cape en voyant Mme Breeland se pavaner fièrement en prenant le bras de Dallas. Apparemment, ça porte malheur que le futur mari et la future femme répètent ensemble, alors Mme Breeland s'est portée volontaire pour jouer le rôle de Robyn. Et, le moins qu'on puisse dire, c'est qu'elle prend ça très à cœur.

Une fois qu'ils sont devant l'autel, le pasteur lit sa partie des vœux, il demande à Dallas et à Mme Breeland de répéter certaines phrases après lui, puis il les déclare mari et femme. Après ça, on forme tous un cortège et on se dirige vers la sortie, sous les applaudissements discrets de la famille de Robyn.

Je balaie la pièce du regard dans l'espoir d'apercevoir Gavin, mais il n'est toujours pas là. Peut-être qu'il devait vraiment travailler, pourtant j'ai le sentiment que Dallas n'y croit pas. Et je n'y crois pas non plus. Quelque part, son absence me soulage, mais je suis aussi déçue, et inquiète. En le voyant au local tout à l'heure, c'était comme si les couleurs revenaient dans ma vie, après des mois passés en noir et blanc. Tout ça en ayant l'impression que quelqu'un me tordait les intestins.

— Il a intérêt à ne pas nous laisser en plan demain, Dallas. Je t'ai prévenu, pourtant. Tu sais très bien comment il…

Robyn s'interrompt quand elle me voit approcher. Inutile de demander de qui elle parle. De notre ami batteur perpétuellement perturbé, capable d'apparaître et de disparaître comme par magie.

Finalement, je n'arrive plus à résister à la tentation et je lui envoie un message.

Dommage que tu ne sois pas là. J'espère que tout va bien.

On fait deux répétitions supplémentaires, au cours desquelles je remonte encore et toujours l'allée au bras de mon Gavin invisible, puis on se rend dans une des salles à manger pour dîner.

Je consulte mon portable à plusieurs reprises et, à chaque fois, c'est le même constat sans surprise.

Pas de nouveaux messages.

Au cours de la dernière année, j'ai voyagé seule, rencontré de nouvelles personnes, vu des choses que je n'aurais jamais cru voir. Puis je suis rentrée à la maison pour me construire une vie, qui n'incluait ni mon frère, ni Gavin, ni le groupe. Ça n'a pas été facile, mais ça a fait de moi une femme plus forte, plus indépendante. J'ai fait le deuil de la mort de mon grand-père, je me suis lancée comme professeur de musique et j'ai dépassé la peine provoquée par le rejet de Gavin. Et j'ai fait tout ça *toute seule*. Sans grand frère surprotecteur pour me donner des ordres ou surveiller mes moindres faits et gestes, sans batteur taciturne pour me distraire à longueur de temps et sans personne à qui rendre des comptes, à part moi-même.

Certes, l'adulte que je suis devenue aurait pu contacter Gavin quand j'ai su qu'il était rentré. Mais je n'ai pas eu envie de faire encore le premier pas. Pas après Austin. C'est son tour cette fois, c'est à lui de décider si, oui ou non, il peut vraiment s'investir avec moi, le groupe et tout le reste, au lieu de faire les choses à moitié, sans réelle conviction.

Je mentirais si je disais que ce n'est pas à cause de Gavin que je n'ai pas encore donné de réponse à Dallas à propos du tremplin. Je ne suis pas en train de dire que je refuserais de reformer le groupe juste parce que Gavin ne veut pas être avec moi. Je suis forte. Ou du moins, plus forte que ce que je croyais. Je peux encaisser s'il ne veut pas de moi ou s'il n'est pas capable de se donner à moi comme je le souhaite. Simplement, j'aimerais bien avoir une réponse claire et définitive de sa part avant de retenter le coup avec Leaving Amarillo.

Une fois le dîner terminé, je cède et je consulte mon portable une dernière fois avant de rentrer chez moi.

Pas de nouveau message.

D'une certaine façon, c'est comme si l'absence de réponse de Gavin était *la réponse*… Du moins pour le moment.

4

Gavin

S'il y a un Dieu, alors il ne doit pas m'avoir à la bonne. Ce n'est pas un scoop : ça date de quand j'étais gamin. Mais si jamais j'avais encore un doute à ce sujet, ce n'est plus le cas. Je suis en train de brûler au fin fond des enfers, tout ça en smoking.

— Dommage que tu n'aies pas pu venir hier soir, me dit Dallas pendant qu'on pose pour une nouvelle série de photos. Ton patron aurait pu faire un effort.

— Je sais, c'est vraiment un connard.

Et moi, je mens tellement bien que je mériterais un oscar.

— Je suis désolé en tout cas, j'ajoute.

— Pas de souci. Tu es là maintenant, c'est tout ce qui compte.

Il me donne une tape dans le dos avant de sourire une fois de plus à la photographe.

Ce n'était déjà pas évident de m'occuper de ce que je croyais être le cadavre de ma mère, mais mentir à mon meilleur ami sur ce sujet est encore pire. D'une façon ou d'une autre, ma mère a toujours réussi à faire en sorte que ses problèmes deviennent les miens. J'essaie de ne pas me revoir en train de crier et de la secouer pour qu'elle reprenne connaissance, et je me force à sourire à l'objectif.

Les mariés et leurs témoins respectifs ne se sont pas retrouvés avant la cérémonie, ce qui m'arrange bien. A un moment, les témoins de Dallas à savoir Levi, Alex et moi ont dû sortir pour prendre une photo avec la mariée, mais c'est tout. Jusqu'à maintenant, je n'ai qu'entraperçu Dixie, et entendu un rire clair qui était peut-être le sien au bout du couloir.

Heritage House est vraiment un bel endroit, à la fois rustique et élégant. La propriété n'est pas loin de Hamilton Pool, là où Dallas et Robyn se sont rencontrés. D'après Dallas, Robyn a toujours rêvé de se marier ici. Il y a des miroirs dans tous les sens, ce qui veut dire que partout où je regarde, mes yeux se posent sur le reflet d'un homme que je ne connais pas. Un homme qui fait semblant d'être quelque chose qu'il n'est pas. Derrière le costume de pingouin, les tatouages et la barbe rasée de près, je suis encore en ruines. Je suis toujours ce gamin perdu, affamé et perturbé, qui ne comprend pas comment fonctionne le monde autour de lui, ce qu'il fait là, ni quelle est sa place.

Quand on entre dans la pièce aux allures d'atrium où la cérémonie doit avoir lieu, j'ai une énorme montée d'adrénaline. Cassidy me rentre presque dedans quand elle passe à côté de moi pour rejoindre la mariée et ses demoiselles d'honneur en train de se préparer.

— Désolée, Gav, bafouille-t-elle rapidement.

Je pousse un petit grognement et je hoche la tête. C'est là que j'aperçois Jaggerd McKinley. Les cheveux en bataille et la cravate de travers, il se tient à quelques mètres de là et suit Cassidy du regard.

Les parties de jambes en l'air aux mariages… je connais ça. Ça m'est déjà arrivé de m'amuser avec une ou deux demoiselles d'honneur quand on donnait des concerts à des soirées de mariage. En revanche, je n'ai pas le souvenir d'avoir couché avec une fille que je connaissais ou une amie de mon ex. Même si, techniquement, je n'ai jamais eu d'ex, mais bref.

Je me demande bien ce que Dixie va en penser. Et ce n'est pas la seule question que j'ai en tête, d'ailleurs, même si je n'ai aucun droit de lui demander des comptes.

Est-ce qu'elle s'est remise avec McKinley quand elle est rentrée à la maison ?

Est-ce que ça la dérangerait s'il couchait avec Cassidy ?

Est-ce qu'elle couche avec McKinley ? Ou avec qui que ce soit d'autre, d'ailleurs ?

Est-ce qu'elle m'en veut encore de ne pas l'avoir prévenue que j'étais rentré ?

Et surtout, si je lui raconte tout, est-ce qu'elle pourra me pardonner ?

Si j'en juge par les stalactites qui se sont formées autour d'elle quand j'ai regardé dans sa direction hier, pendant la réunion du groupe, ça m'a l'air plutôt mal barré pour les deux dernières questions.

Il n'y a qu'un moyen de le savoir, je suppose.

La coordinatrice de mariage a décidé de procéder à un changement, apparemment. Au lieu de donner le bras à Dixie (une perspective qui me terrifiait et me ravissait à la fois), je me tiendrai devant l'autel avec Dallas, et Dixie remontera l'allée toute seule. Je ne peux pas m'empêcher de me demander si c'est Dixie qui l'a exigé ou si c'est simplement mon absence à la répétition d'hier qui a donné lieu à cette modification.

Je sais qu'avant de monter sur scène Dallas a l'habitude de nous imaginer en train de donner un super concert, pour se rassurer. Alors pendant qu'on se tient devant l'autel, j'essaie de m'imaginer en train de tout raconter à Dixie. J'arrive à me voir en train de parler mais je n'entends pas les mots qui sortent de ma bouche. J'ai des progrès à faire en termes d'imagination, on dirait.

Je serre la main de Dallas et je le félicite une dernière fois dans la petite chapelle silencieuse. Il n'y a pas le moindre bruit, et l'atmosphère est presque sacrée. Robyn n'a pas une très grande famille, mais il y a quand même beaucoup plus de monde de son côté que du côté des Lark. Je reconnais quelques visages familiers dans l'assistance et je souris à Dallas, en luttant contre l'envie de desserrer le nœud de ma cravate.

— J'angoisse à mort, murmure-t-il. Pourquoi il n'y a pas de musique ? Qu'est-ce qui se passera si je suis un mauvais mari et un mauvais père, et si…

— Du calme. Robyn a l'air vraiment bien décidée à rester avec toi maintenant que tu l'as mise enceinte. Alors même si tu es nul, je suis sûr que ça ira.

Mais il ne sera pas nul, je le sais. C'est un mec bien et il est fou amoureux de Robyn, alors elle aurait pu plus mal tomber. Je l'observe parfois et je vois bien l'adoration dans ses yeux quand il la regarde. Je vois bien la pointe d'amusement ou de surprise, comme s'il n'arrivait toujours pas à croire qu'elle l'avait choisi, lui.

Je dois leur demander quel est le secret. Comment c'est possible de se donner à quelqu'un (avec ses qualités, ses défauts et tout le bazar) et de s'attendre à ce que cette personne vous aime, rien que ça, jusqu'à la fin de votre vie ?

Le bruit des portes au fond de la chapelle vient interrompre mes grandes questions existentielles. Elles s'ouvrent et Dixie apparaît, plus belle que jamais. Elle a une robe bustier bleu marine en soie, qui arrive juste au-dessous de ses genoux et épouse ses formes à la perfection. Ma Bluebird a même une plume dans les cheveux, qui retient à peine ses boucles indomptables. Le petit bouquet de fleurs blanches dans sa main attire l'attention sur ses tatouages, et elle est à couper le souffle. A tel point que je sens l'érection me guetter rien qu'en la regardant.

Dans mon cœur, elle m'appartient. Elle m'a toujours appartenu et elle m'appartiendra toujours.

Sauf qu'en réalité… elle ne m'appartient pas.

Je suis aussi immobile qu'une statue tandis qu'elle remonte l'allée. Je reste là sans bouger d'un cil, bien décidé à ne pas perdre une miette de ce spectacle. Elle n'est plus la fille que je connaissais. Elle est devenue une femme.

Même si j'adorerais y parvenir, je n'arrive pas à nous imaginer vivre une journée comme celle-ci. Un mariage texan traditionnel, elle dans une robe blanche et moi dans un costume semblable à celui de Dallas. Mais je dois aussi reconnaître qu'à cet instant je ne peux pas m'empêcher de faire comme si c'était elle, la mariée.

A la seconde où elle arrive devant moi, elle détourne le regard et fait un clin d'œil à Dallas, avant d'aller se placer de l'autre côté de l'autel.

Moi qui avais trouvé ça difficile de la voir hier… aujourd'hui, c'est carrément un crève-cœur. J'arrête de retenir mon souffle et je prends une bouffée d'air pour ne pas tomber dans les pommes. Le parfum de vanille et de fleur de Dixie flotte jusqu'à moi, et je dois lutter de toutes mes forces pour ne pas la mettre sur mon épaule et l'emmener loin d'ici.

En voyant Levi et Alex escorter les deux autres demoiselles d'honneur, je ne peux pas m'empêcher de me demander pourquoi Dallas m'a choisi comme témoin. Peut-être parce que c'est moi qu'il connaît depuis le plus longtemps et que je suis son meilleur ami ? Mais, en vingt-deux ans de temps, je n'ai jamais été le meilleur en quoi que ce soit, à part peut-être à la batterie. Bon sang, qu'est-ce que j'aimerais pouvoir me déchaîner sur ma batterie à cet instant.

Ça fait des mois que je ne me suis pas envoyé en l'air, et la frustration sexuelle provoquée par la proximité de Dixie Lark, la dernière femme que j'ai touchée alors que je n'aurais jamais dû, est sur le point de m'achever.

Juste avant que je perde complètement les pédales, des notes de piano retentissent et Robyn fait son entrée. Dallas pâlit en la voyant, puis il sourit tellement que j'ai presque peur qu'il ne se décroche la mâchoire.

Robyn a toujours été jolie mais, aujourd'hui, elle resplendit littéralement. Elle irradie tellement que je dois presque plisser les yeux quand je la regarde. Son sourire est aussi éclatant que celui de Dallas, et je sens ma gorge se serrer.

Un frisson incontrôlable me parcourt quand la voix de Dixie remplit le lieu. Tout le monde est sous le choc quand elle se met à entonner d'une voix voluptueuse *Marry Me*, une chanson du groupe Train à laquelle je n'avais jamais vraiment prêté attention. Apparemment, c'est Dallas qui a concocté ça avec Dixie. Je le sens presque vibrer d'émotion à côté de moi. Lui et sa future femme sont complètement transportés dans un autre monde, là où personne d'autre n'existe.

C'est ça, la priorité de Dallas, désormais. Ce n'est plus le groupe. Sans lui pour jouer les sergents-chefs, je ne suis pas sûr que Leaving Amarillo ait encore une chance. Mais je vois bien que ça n'a pas d'importance : Dallas serait prêt à faire tous les sacrifices du monde pour Robyn.

Quand Dixie a fini, elle reprend sa place de l'autre côté de l'autel. Je suis incapable de la lâcher du regard. Ses yeux brillent comme des diamants et ils sont déjà pleins de larmes.

J'aimerais tellement pouvoir te donner tout ça.

Au moment où je m'apprête à détourner la tête, son regard croise le mien, et mon cœur semble sur le point d'exploser dans ma poitrine. J'ai tellement de choses à lui dire et tellement peu de mots pour les exprimer.

Je suis désolé.

Je fais de mon mieux.

Je t'aime.

Elle se contente de m'adresser un sourire confiant et un regard complice, comme pour dire : « Un jour, tu verras. »

Un jour, ce sera nous.

Un avenir.

Un toujours.

Si elle savait à quel point j'espère qu'elle a raison.

Sauf que je n'ai pas la moindre idée de comment faire pour y arriver.

5

Dixie

Je gère.

Du moins, je gérais jusqu'à ce que je sois aussi proche de lui. Le voir de l'autre côté de l'autel était déjà difficile, mais voir ce que mon cœur désespéré interprète comme de la nostalgie dans ses yeux… Ça a failli m'achever.

Maintenant, je suis nerveuse, en sueur, et mon cœur bat si fort que j'ai peur qu'il ne sorte de ma poitrine d'une seconde à l'autre.

Je ne gère rien du tout.

— Souris, me chuchote Robyn après le troisième flash de l'appareil photo. Si tu continues comme ça, mes photos de mariage vont ressembler à des photos d'identité judiciaire.

— Désolée.

Je change mon bouquet de main et je place une boucle rebelle derrière mon oreille pour me donner une contenance. Plus facile à dire qu'à faire.

Je sens qu'il me regarde. Il ne m'a pas quittée des yeux

depuis que j'ai remonté l'allée. Il a retenu son souffle pendant toutes les photos où on devait être côte à côte, et maintenant c'est moi qui suis en apnée.

Dallas et Robyn s'embrassent une fois de plus sur ordre de la photographe, et je détourne le regard.

Je sais que c'est égoïste, mais je n'y peux rien. Ça me fait mal d'assister à de telles démonstrations d'affection, alors que je brûle de désir pour un homme qui refuse d'ouvrir son cœur à qui que ce soit en général, et à moi en particulier. Un homme si près que je peux le sentir, le frôler et pratiquement le goûter. La chaleur qui irradie de son corps se communique au mien et me rend complètement folle. Je n'aurais qu'à me pencher un peu pour pouvoir me blottir contre sa poitrine et, en même temps, je me déteste d'être tentée par cette idée. C'est vraiment pénible, ce besoin que j'ai de le toucher.

Personne n'a jamais eu cet effet sur moi et ça m'énerve prodigieusement que lui continue à l'avoir. Encore et toujours.

Je resserre mon étreinte autour de mon bouquet et je me concentre. Sourire, respirer, rester gentiment à ma place. Ne pas attraper Gavin par la main, ne pas l'emmener dans une chambre et le forcer à me donner ce dont j'ai besoin.

Des réponses. Des explications. Et bien d'autres choses encore.

— Très bien, je pense que ça ira pour le moment, dit la photographe.

Pas trop tôt. Je peux enfin me détendre.

— On en prendra encore quelques-unes dans la salle

de réception et une dernière série quand vous serez sur le point de partir pour votre lune de miel.

Pour la détente, tu repasseras. C'est presque l'heure de la réception et je n'ai même pas eu le temps de me préparer mentalement. Le repas. La soirée. La piste de danse. Les autres femmes. Des femmes célibataires qui voudront danser avec lui et en profiteront pour lui glisser leur numéro pendant que j'assisterai à la scène, impuissante.

Je vaux mieux que ça. Cette fille, ce n'est plus moi.

Ça augure mal de ma capacité à jouer de la musique en tournée avec un Gavin Garrison célibataire sur lequel je n'ai aucun droit.

Le moment est venu de prendre l'air. J'adresse un petit sourire forcé à Robyn et à mon frère puis je quitte la chapelle pour me rendre dans l'arrière-cour, où les autres invités sont déjà présents.

La mère de Robyn est là, entourée d'un groupe de femmes de son âge. Elle me fait un petit signe de la main auquel je réponds, sans toutefois m'arrêter. Ce dont j'ai besoin se trouve dans un coin de la pièce, dans le pantalon de Jaggerd.

Arrivée à la table où il est assis avec son père et Gina, la copine de ce dernier, je pose mes fleurs et tends la main vers lui. Jag lève les yeux au ciel mais me passe quand même une flasque argentée.

La première gorgée me brûle délicieusement la gorge, tel du feu liquide. Je crois que c'est du Jack Daniel's mais je n'en suis pas tout à fait sûre.

— Vas-y doucement, ma grande, me prévient-il à voix basse.

Je pousse un grognement avant de boire à nouveau.

— Y aller doucement, c'est pour les faibles.

Mon cœur bat à tout rompre dans ma poitrine mais, au moins, la chaleur de l'alcool a le mérite de me distraire. Avec un peu de chance, je vais peut-être réussir à éviter la crise de nerfs.

— J'en déduis que la séance photo s'est bien passée, ironise Jag.

— Formidable.

Il me fait signe de lui rendre la flasque et je m'exécute à contrecœur.

— La cérémonie était très belle, en tout cas, dit Gina en regardant le père de Jag.

Pas besoin d'être un génie pour savoir ce qui lui passe par la tête. Elle se demande s'ils vivront la même chose un jour. Je sais ce que c'est. Peut-être que c'est pour ça que tellement de gens couchent ensemble lors des mariages : c'est le genre d'événements qui rend un peu désespéré tout en étant étrangement aphrodisiaque.

En tout cas, ce n'est pas à moi que ça risque d'arriver. Surtout si on considère que je suis déjà tout près de devenir une vieille femme à chats solitaire, à l'âge canonique de vingt ans.

Je ne sais pas ce qui est le pire : ça ou être la groupie d'un membre de mon propre groupe.

Et merde.

Le groupe de Levi entame une chanson qui s'appelle

Love You Like That de Canaan Smith, et Gina entraîne le père de Jaggerd sur la piste de danse. Je tends la main vers Jaggerd, et il me repasse la flasque en soupirant.

— C'est bon, McKinley, tu peux bien partager.

— Si tu pouvais éviter de finir complètement soûle, ça m'arrangerait. Ton frère va être furax si tu te mets la tête à l'envers et ça ne donnera rien de bon, à part des décisions que tu finiras par regretter.

Je remarque que les yeux de Jaggerd s'aventurent par-dessus mon épaule, et je suis son regard. Cassidy est en train de danser avec Gavin et elle évite soigneusement de regarder vers nous. Je reporte mon attention sur la flasque.

— Ça suffit, maintenant, déclare Jaggerd. On va danser.

Il me prend la main et m'entraîne sur la piste, beaucoup trop près de Gavin et Cassidy.

— Je n'ai pas envie de danser.

Il ricane et m'attire plus près de lui.

— Dis plutôt que tu n'as pas envie de danser *avec moi.*

— Ce n'est pas vrai. C'est juste que je n'ai pas envie d'être ici. Pas si près de…

— De lui ?

— De tout le monde. Je suis fatiguée, mes chaussures me font un mal de chien, mes seins sont serrés comme des sardines dans cette foutue robe et j'ai eu ma dose de romantisme pour la journée.

— Tu racontes vraiment n'importe quoi, Lark, mais je t'aime bien quand même. Et pour info, tu es magnifique dans cette robe.

Je baisse les yeux sur ma tenue en soie bleu foncé et

je lui donne un petit coup de hanche, sans penser que c'est de ce côté-là que je me suis blessée au garage il y a quelques jours.

Je laisse échapper une exclamation de douleur qui fait sursauter Jaggerd. Son regard se pose sur ma main, que j'ai portée immédiatement à ma blessure, et il fronce les sourcils.

— Tu as encore mal ?

— Il faut croire que oui.

— Il faut que tu voies un médecin, Dixie.

— Ça allait mieux, je t'assure.

— Tu lui as écrasé le pied, ou quoi, McKinley ? s'interpose Gavin.

— Non. Elle s'est blessée à la hanche en passant au garage cette semaine et…

— Je m'en occupe. Tiens.

Sans autre forme de procès, Gavin lui met Cassidy dans les pattes et m'attire à lui, comme si on effectuait une chorégraphie.

— Suis-moi, dit Gavin en me prenant par le coude. Je vais examiner ta hanche, et on en profitera pour discuter un peu.

— Tu es docteur, maintenant ? J'ai dû rater un épisode. Remarque, ça expliquerait pourquoi tu étais si occupé au cours des derniers mois.

Je me dégage de son étreinte et je quitte la piste à grands pas. Il ne me lâche pas d'une semelle et il finit par se mettre en travers de mon chemin pour m'empêcher de passer. Ça serait sympa s'il pouvait arrêter d'être aussi canon pendant ne serait-ce qu'une seconde.

— Qu'est-ce qui est arrivé à ta hanche ? Tu es devenue pâle comme une morte, j'ai cru que McKinley t'avait fait mal.

Ça, ce serait plutôt ta spécialité. Je garde mon commentaire pour moi, mais la tentation est forte. Heureusement que je n'ai pas bu davantage de whisky, sinon ce serait sorti tout seul. Gavin tend la main vers ma hanche et je tressaille avant même qu'il ne me touche.

— Laisse tomber, je vais très bien.

— Toilettes. Tout de suite.

Dites-moi que je rêve.

— Gavin Garrison, tu es bien placé pour savoir que personne ne me donne des ordres, alors ce n'est pas toi qui vas commencer.

— Comme tu voudras. Si tu vas aussi bien que tu le dis, tu n'as qu'à danser avec l'oncle de Robyn. Tu sais, « Elvis » ?

Là-dessus, il me prend par le bras pour m'entraîner vers Richard, dont la passion est d'imiter Elvis pendant son temps libre (et aux réunions de famille). Il est venu habillé d'une combinaison blanche à paillettes et il est en train d'écraser les orteils de la mère de Robyn tout en se déhanchant comme si sa vie en dépendait. Je reste sur le bord de la piste et je pousse un soupir.

— OK, c'est bon.

Avant que je change d'avis, Gavin glisse sa main tiède dans la mienne, enlace mes doigts et m'entraîne dans le couloir.

Tandis que je le suis, mes yeux se baladent sur ses cheveux

sombres et épais dans lesquels j'ai envie de passer mes doigts. Puis ils s'aventurent sur sa nuque et descendent sur son cou musclé, ses larges épaules, jusqu'à ses jambes, aussi parfaites que le reste. Le moins qu'on puisse dire, c'est que son smoking le met en valeur. Une pointe de nostalgie et de désir me transperce quand on arrive dans les toilettes et qu'il referme la porte.

Me voilà à présent coincée dans un petit espace clos, en compagnie d'un homme au parfum paradisiaque et à la saveur diabolique.

Je suis mal barrée.

Il retire sa veste et la pose sur le plan du lavabo. Sa chemise blanche épouse parfaitement son corps et caresse ses muscles comme je rêve moi-même de le faire depuis des mois. Il déboutonne les deux boutons de son col et je n'arrive pas à détacher le regard de son cou. De ses doigts. De sa bouche. Enfin bref, de tout.

— Gavin, dis-je dans un souffle.

Je ne vais pas tenir longtemps comme ça. Je suis déjà prête à le supplier d'ouvrir la porte et de me laisser sortir.

— Fais-moi voir, Bluebird.

Il se met à genoux, ses yeux continuellement rivés aux miens. A l'exception du léger tremblement qui agite mes mains et mes jambes, je reste immobile, totalement paralysée de me savoir si proche de lui.

J'avale ma salive pour m'assurer que je suis encore capable de déglutir, puis je soulève doucement ma robe, centimètre par centimètre, jusqu'à lui révéler l'entaille sur ma hanche.

— Tu sais que Jaggerd McKinley a couché avec Cassidy juste avant la cérémonie ?

Je secoue la tête. Enfin, je crois. A ce stade, peut-être que j'ai des hallucinations à force d'être enivrée par son parfum.

— Non, je ne savais pas.

— Qu'est-ce que tu en penses ?

— Euh… tant mieux pour eux.

Gavin ne cille même pas en apercevant mon string noir en dentelle. Il ne me touche pas non plus, ce qui me vexe encore plus. Il se contente d'effleurer du bout des doigts la peau juste au-dessous de l'entaille encore en train de cicatriser.

— Tu as un sacré bleu et ça a l'air un peu enflammé. Je vais voir si je trouve des lingettes antiseptiques quelque part mais, si j'étais toi, je montrerais ça à un médecin. Je peux te demander comment tu t'es fait ça ?

Allez, les mots. C'est le moment de former une phrase.

Je réfléchis un instant et je prends une grande bouffée d'air.

— Je me suis pris quelque chose au garage de Jag, enfin des McKinley. Ça m'arrive d'aller leur donner un coup de main. Je réponds au téléphone, ce genre de trucs.

Bon sang, mais qu'est-ce qui m'arrive ? Je me justifie comme une ado qui a peur de se faire enguirlander.

En voyant dans quel état je suis, je ne peux pas m'empêcher de peser le pour et le contre d'une reformation du groupe. Est-ce que ce serait comme ça tout le temps ? Si seulement j'avais une boule magique comme celle que j'avais quand j'étais petite… Enfin, je crois que je connais déjà la réponse à la question : « Est-ce que tu vas réussir à gérer ? »

Ça m'a l'air mal parti.

Gavin est en train de fouiller dans le placard, à la recherche d'un kit de premiers secours. Il finit par mettre la main sur une boîte blanche en plastique.

Il ouvre un petit paquet et en sort ce qui ressemble à une lingette antiseptique.

— Ça fera l'affaire pour ce soir, mais ça ne suffit pas. Va savoir sur quoi tu t'es empalée, avec tout le trafic qu'ils font là-dedans.

— Tout le quoi ?

Gavin ne répond pas à ma question et je n'insiste pas, car le contact de la lingette ravive la douleur dans toute ma jambe. Une fois qu'il a fini, il souffle doucement sur ma peau et je m'agrippe au rebord du comptoir en marbre derrière moi, par peur que mes genoux ne se dérobent sous moi.

— Ça va ?

Je siffle entre mes dents malgré moi :

— Super.

Etre enfermée avec lui dans cette pièce fait tout remonter à la surface. Chaque seconde que nous avons passée connectés sur le plan physique, sa bouche sur moi, ses lèvres, sa langue, son corps dans le mien… tout me revient avec une force implacable.

Il souffle à nouveau sur la plaie avant d'appliquer de la crème, puis il se lève et… et rien. C'est tout. Je crois que je vais devenir folle. Sa bouche est si près, *il* est si près. Je sais que c'est ridicule et impossible, mais j'ai l'impression qu'il est plus grand qu'avant. En tout cas, je ne crois pas avoir jamais été aussi troublée par sa présence.

— Tu es plutôt doué, dis-je dans un murmure.

— J'ai l'habitude.

Vu le nombre de fois où il a dû réanimer sa mère, je veux bien le croire. Et pour ce qui est de ses talents en séduction, je n'ai aucun doute là-dessus non plus. En tout cas, si ça continue comme ça, je ne vais pas réussir à tenir debout très longtemps.

C'est comme si mon cerveau m'avait rendu service au cours des derniers mois, en me permettant de me concentrer sur la colère que j'éprouvais contre lui, et pas sur… ça. Mais, là, il faut se rendre à l'évidence : mon cerveau a quitté les lieux et je suis toute seule.

Je suis seule, faible, et j'ai envie de lui.

Oh ! et puis merde !

— Voilà, dit-il gentiment en rabattant ma robe. Ça devrait te soulager jusqu'à…

Le reste de sa phrase meurt sur mes lèvres. Les siennes sont légèrement humides et encore plus douces et charnues que dans mes souvenirs. Tout mon corps se contracte et mon cœur se serre tandis que je me prépare déjà à son rejet.

Mais, à ma grande surprise, Gavin ne me dit pas d'arrêter. Il ne me repousse pas. Il ne se lance pas dans un discours bidon sur mon frère, ou notre amitié, ou le fait qu'il voit quelqu'un d'autre.

Il ne dit rien et pousse un petit grognement plaintif. Ses doigts agrippent ma peau et il me soulève pour m'asseoir sur le plan du lavabo. Ma robe est moulante mais j'arrive quand même à écarter suffisamment les jambes pour pouvoir attirer Gavin contre moi.

J'essaie de capturer sa langue, mais c'est lui qui contrôle le baiser, glissant sa langue brûlante dans ma bouche avant de la retirer et de mordiller mes lèvres. Un gémissement étouffé m'échappe et va mourir contre sa bouche.

— Tu as le goût du whisky, Bluebird.

Il rit doucement et glisse ses doigts entre ma peau brûlante et la dentelle de mon string.

J'arrive tout de même à lui répondre :

— Il est loin, le temps de la glace à la framboise.

Je m'agrippe à lui et il gémit à la manière d'un animal blessé tandis que je savoure la sensation de son érection pressée contre le petit bout de tissu entre mes jambes.

— Si je ne m'arrête pas maintenant, m'avertit-il, je ne suis pas sûr de pouvoir me contrôler.

— Ne t'arrête pas. S'il te plaît.

Je reconnais à peine ma voix. Elle est grave, plus rauque que d'habitude, et clairement désespérée. Ce n'est pas vraiment l'effet que je voulais produire mais, apparemment, le désespoir l'excite, car il me retire mon string en ce qui me paraît être une fraction de seconde.

Ses doigts experts explorent ma chair mise à nu puis glissent dans mon sexe chaud et humide. Sans réfléchir, j'arque le dos et je me presse contre sa main sans ménagement.

— Putain, tu es trempée.

— Il faut croire que tu me fais de l'effet.

J'ai envie de lui à en mourir. Je parierais que ça ne donne

rien de bon d'avoir autant envie de quelqu'un. Il va me briser, me réduire en cendres. Une fois de plus.

Sa bouche sur la mienne me fait instantanément oublier mes craintes. Je ne veux pas penser à toutes les raisons qui font que c'est une mauvaise idée, parce que la douleur que ça causera n'a pas d'importante. Ce qui importe, c'est ce que je suis en train de vivre à cet instant.

Je suis soûle, mais pas à cause du Jack Daniel's que contenait la flasque de Jag. Je suis enivrée par le cocktail d'émotions que constituent la présence, le contact et même l'existence de Gavin Garrison.

Quand il m'embrasse à nouveau, je sens un sourire sur ses lèvres, mais ça ne dure pas. L'instant suivant, il recule en grognant et j'ai envie de hurler de frustration.

— On ne devrait pas faire ça. Pas ici. Pas comme ça.

Je geins en guise de protestation et je mords sa lèvre inférieure, suffisamment fort pour qu'il se rende bien compte que je ne suis pas là pour plaisanter. J'en ai marre des petits jeux et je ne veux pas redevenir celle que j'étais, alors c'est soit oui, soit non. Il veut de moi, ou alors il ne veut pas. C'est aussi simple que ça.

J'ouvre les yeux et je les plonge dans les siens, illuminés par une flamme dangereuse.

— Je ne vais pas te supplier, Gavin. Pas cette fois.

— Bluebird, je…

Si c'est comme ça que ça doit se passer, alors il est hors de question que je refasse partie du groupe. Le chaud puis le froid, la passion puis l'indifférence, les faux espoirs puis les rêves brisés… Je n'ai plus la force de supporter ça.

Mon cœur n'est pas un yoyo et je ne permettrai pas qu'on le traite comme tel. Peu importe à quel point j'aime Gavin.

— Soit tu me sautes, soit tu ne me sautes pas. Mais je refuse de jouer de nouveau à ce petit jeu.

Il entrouvre légèrement la bouche. Il ne prévoyait pas ce genre de réponse, apparemment. Je hausse les sourcils en attendant qu'il se décide.

— Tu sais que j'ai envie de toi. J'ai envie qu'on soit ensemble. Mais il y a tellement de choses que je dois…

Des coups bruyants frappés à la porte l'interrompent.

— Le groupe fait une pause et ce sont les seules toilettes qu'on a le droit d'utiliser. Alors magnez-vous !

Je reconnais la voix de Levi. C'est un ami de Dallas et aussi le leader du groupe qui joue ce soir.

J'imagine que certaines choses sont destinées à ne pas arriver. Peu importe à quel point on en a envie.

— Une minute ! aboie Gavin.

Quand il me regarde à nouveau, je ne peux pas m'empêcher de secouer la tête. Je dois offrir un sacré spectacle, assise au bord d'un lavabo avec ma robe remontée jusqu'en haut des cuisses. J'ai l'impression que ma dignité est un paillasson sur lequel il est sur le point de s'essuyer les pieds. Le moment est venu d'arrêter la casse.

— Passe une bonne soirée, Gav. Et pour info, je n'allais pas laisser les sentiments s'en mêler, cette fois.

Là-dessus, je bondis et je réajuste ma robe juste avant d'ouvrir brusquement la porte. Levi Eaton se trouve effectivement de l'autre côté et il a l'air à la fois soulagé et embarrassé quand je libère la place.

— Merde, bafouille-t-il. Je suis désolé. Je ne savais pas que…

— Ça ne fait rien, Levi. Fais ce que tu as à faire. Ça changera de certains.

Je lui donne une petite tape sur l'épaule et je m'éloigne de ce qui aurait pu être la meilleure expérience de ma vie. Ou peut-être la pire.

6

Gavin

Elle est tout ce que j'ai toujours voulu et la seule chose que j'étais censé ne jamais avoir. Et depuis que je l'ai eue, je suis incapable de penser à autre chose qu'à elle. Son odeur, le goût de ses baisers, le contact de sa peau m'obsèdent.

Mais il faut avouer que me planter là était sûrement la meilleure chose qu'elle puisse faire. Tandis que je la regarde partir, je repense à ce qui vient de se passer. En partie parce que mon sexe est toujours dressé dans mon pantalon, et aussi parce que j'ai mal dans la poitrine, comme si elle avait emmené mon cœur avec elle.

« Je n'allais pas laisser les sentiments s'en mêler, cette fois. » *Qu'est-ce que ça veut dire ?*

Quand je reviens dans la salle, je suis heureux de constater qu'elle n'est pas en train de danser avec McKinley. Ça ferait désordre de casser la gueule à ce type pendant le beau mariage féerique de Robyn. Et puis il y a une autre bonne nouvelle : Dixie a l'air de se moquer complètement que son ex ait couché avec Cassidy.

Avec tout ça, je paierais cher pour avoir ma batterie à cet instant. Entre mes efforts surhumains pour contrôler mon érection et mes pics d'adrénaline à chaque fois que je vois un autre mec ne serait-ce que la regarder, je suis un peu sur les nerfs.

J'envoie un texto à Cal pour lui demander si je peux utiliser ma batterie au bar après la fermeture. Mon patron est peut-être un abruti, mais ça lui arrive quand même d'être sympa. Sans doute parce que je suis son meilleur employé.

Le juge a exigé que je bosse dans le cadre de ma liberté conditionnelle mais, étant donné qu'il n'a pas spécifié *où* je devais travailler, j'ai choisi d'être barman à la Taverne. Une décision plutôt surprenante pour un type susceptible d'aller en taule pour conduite sous emprise de stupéfiant et d'alcool, et mise en danger de la vie d'autrui.

Ma grand-mère disait toujours : « Fais ce que tu connais. » Et moi, ce que je connais, ce sont les bars, les drogués et les alcooliques. Que ça me plaise ou non, vivre avec l'un d'eux, ma mère, m'a appris à les gérer et je pense que quelque part, on se ressemble un peu, eux et moi.

Car la vérité, c'est que je suis accro, comme eux.

Peut-être pas au crack ou à l'héroïne, mais je prends ce dont j'ai besoin pour me défoncer et je suis aussi dépendant qu'eux. Ou du moins, je l'étais. A présent, je suppose qu'on peut dire que je suis en rémission. Une rémission à la fois auto-imposée et ordonnée par le tribunal.

Une jolie blonde vêtue d'un uniforme me présente un

plateau couvert de flûtes de champagne. Elle accompagne son offre d'un regard aguicheur, mais je secoue la tête.

Crois-moi, ma jolie, tu n'as vraiment pas envie de t'embarquer là-dedans. Tu n'arrives pas à la cheville de l'adversaire. Va plutôt faire un tour.

Elle finit par capter le message et se diriger vers un autre groupe d'invités.

Il me faudrait bien plus que du champagne pour atténuer le genre de douleur que je ressens.

Dixie Lark était comme de l'héroïne fabriquée sur mesure pour moi, la parfaite combinaison de tout ce qui m'était interdit. Il a suffi d'une fois pour qu'elle me guérisse et me détruise à la fois. Le pire, c'est que pendant toutes ces années, je pense que je savais que ça se passerait comme ça. Quand Dallas a instauré la loi de « si tu touches à ma sœur, je te tue », je n'ai même pas discuté. Je le comprenais : elle était belle et pleine de vie et de lumière, tandis que moi, je vivais entouré d'obscurité. Les gens comme elle n'ont pas besoin du feu des projecteurs : ils brillent de l'intérieur. Les gens comme moi, par contre… ils dépérissent et ils meurent sans l'attention ni les lumières aveuglantes qui obligent leurs démons à se cacher.

Toucher Dixie l'aurait salie et je voulais absolument éviter ça. J'aurais très bien pu l'admirer, l'aimer, l'adorer, et tout ça à distance pour le restant de mes jours. Je me serais contenté des brefs moments passés en sa présence, et ça se serait arrêté là.

Mais il avait fallu qu'elle s'en mêle et qu'elle insiste.

Qu'elle me veuille de la même façon que moi, je la voulais, et qu'elle me pousse à bout.

A présent, c'est comme si je vivais au purgatoire.

Elle hante mes rêves et aussi la plupart des moments où je suis réveillé. Ses cris, ses gémissements essoufflés, son rire doux et clair résonnent sans cesse dans mon esprit.

Elle a dompté mes démons et les a mis à genoux, avec une gentillesse à laquelle je n'aurais jamais cru qu'ils succomberaient. Je crève d'envie de la retrouver, comme un camé crève d'envie de prendre une dose.

J'ai tellement besoin d'elle.

Sauf que je ne la mérite pas.

Tout ce que j'ai fait jusqu'à maintenant, c'est lui faire du mal.

Mes pensées doivent se lire sur mon visage car, quand Jaggerd McKinley croise mon regard perçant, il me fait un signe de tête qui ressemble presque à de la compassion. Dixie lui a de nouveau piqué sa flasque, et il l'entraîne dehors, avec une main soigneusement placée dans le bas de son dos.

Une vague dévastatrice de jalousie me submerge avec une telle violence que je chancelle presque. M'imaginer en train de briser doucement ses phalanges les unes après les autres m'aide à me calmer un peu. N'empêche que s'il descend ses doigts d'un seul millimètre, je le bute.

— Garrison, ça va, vieux ?

Levi est debout derrière moi, l'air à la fois inquiet et désolé. En regardant autour de moi, je me rends compte que la salle s'est vidée. Je m'éclaircis la gorge et je hoche la tête.

— Super, et toi ?

— Ecoute, je suis sincèrement désolé pour tout à l'heure. Notre break ne durait vraiment pas longtemps, et je ne savais pas que…

— Vous avez fini de jouer, là ?

— Oui, ça y est.

Merde. Combien de temps j'ai passé à observer Dixie ? Suffisamment longtemps pour que le groupe arrête de jouer et que le DJ prenne la relève.

— Dallas est sympa, il nous laisse le reste de la soirée pour qu'on puisse se mettre en quête de filles célibataires. Tu sais comment sont les nanas dans les mariages.

— Hum.

Je le regarde, les yeux plissés, en réfléchissant à ce qu'il vient de me dire.

Est-ce que c'est ça qui s'est passé ? Dixie se sentait seule parce que son frère se mariait et moi, j'étais juste au bon endroit, au bon moment ?

Le problème, quand on est consommateur, c'est qu'on connaît ses propres motivations. Alors on les projette sur les autres, car on part du principe que tout le monde est pareil.

Mais pas Dixie. Je la connais. Non ? Enfin, je la connaissais du moins. Coucher pour coucher n'a jamais été son style. En tout cas, pas jusqu'à maintenant.

En la regardant se diriger vers les heureux mariés en compagnie de Jaggerd, je me rends compte que ma petite Bluebird a bien grandi. Et pour la première fois depuis qu'on est petits, je ne sais pas qui elle est devenue. Est-ce que je l'ai éloignée de moi en voulant mettre ma vie en ordre ? Ça paraissait être la meilleure idée du monde pour toutes les personnes concernées mais, à présent, je me demande si ce n'était pas une énorme erreur.

— Evidemment, ça n'inclut pas la sœur de Dallas. On a été prévenus. Et même si ce n'était pas le cas, on a tous vu comment tu complotais d'assassiner McKinley depuis une heure et demie, alors ne t'en fais pas. Personne n'a envie de mourir ce soir.

— Quoi ?

J'arrache mon regard de Dixie et je me tourne vers Levi. J'avais carrément oublié qu'il était là.

Moi et mon foutu trouble du déficit de l'attention.

Levi me dévisage comme si j'étais défoncé. Si seulement.

— A plus, mec. Passe une bonne fin de soirée.

Je lui réponds d'un air absent :

— Toi aussi.

Il s'éloigne et je me rends compte que j'ai perdu Dixie de vue. Elle était juste à côté de Dallas et Robyn, et maintenant elle a disparu.

— Bonsoir. Je débauche dans une demi-heure.

La voix qui me lance clairement une invitation appartient à une femme, une rousse en uniforme qui n'a pas l'air d'avoir froid aux yeux. Etre assis tout seul à une table, à un mariage rempli de couples nageant dans le bonheur, ça équivaut à me trimballer avec une pancarte qui proclamerait « Type seul souhaitant tirer son coup ».

Cela dit, c'est ce que je suis, en temps normal. Ou plutôt ce que j'étais.

— C'est bon à savoir.

Même si je ne suis pas intéressé, ce n'est pas une raison pour être désagréable. Et puis je ne trompe personne : même si je suis en rémission, je ne suis pas guéri. Je sens bien que mon corps est tenté, qu'il me supplie de céder et de faire ce que je fais toujours d'habitude. Les compliments, la drague, la provoc. Puis la marche arrière, la distance, jusqu'à ce que ce soient elles qui viennent à moi. A genoux.

Je serre les poings sous la table. J'ai travaillé trop dur pour redevenir ce type qui se laisse tenter par un coup d'un soir, au lieu d'essayer de reconquérir la femme qu'il aime.

— Ça te dirait de te débaucher avec moi ?

En voilà une qui va droit au but. Elle soutient mon regard sans ciller tandis qu'elle attend ma réponse. L'éclat de défi dans ses yeux m'indique clairement qu'elle est du genre à aimer passer du bon temps.

Malgré moi, son invitation audacieuse a l'air de me faire de l'effet sous la ceinture. Elle est jolie, et puis ce serait tellement facile. Je pourrais très bien accepter. Après tout, une fois de plus ou de moins, qu'est-ce que ça change ? Sauf que je sais que je me sentirais coupable. Honteux. Assailli par le remords. Ce serait du gaspillage. Parce que j'ai connu la perfection et que je sais que n'importe quoi d'autre sera fade et sans intérêt en comparaison.

— C'est gentil mais je crois que je vais rentrer. Ne le prends pas mal, tu es superbe. Je n'ai pas la tête à ça, c'est tout.

Je fais un signe du menton en direction de Levi, en train de discuter avec son guitariste.

— Le chanteur est sympa. Tu devrais aller te présenter.

Elle a l'air un peu déconcertée et, à vrai dire, je le suis aussi. L'ancien moi lui aurait dit de me retrouver derrière la maison, ou dans la cuisine, ou ailleurs. Techniquement, je serais en droit de faire payer à Levi son intrusion de tout à l'heure en lui mettant des bâtons dans les roues, mais il semblait sincèrement désolé. Et puis, accessoirement, c'est grâce à lui que Leaving Amarillo a pu participer au MusicFest d'Austin, alors je lui dois au moins ça. Apparemment, c'est ça, le nouveau moi : un type qui rend la pareille aux gens qui l'ont aidé, et autres conneries du genre. L'animateur de mon groupe d'addictologie serait super-fier de moi.

— Comme tu voudras, dit-elle en haussant les épaules. Tu ne sais pas ce que tu rates, en tout cas.

— Je te crois sur parole. Bonne soirée.

Je lui fais un petit signe de tête poli et je suis soulagé de la voir s'éloigner. J'ai envie d'être seul, et surtout, j'ai besoin de savoir où Dixie peut bien être. Robyn est en train de danser avec McKinley, et Dallas parle avec le DJ. Sans attendre, je me lève pour partir à sa recherche, mais une autre voix me coupe dans mon élan :

— Tu danses, monsieur le batteur ?

Cette fois, l'invitation vient de Robyn Breeland-Lark elle-même. Je ne suis pas un grand expert en matière de mariages, mais mon instinct me dit que, s'il y a bien un truc qui n'est pas conseillé, c'est de contrarier la mariée.

— Tes désirs sont des ordres.

Je souris et je fais de mon mieux pour ne pas montrer les dents à McKinley quand il me passe le relais.

Robyn paraît si menue et fragile dans mes bras que ça

me fait presque peur. Elle est enceinte, ce que peu de gens ici savent. C'est plutôt incroyable, d'ailleurs, compte tenu du fait qu'au Texas tout le monde est toujours au courant de la vie des autres. Je suis flatté de faire partie des quelques privilégiés dans la confidence et, en même temps, j'ose à peine la toucher, comme si elle était en sucre.

— Elle est dehors. Elle décore le 4x4 de Dallas avec des sous-vêtements, de la mousse à raser, des boîtes de conserve et tous ces trucs.

— Quoi ?

— C'est bon, Gav. Je sais que c'est le jour de mon mariage et que je suis un peu distraite, mais il ne faut pas exagérer. Je sais très bien qui tu cherches. C'est la même personne que tu cherches, *toujours*.

Je ne peux pas m'empêcher de lui sourire, même si j'ai un peu honte de m'être fait griller comme un ado.

Elle sourit à son tour, et je me rends compte qu'elle est toujours aussi resplendissante que dans la chapelle tout à l'heure. On pourrait presque croire que c'est la lumière ou son maquillage, mais non. Elle semble vraiment briller de l'intérieur, un peu comme Dixie.

En la faisant tourner doucement sur elle-même, je surprends Dallas qui nous observe. Je ne sais pas pourquoi ça me blesse de le voir nous scruter comme ça, et pourtant…

Dallas Lark sait tout de moi, il est au courant de tous mes problèmes, mais quand même… Il me connaît mieux que ça, non ? C'est *sa femme*, merde. Et si quelqu'un sait à quel point je suis dingue de sa sœur, c'est bien lui.

— C'est si évident que ça ?

— Plutôt, oui. Il y a un autre truc qui n'est pas évident, par contre.

— Ah bon ? Quoi ?

— Pourquoi tu ne lui dis pas la vérité, tout simplement ?

— C'est-à-dire ?

J'arrive à peine à parler tellement l'angoisse étreint ma poitrine. Ce n'est pas juste à la femme de Dallas que je m'adresse, c'est *aussi* à la meilleure amie de Dixie. Non seulement elle est au courant de tous mes secrets, mais elle est également très proche de la dernière personne au monde qui devrait les connaître.

— C'est-à-dire que tu es amoureux de Dixie depuis que vous êtes gosses, Gavin. Et tu sais aussi bien que moi ce qu'elle ressent pour toi. Même Dallas le sait, et depuis longtemps, même si je parie qu'il préfère ne pas y penser. Mais ce jeu auquel vous jouez, Dixie et toi, ça finira mal si vous n'arrivez pas à trouver un moyen d'être honnêtes l'un envers l'autre. Chacun de vous risque de faire un truc débile à force de ne pas savoir ce que l'autre éprouve. Alors arrêtez de vous torturer et jouez cartes sur table, ou bien…

— Ou bien ?

— Ou bien laisse-la partir, Gav, dit-elle doucement. Si tu ne peux pas être celui qu'elle mérite et celui dont elle a besoin, prends ton courage à deux mains et laisse-la partir. Je ne supporte pas de la voir souffrir et se fermer à tout et à tout le monde, tout ça parce qu'elle attend que tu décides si tu veux d'elle ou non. La vie est trop courte pour la passer à désirer un truc qu'on n'aura jamais, ou à s'accrocher à quelqu'un ou quelque chose qui ne veut pas qu'on s'y accroche.

— La grossesse te rend sage. Et très franche, aussi.

Je lui fais un clin d'œil, et Robyn me donne un petit coup dans l'estomac.

— J'ai toujours été honnête, tu le sais. C'est pour ça que Dallas m'aime : parce que je dis les choses comme elles sont.

— Je t'aime pour tout un tas de raisons, bébé.

Dallas nous a rejoints, et je recule pour le laisser prendre ma place.

— Encore heureux, parce que je te signale que tu es coincé, maintenant que tu m'as fichue enceinte.

Robyn lui adresse un petit sourire malicieux avant de s'éloigner, et je ris. Quant à Dallas, son visage n'est qu'amour et adoration. C'est plutôt elle qui est coincée avec lui. Quand Dallas Lark regarde une femme comme il le fait avec Robyn, alors elle est sous le charme jusqu'à la fin de ses jours, ça ne fait aucun doute.

— Pour info, je me tenais correctement, dis-je. C'est ta femme. Félicitations, en tout cas. Je suis vraiment heureux pour vous.

Il me dévisage d'un air perplexe.

— Je sais, Garrison. Autant que je sache, tu veux assister à ton prochain anniversaire, non ?

Je hausse les épaules.

Honnêtement ? Je m'en tape.

— Gavin, dit Dallas en plaçant une main sur mon torse, ce n'est pas pour protéger Robyn que je suis intervenu. C'était pour te protéger toi, quand je l'ai vue te donner un coup de poing. C'est peut-être ma femme, mais c'est aussi la meilleure amie de ma sœur, et je n'avais pas envie de la voir faire une montée de tension et te flanquer une raclée. Surtout qu'elle se serait sûrement fait mal à la main et que, du coup, j'aurais dû te casser la gueule aussi.

Il sourit, et je l'imite du mieux que je peux. Au moins, je suis soulagé de savoir qu'il n'était pas inquiet.

J'ai fait des trucs dont je ne suis pas fier, et Dallas le sait, mais jamais je ne toucherais à la femme d'un autre, qu'il s'agisse de mon meilleur ami ou de n'importe quel type. Ça m'est arrivé une fois, sans savoir que la nana était mariée, et ça ne s'est pas bien terminé. J'ai compris la leçon.

— Dans ce cas, merci de t'être interposé avant qu'elle ne m'ait envoyé un crochet du droit.

Dallas n'a pas le temps de me répondre : Robyn est revenue et elle lui murmure quelque chose que je ne comprends pas.

— Non, je ne lui en ai pas encore parlé, lui répond-il.

— Me parler de quoi ? Ce sont des jumeaux, c'est ça ?

— Très drôle. Ma sœur a dit exactement la même chose.

En l'entendant mentionner Dixie, j'ai l'impression qu'une pointe de culpabilité me transperce. Ou peut-être que c'est du regret, je ne sais pas trop. En tout cas, ça fait un mal de chien.

— Ah bon ? Les grands esprits se rencontrent, on dirait.

— Pour la millième fois, il n'y a qu'un seul bébé là-dedans, dit Robyn. Alors si vous pouviez tous arrêter de suggérer la possibilité d'une naissance multiple, ça m'arrangerait. Je stresse déjà assez comme ça.

Je ne peux pas m'empêcher de sourire. Elle se sous-estime : si elle arrive à gérer Dallas, c'est qu'elle peut gérer n'importe quoi.

Dallas l'embrasse brièvement, et elle nous abandonne pour danser avec son oncle, le sosie d'Elvis.

— Bon, on continue à jouer aux devinettes, ou bien… ?

— Viens avec moi. Il faut qu'on parle.

— Qu'est-ce qui se passe ?

Il ne dit rien et se contente de m'entraîner dehors, jusqu'à un grand saule à l'écart des invités. La tension dans sa voix est palpable, et je commence sérieusement à stresser.

— C'est à propos du tremplin à la Taverne, annonce-t-il enfin. J'en ai reparlé à Dixie après le dîner de répétition.

Bon. Ça aurait pu être pire, j'imagine.

— D'accord. Et ?

— Elle n'est toujours pas sûre. Elle prend Over the Rainbow très à cœur. Ça lui demande beaucoup de temps de donner des cours de musique aux enfants défavorisés et elle ne veut pas sacrifier ça. Tu la connais.

Même si je ne suis pas étonné, il y a quand même un truc qui me chiffonne. Il me faut quelques secondes pour mettre le doigt dessus mais, quand j'y arrive enfin, ça me fait l'effet d'une gifle.

— Attends une seconde. Seulement à des enfants défavorisés ?

Dallas déglutit tellement fort que je peux voir sa pomme d'Adam monter et descendre sous son col déboutonné.

— Oui. Des gamins avec des parents célibataires ou gravement malades, des orphelins, des enfants qui viennent de familles aux revenus limités et euh… des enfants de drogués.

Je serais bien incapable de mettre des mots sur ce que je ressens à cet instant mais, ce qui est sûr, c'est que je paierais cher pour cogner dans quelque chose. Je sais que ma réaction est ridicule, que Dixie fait ça parce que c'est quelqu'un de bien, point barre. Et pourtant, je n'arrive pas à ne pas le prendre pour moi.

— Respire, Gav. Elle ne fait pas ça par provocation ni pour blesser qui que ce soit. Elle veut juste se rendre utile.

— Je sais. Jamais elle ne blesserait quelqu'un volontairement.

Dixie la réparatrice. Celle qui arrive à tout arranger d'un coup de *fiddle*. Un bisou magique, et tout va mieux. Ou autre chose qu'un bisou en ce qui me concerne.

— Tout juste. Si tu savais comment elle se fait payer, en plus… Un des pères célibataires tond la pelouse et une jeune maman lui prépare à dîner une fois par semaine. Ce genre de choses. Que ça te plaise ou non, tout ce que tu as traversé en grandissant, tous les trucs avec ta mère, ça nous a touchés, nous aussi. Et parfois, ça influence nos décisions, à Dixie et moi.

— Et je le comprends, mais de là à rendre service à des junkies… C'est une mauvaise idée, point. Tu le sais, Dallas, et elle devrait le savoir, elle aussi. Elle ne se rend pas compte que c'est dangereux ? Des problèmes qu'elle risque de s'attirer ?

— Pas la peine de monter sur tes grands chevaux, dit Dallas en secouant la tête. Tu mélanges tout. Elle ne rend pas service à des drogués, elle partage son don avec des enfants, alors respire un grand coup et relativise. Ces gamins n'ont pas à être punis pour les erreurs de leurs parents. *Tu* devrais le savoir.

Oui, j'ai été puni à cause des choix de ma mère, et pas qu'un peu. Ça continue, d'ailleurs. Et c'est justement parce que je sais à quel point les gens comme elle sont vicieux que je ne veux pas qu'ils approchent de ma Bluebird.

— Et donc, ils viennent chez elle quand elle est toute seule ?

Dallas soupire.

— Ils ne font que déposer leurs enfants et revenir les chercher quarante-cinq minutes plus tard, Gavin. Fin de l'histoire. Dixie est une grande fille. Si elle ne se sentait pas en sécurité, elle...

— Elle quoi, Dallas ? Tu sais comment elle est, elle accorde le bénéfice du doute à n'importe qui. Maintenant que tu es installé avec Robyn, la dernière chose qu'elle ferait serait de te demander d'abandonner ta femme enceinte et de passer chez elle parce qu'elle a peur du camé qui doit passer récupérer son gamin.

— Gavin, détends-toi.

Je pousse un soupir chargé d'exaspération. Les Lark vivent vraiment sur une autre planète.

— Non, je ne vais pas me détendre, bordel ! Toi et Dixie, vous croyez que tout le monde est beau et gentil, et c'est tant mieux pour vous. Sauf que moi, je connais l'envers du décor, les bas-fonds puants et immondes, parce que c'est là que je vis. Du côté obscur, là où le type qui change ton huile fait du trafic dans son garage. Là où le cuisinier du café-restaurant sympa et blagueur refile du crack à des gamins qui n'ont même pas l'âge de conduire. Je me suis démené comme un dingue pour tenir Dixie éloignée de toute cette merde, tout ça pour apprendre qu'elle invite ces gens-là à dîner chez elle ?! Donc, non, je ne me détends pas.

Dallas me dévisage sans ciller. Dans ces cas-là, il sait qu'il vaut mieux me laisser vider mon sac s'il ne veut pas qu'on en vienne aux mains. Ça ferait désordre le jour de son mariage, et puis ce serait dommage qu'il parte en voyage de noces avec un coquard. Surtout que c'est le magazine *OK!* qui paye la lune de miel en échange de l'exclusivité des photos du mariage.

En y réfléchissant, ça relève du miracle qu'on ne se soit jamais battus, Dallas et moi. Ce n'est pas pour rien qu'il n'y a jamais deux mâles dominants au sein d'une même meute.

Je veux en savoir plus.

— Combien ?

Dallas hausse les sourcils sans comprendre.

— Combien de drogués passent chez elle ? Combien d'entre eux l'utilisent comme nounou pendant qu'ils vont se camer avant de revenir complètement défoncés ? Combien de junkies savent où elle vit ?

Il hausse les épaules sans répondre. En parlant du loup, Dixie se dirige vers nous, les mains pleines de mousse à raser.

— A ma connaissance, il n'y a que deux gamins dont les parents se droguent, et McKinley garde un œil sur eux. Je sais que tu ne l'aimes pas, mais c'est un type bien, on peut lui faire confiance.

Vas-y, achève-moi.

— On ne peut pas en dire autant de son père. Je ne sais pas dans quelle mesure Jaggerd est au courant, mais son petit papa est une vraie crapule.

— Arrête d'être parano. Tous les gens qui gravitent autour de Dixie ne sont pas là pour lui faire du mal. D'ailleurs, quand on y pense, la seule personne à lui avoir vraiment fait du mal jusqu'à maintenant, c'est…

— Merci de me le rappeler.

— De rien. Tu as de la chance que je ne t'aie pas encore fait une tête au carré, d'ailleurs. J'essaie de me dire que vous êtes adultes et que vous pouvez régler ça tout seuls. Mais quand il s'agit du groupe, je suis obligé de m'en mêler. Ce tremplin, c'est la dernière chance de Leaving Amarillo. Je pense qu'on le regrettera jusqu'à la fin de notre vie si on n'essaye pas. Et je suis presque sûr que le seul truc qui retient Dixie… c'est toi.

— Super. Pas de pression, donc.

— C'est ça. Ah, j'oubliais, Afton Tate devrait être là d'une seconde à l'autre. Robyn est super fan, alors il a promis qu'il passerait après son concert dans l'Oklahoma pour nous chanter une chanson avant qu'on parte.

— Formidable. Je meurs d'impatience.

Dallas rit en entendant mon ton sarcastique.

— Si tu le lui demandes gentiment, peut-être que tu auras un autographe. Et si tu fais un effort, je parie qu'il signera ton soutien-gorge.

— Va te faire foutre, Dallas.

Entre McKinley et Tate, si je ne termine pas ivre mort,

ou défoncé, ou en train de prendre une serveuse dans un coin, ce sera littéralement un miracle. J'ai les nerfs en pelote et une seule envie : attraper la femme qui passe devant nous, la mettre sur mon épaule et dire à tous les mecs alentour de virer leurs sales pattes.

— Robyn est en train d'enfiler sa tenue de voyage ! annonce Dixie en se débarrassant des restes de mousse qu'elle a sur les doigts.

Elle a de la chance que ce ne soit pas de la crème fouettée. Autrement, on serait déjà très loin d'ici.

— Allez, me dit Dallas, viens assister à mon départ et m'envoyer du riz, des bulles et des pétales de rose. Détends-toi, pour une fois.

On se met en route et il me donne une tape sur l'épaule.

— Je serai de retour dans une semaine. Dixie me donnera sa réponse à ce moment-là. Et quoi qu'elle décide ou qu'elle veuille, on respectera ça, d'accord ?

— Toujours.

Mon esprit remonte dans le temps jusqu'à ce qui me semble déjà s'être passé il y a une éternité. Quand elle était dans mes bras, la peau chaude et trempée, dans les toilettes.

Je n'ai pas menti à Dallas : je respecterai toujours ce qu'elle veut. Même si elle ne veut pas ce que je voudrais qu'elle veuille.

7

Dixie

— Tu as passé une bonne soirée ?

Je hausse les épaules à la question de Jaggerd. Qu'est-ce que je pourrais bien lui répondre ? Que je passais une soirée pourrie jusqu'à ce que Gavin soit sur le point de me prendre sur le plan du lavabo des toilettes ? Mais qu'ensuite on a été interrompus et que je l'ai planté là parce que je ne pouvais pas affronter son regard après m'être humiliée de la sorte ?

Hum… Ce serait sans doute un peu trop détaillé à son goût.

— Oui, c'était sympa. Je suis crevée. Et toi ?

La façon dont il se tortille sur son siège quand je lui demande ça éveille ma curiosité. Jaggerd est plutôt du genre calme et tranquille d'habitude.

— Oui, pas mal.

— Merci de m'avoir accompagnée, au fait.

— De rien.

Je pivote sur la banquette en cuir de sa Mustang et je

me rends compte que ses yeux ont l'air d'être sur le point de sortir de leurs orbites.

— Jag, tu veux me parler de quelque chose ?

Il continue à fixer la route, aussi concentré que s'il passait son permis.

— Non, ça va.

— Tu es sûr ? Tu as l'air un petit peu… distrait.

Je me souviens vaguement d'un truc que m'a dit Gavin concernant Jag et Cassidy, mais je n'étais pas très concentrée pendant la conversation.

Il s'éclaircit la gorge, sûrement pour gagner du temps, mais je ne suis pas pressée. J'attends patiemment et j'entreprends de retirer les épingles de mes cheveux pour m'occuper.

— Je vais rester assise là bien sagement à défaire mon chignon, jusqu'à ce que tu me dises pourquoi tu as l'air d'avoir des fourmis rouges dans ton caleçon.

— Compte là-dessus, Lark.

— La patience est une vertu, McKinley.

En temps normal, je compterais les voitures que je vois défiler par la vitre pour passer le temps, mais je n'en ai même pas le courage. Jaggerd se tortille tellement que je finis par me demander si ce qui le stresse n'aurait pas un effet sur ses parties masculines. Je jure que, s'il m'annonce qu'il veut qu'on se remette ensemble, je l'étrangle. La dernière chose dont j'ai besoin en ce moment, c'est Jaggerd me disant qu'il veut qu'on soit plus que des amis. D'autant qu'il est plus ou moins au courant de ce qui se passe avec Gavin.

— Et sinon, ta copine Cassidy… elle est célibataire ?

Merci mon Dieu. J'étouffe un soupir de soulagement.

— D'après ce que je sais, oui. Pourquoi ? Tu as un coup de cœur ?

— Un truc comme ça, répond-il à voix basse sans parvenir à dissimuler un sourire.

— C'est une chouette fille. Elle était à Nashville jusqu'à il y a encore pas très longtemps. Ses parents sont partis d'Amarillo depuis des années. Apparemment, ils lui ont dit que si elle restait à Nashville au lieu d'intégrer l'Ivy League ils ne voulaient plus jamais entendre parler d'elle. A son retour, elle a vécu chez Robyn et, maintenant, elle... Je ne sais même pas où elle vit, en fait.

Je prends note dans ma tête de lui poser la question la prochaine fois que je la verrai.

— L'Ivy League ? Waouh. Impressionnant.

Je hoche la tête, de plus en plus curieuse quant à l'intérêt que Jaggerd lui porte. Ça change les idées de pouvoir se concentrer sur la situation compliquée de quelqu'un d'autre. Je suis toujours beaucoup plus douée pour analyser les relations des autres que les miennes. Allez comprendre.

— Oui, elle est très intelligente. Hyper impulsive aussi, avec une tendance à faire facilement confiance aux autres, et aveuglément. Enfin, ça, c'était avant Nashville. Avec tous les coups durs qu'on encaisse, c'est dur de rester optimiste.

— C'est aussi pour toi que tu parles ?

— Surtout pour moi, à vrai dire.

Voir Gavin au bar ce soir-là, me rendre compte qu'il était là pendant tout ce temps et qu'il n'avait même pas pris la peine de me prévenir, ça a brisé quelque chose en moi. Je ne suis pas non plus détruite ni dévastée, mais je suis davantage sur mes gardes, plus renfermée. Je le sais. Jag et mon frère me l'ont fait remarquer et Robyn est sans arrêt sur mon dos avec ça. « Parle-lui. Dis-lui ce que tu ressens. Exige des réponses. » Voilà ce qu'elle passe son temps à me répéter.

Si seulement c'était aussi simple. Je lui ai parlé à peine cinq minutes ce soir, et on a vu le résultat.

La vérité, c'est que je l'aime plus que tout et que je donnerais tout pour qu'il ressente la même chose pour moi. En fait, si je n'insiste pas pour obtenir des réponses de sa part, c'est parce que je sais déjà ce qu'il dirait. Dans les grandes lignes, du moins.

Tu comptes beaucoup pour moi, Dixie. Tu es comme ma famille.

Autrement dit : « Je t'aime aussi, mais pas comme ça. »

Ma grand-mère disait toujours que chaque événement dans la vie est une saison. Ça n'a pas vraiment été une saison avec Gavin : plutôt une journée de printemps radieuse avec un soleil chaud et prometteur, immédiatement remplacée par une avalanche de neige glacée qui m'est tombée dessus et m'a ensevelie. L'embêtant, c'est que je suis toujours coincée sous la glace.

On a eu une aventure, Gavin et moi. Un truc dans lequel je l'ai entraîné de force. Sauf que lui m'a oubliée et qu'il est allé de l'avant sans se poser de questions, alors que moi, malheureusement… je ne suis pas aussi détachée.

— Et sinon, c'était qui, ce type ? Celui qui est apparu comme par magie et qui a chanté une chanson avant de mettre le grappin sur ta copine ?

Il me faut quelques secondes pour comprendre que c'est de Cassidy qu'il parle.

— Afton Tate. Il est sympa. Je l'ai rencontré à Austin et Dallas est parti en tournée avec lui pendant quelque temps. Robyn est hyper fan.

Jaggerd sourit, ou plutôt il fait la grimace.

— J'ai cru comprendre quand elle a failli s'évanouir en le voyant. C'est gentil de sa part d'avoir fait le déplacement.

— Hum.

Puis un silence interminable s'installe, suffocant. Je me suis tue pendant si longtemps sur tellement de choses que je ne le supporte plus à présent. Je veux pouvoir parler et dire les choses comme elles sont. Alors je me lance :

— Jag ?

— Oui ?

— Tu as un faible pour Cassidy ?

Ses grands yeux noisette s'écarquillent sous le coup de la surprise.

— Euh… je crois, répond-il, hésitant.

— Non. Grandis un peu. Comporte-toi comme un homme et pas comme un gamin. J'en ai plus que ma claque des moitiés de réponse et des mecs qui tournent autour du pot. Soit tu es intéressé, soit tu ne l'es pas. Alors ?

— Je le suis, répond-il avec la fermeté d'un soldat.

— Bon. Et qu'est-ce que tu comptes faire ?

— Euh… l'inviter à sortir ? tente-t-il en se grattant la barbe.

— C'est une question ou une affirmation ?

— Une affirmation. Enfin, c'est ce que je devrais faire, non ?

— Arrête de me demander ce que tu dois faire, décide-toi, nom de Dieu.

Il rit, et je fais le geste de lui tordre le cou.

— Ce que vous pouvez être pénibles, vous, les mecs. Vous jouez tous les gros bras et les machos mais, dès que vous vous retrouvez face à une femme qui a un minimum de personnalité, vous perdez tous vos moyens. Et quand la nana est clairement intéressée, c'est encore pire.

— Je n'ai sûrement aucune chance, de toute façon. Entre l'Ivy League et ce Tate qui lui tourne autour… Si Robyn a failli tomber dans les pommes, c'est que le mec doit vraiment être connu. Je ne fais pas le poids.

— Qui a dit que c'était une compétition ? Invite-la à sortir et tu verras. Si tu lui plais, elle dira oui, et sinon elle dira « merci mais non ». Ce n'est pourtant pas compliqué.

— C'est se faire jeter qui est compliqué, Dix. Ton assurance, ton estime de toi, et toutes ces conneries, tout ça en prend un coup. J'ai l'impression qu'elle a eu ce qu'elle voulait ce soir et qu'elle est tout de suite passée au type suivant. A croire que c'est une habitude avec moi.

— Ouh là, du calme, cow-boy. C'est facile de tout me mettre sur le dos.

— Je ne parlais pas seulement de toi. Il y a eu d'autres filles, tu sais. Je ne suis pas resté assis dans un coin à pleurnicher sur ton départ, Lark.

— Tant mieux. La vie est trop courte pour ça, tu peux me croire.

Jag acquiesce alors qu'on s'engage dans mon allée.

— On dirait bien que quelqu'un d'autre en a eu marre de tourner autour du pot, grommelle-t-il.

Une forme se détache dans la lumière dorée de mon perron. Et il ne me faut qu'un instant pour reconnaître Gavin Garrison.

— Il a dû rouler le pied au plancher pour arriver ici avant nous, fait remarquer Jag.

A tous les coups, il s'inquiète de savoir si le moteur de Gavin est plus gros que le sien. Les mecs, vraiment…

— Je me demande quel est le problème.

Et pourtant, je ne fais pas un geste pour sortir de la voiture. Je ne peux pas. Je ne suis pas prête à l'affronter comme ça, à l'improviste. Je m'attendais à le voir au mariage, mais le trouver là, en train de s'asseoir sur la balancelle de mon porche… ça ne faisait pas partie de mes plans.

— Si tu espères un baiser de bonne nuit, tu peux attendre longtemps. Tu es une fille géniale et tu sais que je tiens à toi, mais je tiens aussi beaucoup à mes dents. Toutes mes dents. Alors…

— Boucle-la, McKinley. Je réfléchis.

— A quoi ?

C'est marrant, j'ai presque dû le torturer pour le faire avouer qu'il aimait bien Cassidy mais, maintenant qu'il s'agit de mes affaires, il est beaucoup plus bavard.

— A ce qu'il peut bien faire ici. A ce qu'il veut et pourquoi ça ne peut pas attendre. A ce que je devrais lui dire et comment je devrais gérer le fait que…

— Dixie ? m'interrompt-il.

— Quoi ?

— Tu réfléchis trop.

— Il paraît, oui.

— Arrête de jouer aux devinettes et sors de ma voiture, Lark. Grandis un peu, comme tu dis.

Je fixe Gavin, qui a commencé à se balancer doucement d'avant en arrière. Si c'est un homme à l'extérieur, c'est encore un petit garçon à l'intérieur. Je les aime tellement, tous les deux. Mais ce n'est sans doute pas une bonne idée de démarrer là-dessus.

— C'est bon, j'y vais.

— A plus tard, ma belle. Et bon courage.

— Bonne nuit, et bon courage avec Cass. Ah, j'y pense ! Elle adore le resto grec en ville, celui qui fait du super houmous.

— Merci. Je m'en souviendrai.

Je ne sais pas si c'est pour gagner du temps avant d'appeler Cassidy ou parce qu'il est reconnaissant du conseil, mais il sort de la voiture et m'ouvre la portière.

— Waouh. Maintenant, on dirait vraiment un rencard.

Il rit mais, en dépit de l'obscurité, je le vois rougir légèrement.

— Vieilles habitudes.

Je souris et il adresse un hochement de tête poli à Gavin, qui le salue à son tour. Décidément, je ne comprendrai jamais comment Gavin Garrison fait pour toujours sembler d'un calme aussi olympien. Même dans les toilettes tout à l'heure, il était complètement maître de lui-même alors que j'étais en train de me liquéfier.

Quoique… Il m'a arraché ma petite culotte, alors peut-être qu'il n'était pas aussi zen que ça.

J'ai chaud rien qu'en repensant à la scène, mais j'avance à pas mesurés en essayant d'avoir l'air placide.

Est-ce qu'il est là pour finir ce qu'il a commencé ?

Et est-ce que j'ai envie de ça ?

J'arrive sous le porche et je retire mes chaussures à talons, que je garde à la main.

— Salut.

— Salut.

Il mordille sa lèvre inférieure, et tous les souvenirs que j'ai de sa bouche me reviennent d'un seul coup.

Je me demande quelle saveur ont ses lèvres à cet instant. Est-ce qu'elles ont le goût de ma peau ? De gâteau ? D'alcool ?

Quand je finis par reprendre mes esprits et relever la tête, je me rends compte que ses yeux brillent. Visiblement, il a remarqué que j'étais distraite.

Il se lève et un frisson de désir me parcourt. Je me sens rougir et une boule de chaleur naît dans mon ventre pour se propager à tout mon corps.

L'éclat de la lumière du porche se reflète dans ses pupilles, et l'obscurité qui l'entoure lui donne un air qui menace de me faire complètement perdre les pédales.

Je vois enfin ce que voient les autres, à présent. Ce que voient les personnes qui ne le connaissent pas ou qui ignorent ce qu'il a traversé. Gavin Garrison est dangereux. Séduisant, compliqué, et composé exclusivement de muscles, de tatouages et de testostérone. Du moins, c'est l'impression que j'ai à cet instant. Son corps transpire la masculinité, de la même façon que certaines femmes laissent des volutes de parfum derrière elles, partout où elles passent.

— On peut parler ?

Bon sang… même sa voix est une mélodie grave colorée de la promesse de plaisirs inavouables.

Je hoche bêtement la tête.

— On peut toujours essayer.

— Je peux entrer ou tu préfères qu'on reste dehors ?

Tout mon corps se contracte en entendant sa question. C'est en moi que je veux qu'il entre. Je veux le sentir jouir profondément enfoui en moi. Je veux ressentir le plaisir et la douleur que lui seul est capable de me procurer.

J'avale ma salive et j'essaie d'humecter mes lèvres sèches, mais on dirait bien que tous mes fluides corporels ont décidé de migrer vers une zone plus au sud.

— Comme tu veux. C'est toi qui veux discuter, donc c'est toi qui décides.

Il regarde la porte d'un air nostalgique.

— Je pense que ça vaut mieux si je reste dehors. Pour cette fois.

La déception m'envahit mais j'acquiesce silencieusement.

— Viens, m'invite-t-il tandis qu'il retourne vers la balancelle. Tu t'assois avec moi ?

J'obéis et je prends place sur la balancelle, qui grince sous mon poids.

— C'est là que tu étais la première fois que je t'ai vue. Exactement au même endroit.

Un sourire triste flotte sur ses lèvres.

— Vous aviez l'air tellement… propres, avec Dallas. Tellement parfaits. Comme les enfants qu'on voit sur les photos en noir et blanc vendues avec les cadres dans les magasins.

Moi aussi, je me souviens. C'était le jour de l'enterrement de mes parents. Il y avait du monde, beaucoup de monde. Des gens qui entraient et sortaient, les bras chargés de nourriture. Des gens qui murmuraient un peu trop fort que c'était dommage que nos grands-parents, à peine en retraite, doivent s'occuper d'enfants qui n'étaient même pas les leurs.

— C'était ma tante Sheila qui nous avait habillés. Elle avait failli m'arracher les cheveux en essayant de les brosser.

Les gens avec les cheveux lisses ont du mal à comprendre les problèmes que rencontrent parfois les personnes qui ont des cheveux bouclés. Ce n'est pas une vie facile, je vous assure.

— Tu étais belle. Et je n'étais pas le genre de gamin qui trouvait que les filles étaient belles.

— Quoi, tu pensais qu'elles sentaient toutes mauvais et qu'elles avaient des poux ?

Gavin ne sourit pas à ma plaisanterie. Il secoue juste la tête, tristement.

— Non. Simplement, j'en savais déjà trop. J'avais vu des hommes et des femmes faire des choses chez moi, sur mon canapé. Ma mère était trop défoncée pour que ça la dérange. Je savais déjà comment ça marchait et je trouvais ça absolument dégoûtant. Terrifiant, même. Je m'étais promis que jamais je ne toucherais une fille ou une femme de toute ma vie.

A l'entendre, j'en oublierais presque la colère et l'anxiété que j'éprouvais jusqu'à maintenant. Gavin ne parle pas souvent de son enfance et, quand il le fait, je suis toujours prise d'une envie irrépressible de le consoler.

— Je suis désolée.

Je n'arrive même pas à imaginer ce que ça a dû être d'assister à ce genre de choses à un si jeune âge.

— Il ne faut pas. Si je te le raconte, ce n'est pas pour que tu sois désolée. La pitié et la charité, c'est pas mon truc.

— Je sais.

— Si je te parle de ça, c'est parce que, ce jour-là, les choses ont changé. Pour la première fois, j'ai vu une fille qui ne me terrifiait pas, qui ne me mettait pas mal à l'aise, et qui ne me donnait pas mal au ventre.

— Et qu'est-ce que tu ressentais, alors ?

Je frissonne tandis que j'attends qu'il formule une réponse.

— De l'espoir.

Il y a tellement d'émotion dans ces quelques mots que j'ai toutes les peines du monde à résister à l'envie de l'embrasser. J'aimerais grimper sur ses genoux et le couvrir de baisers, d'amour, et de tout ce que je peux lui donner.

— Je t'ai vue et je me suis senti plein d'espoir. Tu ne ressemblais à personne que je connaissais. Tu étais à la fois sauvage et immobile. Douce, généreuse et belle. C'est une combinaison plus rare que ce que tu crois.

— Tu avais faim, tu cherchais quelque chose à manger. Tu avais peut-être des hallucinations.

Ce n'est peut-être pas très malin de répondre ça en abordant un sujet aussi sensible mais, si je ne dédramatise pas, je vais exploser. Ou m'humilier pitoyablement en lui avouant mon amour éternel et inconditionnel.

— Je ne pense pas, non.

Il sourit enfin. S'il savait à quel point j'aime le voir sourire.

— Ce n'étaient pas juste mes yeux, Bluebird. Moi, je me sentais différent. Quand tu es rentrée dans la maison, j'ai pensé que c'était peut-être parce que je te faisais peur. Mais ensuite, tu es revenue avec de la nourriture. Je savais que c'était pour moi, mais tu as fait comme si c'était normal. Tu ne m'as pas traité comme un pauvre gosse affamé ou comme un chien perdu. Avec Dallas, vous m'avez simplement traité comme quelqu'un de normal, et personne n'avait jamais fait ça. Ça m'a beaucoup touché. Et ça me touche encore. C'est pour cette raison que…

— C'est pour cette raison que toi et moi, on ne peut pas être autre chose que des amis, parce que je suis comme ta famille. C'est bon, j'ai compris. Tu as été très clair sur le sujet il y a déjà longtemps, et j'aurais dû t'écouter.

Même si ça me fait du bien qu'il se confie à moi, son petit discours sur le thème de « c'est pour ça qu'on ne pourra jamais être ensemble » est en train de me réduire en miettes.

— C'est ça que tu penses ? C'est vraiment ce que tu crois ?

J'hésite à lui livrer le fond de ma pensée. C'est tellement rare qu'il parle comme ça. J'ai peur de dire un mot de trop et qu'il se referme comme une huître.

— Je ne sais pas ce que je pense ou ce que je crois, pour être honnête.

— Et moi, je pense que si, Bluebird. Mais je comprends pourquoi tu te bats contre cette idée. Il faut dire que je n'ai pas fait grand-chose pour éclaircir la situation.

— Effectivement.

Je le dévisage sans savoir s'il est en train de me tester ou non. Entre son regard sombre et ses lèvres légèrement entrouvertes, je pourrais le regarder chaque seconde de chaque minute de chaque heure de ma vie et ne pas encore en avoir assez.

Ma tête sait qu'il veut me cantonner dans le rôle d'amie, mais mon cœur s'emballe comme s'il venait de me faire une grande déclaration que mon cerveau n'a pas encore assimilée.

Il y a toujours eu quelque chose de spécial avec lui. Entre nous. Une sorte de magnétisme, une attirance, une force qui nous attire sans arrêt l'un vers l'autre.

Il reste immobile et me dévisage, comme s'il attendait que je découvre un indice. Je vois bien qu'il essaie de me faire comprendre quelque chose, mais son regard est toujours tellement indéchiffrable… C'est difficile de lire en lui, et si on ajoute à ça sa tendance à lâcher les mots au compte-gouttes, alors l'énigme est presque impossible à résoudre.

J'aurais fait un mauvais flic…

Gavin se lève en soupirant profondément, et je reste seule sur la balançoire.

— Je ferais mieux d'y aller. Etre ici, avec toi, après ce qui s'est passé tout à l'heure…

— Je ne vais pas te supplier de passer la nuit avec moi, si c'est ça qui t'inquiète.

Waouh. Ça vient vraiment de sortir de ma bouche ? Il faut croire que j'ai encore pas mal de rancune en magasin.

— Ça ne m'inquiète pas. Absolument pas, même.

Aïe. Merci, ça fait toujours plaisir.

— Oh. Alors tant mieux. Je voulais juste que ce soit clair. J'ai bien compris, tu sais. Austin, c'était juste pour une nuit, et la seconde fois, j'étais triste à cause de mon grand-père et…

— C'était la quatrième fois, pour être exact.

Alors là, j'ai du mal à le suivre. Je ne sais pas à quoi il joue mais, visiblement, il est beaucoup plus doué que moi. Je me sens rougir de la pointe des pieds à la racine des cheveux, comme brûlée au troisième degré. Gavin a toujours été la flamme et moi, le petit oiseau qui vient voler trop près du feu.

— Hum. Peu importe. Ce que je voulais dire, c'est que je ne vais plus être cette fille-là.

Il fourre les mains dans ses poches et me regarde comme si je venais de dire quelque chose de très amusant.

— Et c'est qui, cette fille ?

Je me lève, parce que je déteste être assise et le voir me fixer de haut.

— Celle qui croyait bêtement qu'une nuit pourrait changer quelque chose. Celle qui t'a poussé à faire quelque chose dont tu n'avais pas vraiment envie, de toute évidence.

— Ah, cette fille-là, dit-il en acquiesçant avec un peu

trop d'énergie. Je vois. Celle qui a pris ce qu'elle voulait sans s'occuper des conséquences ?

— C'est ça.

— Celle qui a été honnête sur ses sentiments et qui a mis son cœur et son âme à nu pour un connard indigne ? La fille qui m'a tenu tête, m'a demandé d'arrêter d'être un putain de lâche et de lui donner ce qu'on voulait tous les deux ?

— Euh… oui.

C'est officiel, je ne comprends plus rien. Où est-ce qu'il veut en venir à la fin ?

— Tant mieux, parce que cette fille-là n'est qu'une source de problèmes. Je suis ravi de savoir que je ne la verrai plus.

Il y a un éclat malicieux dans son regard et je ne peux pas m'empêcher de sourire, comme à chaque fois qu'il me cherche ou qu'il me taquine.

— Et la nouvelle fille, elle est comment ? continue-t-il. Elle a plutôt l'air de garder ses vrais sentiments pour elle, non ? Enfin, ça tombe bien, c'est pour ça que je suis là.

— Pour me faire parler de mes sentiments ?

Il sourit en entendant mon ton dubitatif. Décidément, je l'aurai davantage vu sourire ce soir qu'au cours des dix dernières années.

— Pour te dire que je comprends pourquoi tu prends tes précautions. Pourquoi tu restes sur tes gardes. Je le mérite.

Et nous voilà revenus au point de départ.

— Ravie de le savoir.

— Tu veux savoir où tu mets les pieds et je ne peux pas te le reprocher, au contraire, dit-il en descendant les marches du perron. Sache juste qu'un jour j'aurai enfin mis de l'ordre dans ma vie et que j'aurai vraiment quelque chose à t'offrir. Je te jure que je serai à nouveau digne de confiance.

— Gavin Garrison, si tu es encore en train de me demander de t'attendre, je te jure que je…

— Ce n'est pas ce que je suis en train de faire. Je te dis simplement qu'un jour un démon est tombé amoureux d'un ange. Et maintenant, le démon est en train d'essayer de devenir un homme digne de l'amour de l'ange. C'est pour ça que je ne t'ai pas appelée quand je suis rentré. Parce que j'ai quelques problèmes que je dois régler d'abord.

— Est-ce que ces problèmes impliquent la blonde du bar ?

Il tressaille et j'ai presque envie de rire. Il croyait vraiment que j'avais oublié ce détail ?

— En quelque sorte. Enfin, pour le moment, oui. C'est compliqué. Mais ça ne le sera pas toujours, si tu vois ce que je veux dire.

— Pas vraiment, non.

— Je suis désolé.

Pour sa défense, il a vraiment l'air désolé.

— Moi aussi.

En vérité, je suis tout un tas de choses, mais c'est la seule réponse qui me vienne à l'esprit.

— Bonne nuit, Bluebird.

— Bonne nuit, Gav.

Je l'observe remonter mon allée et retourner à sa voiture dans l'obscurité. Je ne sais même pas ce que je ressens à cet instant. Un tas de choses, beaucoup trop pour réussir à les définir et les analyser.

Mon string (ou plutôt ce qu'il en reste) était dans sa poche. Je l'ai vu qui dépassait. J'allais le lui dire, mais l'occasion ne s'est pas présentée.

Enfin… Si je n'ai rien dit, c'est surtout parce que je suis une peste qui espère que la blonde va tomber dessus.

8

Gavin

Trois jours ont passé. Et rien.

Je pensais que j'allais la voir, tomber sur elle par hasard. J'ai même décidé d'emmener le tas de ferraille de ma mère chez les McKinley pour qu'ils fassent la vidange au cas où elle traînerait dans les parages.

Dallas va être furax que je n'aie pas abordé le sujet du tremplin avec elle. Je veux le faire, pourtant. Simplement, je ne veux pas lui donner l'impression que j'essaye de la convaincre. Il ne faut surtout pas qu'elle croie que tous ces trucs sur les problèmes que je veux régler sont une technique pour l'obliger à participer au tremplin.

Leaving Amarillo est important pour moi, bien sûr, mais pas autant qu'elle. Elle peut très bien tirer un trait sur le groupe, tant qu'elle me laisse occuper une place dans sa vie.

Je veux finir de payer ma dette pour tout ce que j'ai fait pendant l'année qu'elle a passée à Houston. Ensuite, une fois que tout ça sera arrangé, dans quelques semaines normalement, je lui raconterai tout, je lui expliquerai que j'ai satisfait à toutes les exigences de ma liberté conditionnelle et, après, je l'inviterai à sortir. Un vrai rencard. Je veux l'emmener dîner au restaurant, puis au cinéma, puis faire une grande promenade pendant laquelle je me jetterai à ses pieds en la suppliant de me pardonner pour toute la peine que je lui ai faite. Mais d'abord, je veux redevenir son ami.

Pour rien au monde je n'échangerais les souvenirs d'Austin. Mais je mentirais si je disais que je n'ai pas de regrets.

Dixie mérite mieux qu'une partie de jambes en l'air dans un Days Inn. Qu'on soit bien d'accord, c'était la nuit la plus chaude de ma vie, mais n'empêche. Elle mérite un repas romantique, des chandelles, de la romance. Et surtout, elle mérite qu'on soit honnête avec elle. J'ai plein de choses à lui avouer mais, avec le tremplin, Ashley et ma mère qui disparaît plusieurs jours d'affilée, ça gâcherait tout si je lui parlais maintenant. J'ai besoin de temps, pour qu'elle me voie de nouveau comme un ami, et pas seulement comme un type qui a couché avec elle avant de lui faire un sale plan. C'est seulement à ce moment-là que je pourrai tout lui dire. Et si ça détruit tout, je serai là, en tant qu'ami, pour tout reconstruire. Ce que j'espère, c'est qu'une fois qu'elle saura tout elle finira par comprendre pourquoi j'ai fait tout ça et par me pardonner. Même si elle me déteste d'abord. Et après ça, peut-être qu'on pourra être plus que des amis. Du moins, j'espère. Si elle savait l'espoir qu'elle fait naître en moi, elle aurait sûrement du mal à y croire.

En théorie, ça paraît faisable. Enfin, dans les grandes lignes. Parce qu'il y a quelques petits détails qui me dérangent.

A commencer par Jaggerd. Ce mec est pire qu'une épine dans le pied. Il s'est peut-être tapé Cassidy au mariage de Dallas, mais son attitude a changé du tout au tout dès qu'il m'a vu. Il a encore des sentiments pour Dixie, c'est évident. Pas besoin d'être un génie pour reconnaître les signes indicateurs : les épaules tendues, les mâchoires serrées, son refus de baisser les yeux. Il est territorial. Protecteur. Possessif.

Un peu comme Dallas, à un détail près : l'affection qu'il porte à Dixie est tout sauf fraternelle. Et ça a le don de me transformer en bête assoiffée de sang qui meurt d'envie de lui casser la gueule juste pour le plaisir.

Les hommes des cavernes avaient vraiment la vie facile. Un type venait traîner sur votre territoire ? Pas de problème. Vous le butiez, et c'était réglé. Ou vous le frappiez jusqu'à ce qu'il regrette d'avoir croisé votre chemin.

J'aurais dû naître à l'époque de la préhistoire.

On se tourne autour, avec McKinley. Ça lui arrive de venir au bar et, dans ces cas-là, il s'assoit aussi loin que possible du comptoir. A l'exception des brefs hochements de tête ou des grognements qu'on s'adresse pour se saluer, on s'ignore poliment. On fait tous les deux semblant de ne pas se détester, comme si on ne se sentait pas le moins du monde intimidés ou menacés. J'imagine que c'est la version socialement acceptable de l'homme des cavernes du XXIe siècle.

Pendant que je suis au garage pour la vidange, je garde

le nez sur mon portable pour faire semblant d'être occupé. Jaggerd, lui, a la tête sous le capot, aussi concentré que s'il devait réparer un moteur de fusée.

— J'ai vu le flyer au bar, dit-il à un moment.

— De quoi tu parles ?

— Du flyer pour le tremplin.

— Ah. Oui, c'est dans pas longtemps.

Il s'essuie les mains avec un chiffon et referme le capot.

— Vous allez vous inscrire, Dallas et toi ?

— On envisage d'inscrire Leaving Amarillo.

— Ah oui ? Tiens donc.

Il dit ça comme s'il savait quelque chose que moi, j'ignore. Heureusement qu'il a refermé le capot. Autrement, je le lui aurais sûrement rabattu sur la tronche.

— Oui, tous les trois. Pourquoi ? Tu veux venir nous montrer ton soutien pendant le concert ?

— Pas vraiment, non, dit-il en riant. J'ai essayé une fois, et ça ne s'est pas super bien passé.

Sans déconner. La seule fois où il est venu à un de nos concerts, il était complètement bourré et il a fait une scène devant tout le monde. Il a dit des choses qui étaient loin d'être flatteuses sur Dixie, alors qu'ils étaient encore ensemble à ce moment-là, et Dallas a dû l'emmener dehors pour m'empêcher de lui casser la gueule. Mon sang bout dans mes veines rien que d'y repenser.

— Je me souviens, oui.

— Sans blague, dit-il avec un petit reniflement de mépris.

— Tu as un problème, McKinley ? Parce que, moi non plus, je ne suis pas ton plus grand fan, si ça peut te rassurer.

Il me dévisage d'un air mauvais pendant un certain temps avant de me répondre :

— Tu lui as fait du mal. Tu lui en fais encore, d'ailleurs. Et quelque chose me dit que si tu as fait un petit détour, l'autre soir, c'était plus pour la convaincre de participer au tremplin que pour essayer d'arranger les choses avec elle.

Alors lui, il est vraiment magique. Pour qui il se prend ?

— Laisse-moi te dire un truc : tu ne me connais pas. A part les rumeurs qui circulent dans le quartier, tu ne sais rien de moi. Et soyons honnêtes, si tout le monde se mettait à les écouter, les rumeurs, je pourrais faire fermer ton garage en un coup de téléphone.

Il écarquille les yeux mais il ne dit rien.

On dirait bien que tu as perdu ta repartie en route, connard !

— Alors je te propose un truc : tu arrêtes de t'occuper de mes intentions sur Dixie et, de mon côté, je fais en sorte de ne pas m'occuper des affaires de ton père. Comme les trucs qu'on lui paye en liquide sans qu'il fasse de factures.

Pile au moment où je pense que j'ai gagné la partie, ce crétin se marre. Il éclate de rire, comme si j'étais un foutu comique. Je hausse les épaules et je croise les bras sur ma poitrine.

— Qu'est-ce qu'il y a de drôle ?

— Toi. Tu es à mourir de rire.

— Ah oui ? Et on peut savoir quelle partie t'amuse ?

Dans ma tête, je peux entendre la voix d'Ashley me dire de ne pas m'attirer d'ennuis avant la fin de ma liberté conditionnelle. Sauf que la rage est déjà en train de monter dangereusement. Il me faut ma foutue batterie. Et il me la faut tout de suite.

— Tout, mais surtout le fait que ce soit le dealer du coin qui menace mon père. Tu sais, celui qui accepte de se faire payer en nature par tout ce qui a une chatte.

Le choc doit se lire sur mon visage, mais je suis incapable de masquer ma surprise. S'il y a bien quelqu'un qui ne doit pas être au courant de mes affaires, et particulièrement des trucs que j'ai réussi à cacher à Dixie pendant tout ce temps, c'est bien lui, son ex jaloux. Je ne pensais pas que ça se savait dans le quartier. Apparemment, je me suis trompé.

Dixie ignore que je suis tombé aussi bas pendant l'année où elle était à Houston, mais il faut croire que ça n'a pas échappé à Jaggerd McKinley. Ce que je ne comprends pas, c'est pourquoi il n'en a pas parlé à Dixie. Ça lui aurait permis d'avoir le champ libre une bonne fois pour toutes.

— Attends ! En fait, je pense que la partie que je trouve la plus drôle, c'est celle où un camé me dit que je ne sais rien de lui, alors que c'est moi qui ai retapé le 4x4 de Dallas l'an dernier. Tu sais, après l'accident où tu as failli le tuer ? Tu l'ignores sûrement, mais la police d'Amarillo ne se fatigue pas trop quand il s'agit de protéger la vie privée de pourritures dans ton genre. Autant te dire que je me suis régalé avec les détails qui figuraient sur les papiers de l'assurance.

— Tu peux me juger autant que tu veux, je n'en ai rien à foutre de ce que tu penses. Tu me croiras ou pas, mais il se trouve que j'ai prévu de tout raconter à Dixie. Alors je vais te dire une chose : si elle apprend quoi que ce soit par qui que ce soit d'autre que moi, je te ferai regretter d'avoir ouvert ta grande bouche.

Ça ne rime à rien de le menacer, car je sais très bien que si je mets ma menace à exécution, ça se terminera au poste et je finirai en taule. Mais là, je panique. Si McKinley en sait autant à mon sujet, alors il est fort possible qu'il ne soit pas le seul. Et que les autres personnes au courant ne soient pas aussi discrètes que lui.

Je pensais que j'avais encore le temps.

J'avais un plan.

Et il vient de complètement se casser la gueule.

9

Dixie

Est-ce que Gavin t'a parlé ?

Mercredi matin, je me réveille avec mon portable qui me chante *Better Than You Left Me*, et un texto de mon frère envoyé il y a une heure.

Je frotte mes yeux agressés par la lumière de l'écran et je lui réponds.

Plus ou moins. Pourquoi ?

Dallas ne répond pas tout de suite. En temps normal, je l'appellerais pour lui demander des explications, mais il est en voyage de noces, alors je préfère éviter. Dieu sait ce que je serais susceptible d'interrompre… Je ne veux même pas y penser.

Mon premier cours n'est qu'à 13 heures, alors je n'ai pas besoin de courir dans tous les sens. Je prends une longue douche et je petit-déjeune sans me presser.

Après avoir réussi à dompter ma tignasse en une espèce de queue-de-cheval basse, j'enfile un jean délavé et un haut noir avec une inscription rouge qui dit « KEEP CALM AND HUG A DRUMMER[1] » (qu'est-ce que vous voulez, on dirait que j'ai un faible pour cette catégorie de la population). Puis je fais un peu de rangement dans la maison, je vide le lave-vaisselle et je lance une lessive. Les gens seraient sûrement morts de jalousie s'ils voyaient à quel point ma vie est glamour.

Ce n'est que quand la sonnerie de la porte d'entrée retentit que je me rends compte que c'est l'heure de la leçon de piano de Maisey. Et c'est aussi à ce moment-là que je me rends compte à quel point la maison est vide. Paradoxalement, ce n'est que quand j'ai de la compagnie que j'y pense.

— Bonjour, mesdames, dis-je à la petite de six ans accompagnée de Leandra, sa maman.

Victime d'un viol à l'âge de seize ans, Leandra avait l'habitude de prendre des antidouleurs et des antidépresseurs pour essayer d'ignorer le fait qu'elle était enceinte, jusqu'à ce que la réalité la rattrape. L'accouchement a été difficile et Maisey est petite pour son âge, un retard de croissance dont Leandra se sent encore affreusement coupable. Malgré ça, Maisey est l'une de mes meilleures élèves. Peut-être même la meilleure, en fait.

— Bonjour, mademoiselle Dixie. Je me suis entraînée sur mon clavier de princesse toute la semaine !

Je lui tape dans la main avec enthousiasme.

1. L'inscription signifie « Restez calme et faites un câlin à un batteur » (NdT).

— Bravo ! Je suis fière de toi.

Leandra nous sourit.

— C'est vrai, elle n'a pas arrêté ! Elle devient vraiment douée. Je vais aller faire quelques courses. Je serai sûrement de retour avant la fin de la leçon, ça ne t'embête pas ?

— Bien sûr que non. A tout à l'heure.

Je ferme la porte derrière Leandra puis j'accompagne Maisey jusqu'au piano.

— Montre-moi le morceau que tu as répété.

On se met au travail puis on termine le cours sur un petit concert improvisé pour Leandra, qui revient effectivement un peu avant la fin de la leçon.

Pendant l'heure qui suit, je reste assise au piano et j'attends.

Il va venir. Il vient toujours.

Il ne sonne pas et il ne frappe pas à la porte non plus. Il traîne simplement sous le porche en attendant que je le laisse entrer.

Il a fallu deux semaines pour le convaincre d'entrer à l'intérieur, et une troisième pour qu'il accepte de me dire son prénom.

Je ne connais pas l'histoire de Liam, je ne sais pas non plus pourquoi il vient ici, mais je fais toujours en sorte d'avoir quelque chose à manger et une leçon de piano pour débutant en réserve pour lui.

Aujourd'hui ne fait pas exception à la règle. Je guette le bruit de ses pas dans l'allée puis sur les marches, et je vais ouvrir la porte.

Quand je le vois, mon cœur se brise, comme à chaque fois que je pose les yeux sur lui. Comme d'habitude, il n'y a aucune voiture en vue et j'ignore qui l'a déposé. Ses vêtements sont tachés et élimés, et il a les cheveux gras. Un bon bain ne lui ferait pas de mal. J'aimerais lui offrir davantage que des cookies, un sandwich ou un cours de piano, mais je ne trouve pas les mots qui ne le blesseraient pas. Alors je fais comme d'habitude. Pour cette fois encore.

Il a l'air d'un animal effrayé, susceptible de s'évader d'une seconde à l'autre. Je veille à lui parler d'une voix douce et calme, comme à chaque fois que je m'adresse à lui.

— Bonjour, Liam.

— Bonjour, répond-il sur le même ton.

Je désigne le banc du piano d'un geste.

— Tu viens t'asseoir ? Je me suis dit qu'aujourd'hui on pourrait apprendre *Twinkle, Twinkle, Little Star.* C'est un joli morceau.

Ses yeux se plissent, comme toujours, comme s'il se demandait si c'était un mensonge ou un piège. Il a les cheveux bruns et des yeux marron qui s'assombrissent quand il est frustré, c'est-à-dire souvent. Il me rappelle un autre musicien colérique que je connais. J'hésite à demander à Gavin de lui donner des cours de batterie car le piano et le violon ont l'air de sérieusement lui taper sur les nerfs, comme la guitare d'ailleurs. J'aimerais bien réconforter et consoler Liam, mais je parie que ça lui taperait sur les nerfs, ça aussi.

Il a un bouclier perpétuellement dressé devant lui, tellement impénétrable que j'en suis presque jalouse. Si seulement j'arrivais à me protéger autant que lui…

Avec mes encouragements, il joue tant bien que mal le morceau en entier deux fois.

— Tu t'es très bien débrouillé. Est-ce que tu aimerais essayer d'autres instruments aujourd'hui ?

Il secoue la tête et regarde fixement ses bouts de pied.

— D'accord. C'est vrai que c'est fatigant de jouer du piano. Est-ce que tu voudrais un sandwich ou des bretzels pour reprendre un peu de forces ? Avec un thé glacé ou un soda, peut-être ?

Il lève les yeux vers moi et son regard s'illumine l'espace de quelques instants, puis il hausse les épaules.

— Comme vous voulez.

Je vais chercher le beurre de cacahuète, la confiture, le pain et des bretzels que je pose sur la table, avec un soda et un verre de jus de raisin. Tandis que je prépare deux sandwichs (un pour lui et un pour moi), il s'empare du soda et l'avale en à peine trois gorgées.

Le voir manger me fait plaisir et me brise le cœur en même temps. Il se jette sur la nourriture comme s'il n'avait rien avalé depuis des mois.

Quand il a fini son sandwich, je pousse mon assiette dans sa direction.

— Je suis bête, je me suis trompée. Je me suis fait un sandwich à la confiture d'abricots alors que je n'aime que la confiture de fraises. Tu en veux ? Comme ça, je ne le mets pas à la poubelle.

Il s'attaque immédiatement à mon assiette, et le second sandwich ne tarde pas à être englouti.

Toutes les semaines, je me dis que je vais découvrir

la vérité sur ce gamin, découvrir qui le néglige de cette façon. Mais toutes les semaines, j'ai peur de le faire fuir et qu'il ne revienne jamais si je lui pose des questions. A chaque fois que j'ai tenté de le faire parler de ses parents, j'ai essuyé un échec cuisant. Sa maman est morte et son père « n'aime pas que les gens se mêlent de leurs affaires », pour reprendre ses mots.

Alors, aujourd'hui, j'opte pour un nouveau type d'approche.

— Où est-ce que tu habites, Liam ? Tu saurais m'expliquer où est ta maison ?

— Là où il y a les gros camions. A côté de l'endroit où les gros camions viennent faire le plein.

Je me creuse la cervelle pendant quelques instants. Il y a bien une station essence pour poids lourds près de l'autoroute… mais les seules maisons dans le coin sont vraiment délabrées et elles sont presque toutes condamnées. S'il vit là-bas, ça voudrait dire qu'il traverse la grande route tout seul pour venir ici. C'est tout simplement impossible, non ?

— Et ta maison, à quoi est-ce qu'elle ressemble ? Est-ce qu'elle est un peu comme celle-ci ?

Il recule brusquement pour se lever et les pieds de sa chaise crissent sur le sol.

— Il faut que j'y aille. Je vais me faire gronder si je ne me dépêche pas de rentrer.

Je l'imite et je me lève à mon tour.

— Je peux te ramener en voiture. Tu n'auras qu'à m'indiquer la route. Comme ça, je…

— Non, dit-il si fort qu'il crie presque. Mon papa ne

veut pas que des gens viennent chez lui. Il dit que c'est une propriété privée.

J'acquiesce et je l'accompagne à pas lents dans l'entrée.

— Tu peux revenir quand tu veux, Liam, d'accord ? Ce soir, demain, quand tu voudras.

— Oui, madame, répond-il pendant que j'ouvre la porte.

Après son départ, je prends quelques minutes pour me remettre de sa visite. Lorsque je pense à consulter mon portable, je suis étonnée de voir que j'ai deux messages de Dallas. Le premier me demande ce que j'en pense et le second me dit de le rappeler quand j'aurai le temps. Ce que je pense de quoi ?

Jag aussi m'a envoyé un texto pour me demander si on pouvait dîner ensemble pour discuter. Je suppose qu'il veut inviter Cassidy à sortir et qu'il a besoin de conseils. Je dois dire que je trouve ça assez drôle qu'il s'adresse à moi, la reine des relations foireuses et impossibles.

Je lui réponds en lui demandant où et à quelle heure il veut que je le retrouve, puis j'appelle Dallas. Pitié, pourvu qu'il ne réponde pas avec la voix de quelqu'un qui vient de faire des galipettes. Ça ruinerait complètement ma pause déjeuner.

— Salut, Dix !

C'est Robyn qui décroche, et elle semble d'excellente humeur.

— Tu peux patienter une seconde ? Dallas vient juste de sortir de la douche.

— Pas de problème. Alors, ces vacances ?

— C'est génial. Bon, écoute, je dois te dire un truc et

je n'ai pas beaucoup de temps. Dallas ne veut pas que tu le saches parce qu'il ne veut pas que ça influence ta décision, mais…

Elle est interrompue par la voix de mon frère derrière elle.

— C'est Dixie ?

— Oui ! Va t'habiller, on est en train de parler de trucs de filles.

— Merci pour l'image de mon frère à poil. C'est charmant.

Je m'empare quand même d'un autre sandwich.

— De rien.

Robyn rit doucement, mais je la sens tendue.

— Bon, qu'est-ce qui se passe ? Ce sont des jumeaux, c'est ça ? J'en étais sûre !

— Sérieusement, si tu continues, je te raccroche au nez.

Je prends une bouchée avant de lui répondre :

— Je suis sûre que, si je le répète suffisamment, ça va finir par arriver. Et comme ça, vous pourrez en appeler un des deux comme moi.

— Tu es complètement tarée.

Pas besoin de l'avoir en face de moi pour savoir qu'elle est en train de lever les yeux au ciel.

— C'est pour ça que tu m'aimes. Alors, c'est quoi, cette nouvelle ultra-secrète ?

Elle baisse tellement la voix que je dois tendre l'oreille pour comprendre ce qu'elle dit.

— La maison de disques a officiellement rompu le contrat de Dallas aujourd'hui. Il a contacté quelques personnes dans l'espoir de trouver un moyen d'enregistrer son album, mais c'est vraiment incertain, alors il est hyper stressé. Enfin, encore plus que d'habitude, je veux dire.

Je savais que ça risquait d'arriver d'un jour à l'autre, et pourtant mon cœur se serre en apprenant la nouvelle.

— Oh non… Ça craint.

— Comme tu dis. Il se retrouve avec une femme enceinte et pas de boulot. Il essaye de la jouer cool pour ne pas m'inquiéter, mais je vois bien dans quel état il est depuis qu'on a appris la nouvelle ce matin. Enfin bref, je voulais juste t'avertir au cas où il serait désagréable ou de mauvais poil dans les jours qui viennent.

— Compris. Merci de m'avoir prévenue.

— Une dernière chose : sache qu'on t'aime et que quoi que tu décides, on sera avec toi. Si tu ne le sens pas, on comprend tout à fait.

— J'imagine que tu parles du tremplin ?

— Oui. Ah, Dallas est là. Je te le passe. A plus tard !

— Salut, dit aussitôt mon frère d'une voix joyeuse.

— Salut, monsieur Breeland.

Mon commentaire le fait pouffer de rire.

— Ça résume assez bien la situation, en effet. Comment ça va à la maison ?

— Ce n'est pas aussi exotique que le Costa Rica, mais on s'y fait.

— C'est vrai que c'est magnifique ici. Enfin, pas aussi magnifique que la fille à côté de laquelle je me réveille chaque jour.

Au secours.

— Qui êtes-vous et qu'avez-vous fait de mon frère ?

Son rire me réchauffe le cœur. On n'a peut-être pas eu une vie très facile, avec Dallas, mais par chance ça ne nous empêche pas d'être heureux. Enfin, surtout lui. Je suis ravie de le voir nager dans le bonheur, même si ça me rend un tout petit peu jalouse. Juste un tout petit peu.

— C'est toujours moi, je te rassure. Bon, je suis désolé de te presser, Dixie, mais on n'a plus le temps. On aurait dû confirmer notre présence au concert d'entraînement de la semaine prochaine il y a déjà deux jours. Je pense que ça peut être une super opportunité pour nous. C'est comme si le destin nous redonnait une chance… enfin, un truc comme ça.

— J'y réfléchis, Dallas. Je te le jure.

— Est-ce que Gavin t'en a parlé ?

— Non, pas du tout.

L'agacement est presque palpable dans l'énorme soupir qu'il pousse.

— Comme c'est étonnant. C'est sûr que ce serait trop compliqué pour lui de faire ce que je lui ai demandé. Demande à Gavin de tourner à droite et, à tous les coups, il tournera à gauche.

Ah, voilà. Le sergent-chef autoritaire est revenu. Je reconnais enfin mon frère.

— Et donc… le tremplin ?

— Ils demandent deux chansons au premier tour, une au deuxième tour, et une compo originale si on arrive jusqu'au dernier tour. On n'a pas beaucoup de temps pour répéter, sans compter que je dois encore aménager la chambre d'enfant avec Robyn.

— Et tu es sûr de vouloir tenter le coup ? Qu'est-ce qui va se passer si on te fait une meilleure offre en tant que Dallas Walker ?

— Dallas Walker était une arnaque, Dixie, et tu le sais aussi bien que moi. Tu me connais. Ma place est au sein du groupe… et très franchement, la tienne aussi. J'ai vu certains des groupes qui se présentent sur scène et je pense sincèrement qu'on a une chance. Mais il faut que je te dise quelque chose à propos du tremplin. Gavin devait t'en parler, mais…

— Accouche, Dallas.

— En fait… Le tremplin est sponsorisé par Rock the Republic Records. Le premier prix est un contrat d'enregistrement et un gros chèque.

Mon cœur se serre à l'idée de gâcher cette occasion qui s'offre à lui. C'est pour ça que Robyn voulait me prévenir par rapport à son contrat. Je sais que Dallas et Robyn ont déjà vendu les droits exclusifs de l'annonce de la naissance et des premières photos du bébé, mais l'argent que ça va leur rapporter n'est pas éternel.

Et apparemment, les bébés, ça coûte cher…

Même après les travaux effectués dans la maison, l'achat d'instruments et les frais administratifs pour Over the Rainbow, il me reste encore de l'argent des droits d'auteur de *Mieux vaut brûler*. Je n'ai pas arrêté de répéter à Dallas que je serais ravie de lui en donner une partie. Mais on est des Lark, et les Lark sont têtus comme des mules.

Je veux être prête. Je veux monter sur scène avec mon groupe et casser la baraque comme j'aurais dû le faire à

Nashville, au lieu de me laisser intimider par une garce de manager. Mais c'est tellement incertain. Ma maison, mes élèves, ma petite vie modeste, ce n'est pas extraordinaire mais c'est stable. Sûr. Plus sûr que la vie sur la route, que des chambres d'hôtel avec Gavin, et que les nuits passées à regarder des groupies se jeter sur lui. Et pour être honnête, j'aime enseigner : ça me rend heureuse et j'attends chaque cours avec impatience.

— C'est clair, c'est une sacrée opportunité. Ça m'intéresse bien sûr, mais tu sais bien que j'ai beaucoup de choses à faire avec Over the Rainbow et…

— Dixie, si on gagne, un tiers de l'argent serait pour toi. Tu pourrais engager des profs, rendre visite aux écoles des villes où on passerait en tournée, donner des cours à des groupes d'enfants… J'ai bien réfléchi et je suis certain que tu pourrais concilier Over the Rainbow et Leaving Amarillo. Je ne veux surtout pas t'empêcher de faire ce qui est important pour toi. Mais ne va pas croire que c'est pour l'argent que je veux te convaincre : avec ou sans le prix, on survivra. Ce qui m'intéresse, c'est reformer notre groupe. Je n'aurais jamais dû partir, je n'aurais jamais dû te laisser alors que tu étais aussi mal. J'aurais dû être là pour toi.

Il a la voix brisée par l'émotion et je sens les larmes me monter aux yeux.

— Sérieux, Dallas, arrête. Tu vas me faire pleurer.

— Désolé. Je ne veux pas te prendre par les sentiments ni te manipuler. Je continuerai à t'aimer tout autant si tu dis non. Mais il faut que je te pose la question. Techniquement, c'était Gavin qui était censé le faire, mais je commence à avoir l'habitude de le voir se transformer en poule mouillée dès que tu entres dans l'équation.

Peut-être qu'il a raison. Ou que Gavin avait prévu une autre tactique, celle de « moi aussi, j'ai envie d'être avec toi mais juste pour que tu acceptes de reformer le groupe ». Est-ce qu'il pourrait vraiment jouer à ça avec moi ? Faire semblant de vouloir me récupérer après en avoir fini avec la blonde, pour m'inciter à accepter l'offre de Dallas ?

— J'ai encore besoin de temps pour réfléchir. Mais dans tous les cas, on peut quand même donner ce concert d'entraînement à ton retour. Tu peux leur confirmer qu'on sera là.

Mon frère réprime à grand-peine un cri de joie. Gavin dit toujours qu'on est incapables de dissimuler nos sentiments et il a raison : on est nuls pour ça… contrairement à lui.

— Génial. Tu ne peux pas savoir à quel point ça me fait plaisir. Dès que je raccroche, je t'envoie les infos et les détails du tremplin avec les chansons qu'on pourrait jouer.

— D'accord. Je t'aime, grand frère.

— Je t'aime aussi, Dixie Leigh.

Décidément… Il semble complètement submergé par ses émotions aujourd'hui. Ça change, mais je crois que j'aime bien la nouvelle version de Dallas Lark.

Après notre discussion, mon portable vibre dans ma main et une succession de messages me parviennent.

Au bout de quelques lignes, ma vue se brouille et j'arrive à peine à lire.

Dallas a vraiment beaucoup réfléchi, et le meilleur, c'est que je suis d'accord avec toutes les chansons qu'il a sélectionnées. Enfin, toutes sauf une. Tandis que je lui envoie un message pour le lui dire, je suis surprise de constater que l'excitation et l'impatience semblent grandir en moi.

J'ai envie de participer au concours. Une envie folle.

Et surtout, j'ai envie de gagner.

Il y a toujours cette inquiétude dans un coin de ma tête. Jouer de la musique avec Gavin, c'est un peu comme faire face à une montagne qui paraît infranchissable. C'est comme m'aventurer sur un terrain accidenté dont j'ignore tout et pour lequel je n'ai pas eu le temps de m'entraîner.

Je secoue la tête, agacée par mes propres états d'âme. Il ne s'agit pas de Gavin Garrison. Il s'agit de mon groupe. Un groupe qui m'appartient tout autant qu'il appartient à Dallas et à Gavin, même si j'ai mis du temps à m'en rendre compte.

Je peux y arriver. J'ai aimé, j'ai perdu, j'ai grandi aussi. Je suis toujours debout. Je suis plus forte que jamais.

Je suis plus forte parce que je n'ai pas eu le choix. J'ai été blessée tellement de fois par la vie, la mort, l'amour et la perte. Je suis heureuse après avoir connu la plus profonde des tristesses, plus sage parce que j'ai commis des erreurs et que ça m'a appris quelque chose.

Ce n'est pas l'expérience et la connaissance qui nous aident à grandir et à mûrir. Mais plutôt les blessures. La douleur. Le fait de s'en remettre et d'y survivre.

Je caresse du bout des doigts les cordes d'Oz, posé sur la table de la cuisine.

— Et toi, qu'est-ce que tu en penses ? Tu es prêt ? Tu veux qu'on retente le coup ?

Le petit courant électrique qui parcourt le bout de mes doigts vaut toutes les réponses du monde. Je souris comme une folle tandis que je m'installe devant mon ordinateur pour chercher le site du tremplin.

Lorsque mon élève suivant sonne à la porte, mon sourire est toujours en place. J'ai survécu à tellement de choses, ce n'est pas un malheureux tremplin musical qui va avoir ma peau.

Du moins, je l'espère.

10

Gavin

— Garrison ! Combien de fois il faudra que je te le répète ? Pas de coups de fil personnels pendant les heures de boulot !

Mon boss a toujours l'air d'avoir un coup de soleil à longueur d'année mais là, on bat des records. Il est cramoisi, à la limite du violet.

— Tu es barman ici, tu comprends ça ? Ça veut dire « l'homme du bar ». Autrement dit, pas un connard qui bloque tout le monde quand il est au téléphone au lieu de préparer les consos des clients. Quand tu ne sers pas à boire, je ne gagne pas d'argent, et quand je ne gagne pas d'argent, je ne peux pas te payer. Pigé ?

— Cal, ce n'est pas pour faire le malin mais ton petit discours est sûrement deux fois plus long que ne le serait mon coup de téléphone.

— Deux minutes, avertit-il en me lançant le téléphone. Je ne plaisante pas.

— Trois. Adjugé, vendu !

Il secoue la tête, excédé, et je retiens un sourire. Il démarre vraiment au quart de tour. Une fois qu'il s'est éloigné, je plaque le téléphone contre mon oreille.

— Je t'ai dit de ne pas m'appeler au travail. On avait un accord. Toi et moi, on ne peut pas continuer à…

— Garrison ?

Putain de merde.

— Dallas Lark. Ça alors !

— Tu as l'air surpris de m'entendre.

— Désolé. Je croyais que c'était quelqu'un d'autre.

— J'ai cru comprendre. Qu'est-ce qui t'arrive ?

— Rien.

Enfin, plus rien, pour être exact.

— Et toi, quoi de neuf ? A part le fait d'être marié, je veux dire. Ça se passe bien, cette lune de miel ? Vous avez fait une sex-tape ou pas encore ?

— Pas encore mais je te préviendrai, tu pourras sûrement nous trouver un acheteur. Désolé de t'appeler au boulot, j'ai essayé de te joindre sur ton portable, mais je tombe tout le temps sur ton répondeur.

Et il y a une raison pour ça, mais je n'ai absolument pas envie d'en parler avec lui.

— Pas de problème. Je t'écoute.

— J'ai parlé du tremplin avec Dixie. Bizarrement, elle m'a dit que tu n'en avais pas discuté avec elle, espèce de flipette.

Je dois être maudit. Entre lui et McKinley, tout le monde

semble sur le point de gâcher mes chances avec Dixie avant même que je commence à en avoir une.

— Désolé. L'opportunité ne s'est pas présentée.

— Peu importe. Le fait est qu'on vient d'en parler et elle avait l'air plutôt motivée. Elle ne sait pas que la maison de disques m'a jeté et je ne veux pas lui en parler pour le moment. Il n'y a rien de sûr, mais elle paraissait vraiment intéressée.

— Merde. Ils t'ont lâché ? Définitivement ?

— Oui. Je ne suis pas étonné, cela dit, ça allait arriver d'un jour à l'autre. Mais je ne veux pas le dire à Dixie pour ne pas lui mettre la pression. Je veux qu'elle accepte parce qu'elle en a envie, je veux qu'elle fasse ça pour elle, tu comprends ? Enfin bref, je me disais que vous pourriez peut-être répéter ensemble cette semaine. Comme ça, vous vous entraînez à être dans la même pièce sans vous arracher les yeux et, dès que je suis rentré et que la chambre d'enfant est prête, on peut s'y remettre tout de suite.

Je ferme les yeux, la gorge nouée. Si McKinley dit à Dixie ce qu'il sait sur moi, elle ne voudra plus jamais me revoir. Et ce serait complètement mérité.

— Ça marche. Je vais voir ce qu'on peut faire.

— Génial. Hé, Garrison ?

— Oui ?

— Tu sais que je t'aime comme un frère mais je te jure que, si tu lui refais du mal, tu es un homme mort. Je ne vais pas te dire de ne pas l'approcher parce que Robyn m'a convaincu que c'était inutile et stupide. Ce que je peux te dire, par contre, c'est que la vie nous rattrape toujours au moment où on s'y attend le moins. Si tu ne racontes pas tout à Dixie rapidement, ça va finir par se retourner contre toi. Et si ça arrive pendant le tremplin, je te laisse imaginer de quelle humeur ça va me mettre.

Me dit le mec qui ne l'a pas informée venait de se faire virer par Capitol. N'empêche qu'il a raison.

— Je sais. Crois-moi. Je dois retourner bosser, mais envoie-moi une liste des chansons que tu as en tête.

— Ça marche. Il faut que j'aille faire l'amour à ma femme mais on se parle plus tard.

— Pauvre Robyn. Non seulement tu l'as foutue enceinte mais, maintenant, elle doit supporter de te voir nu jusqu'à la fin de ses jours.

Dallas rit, ou peut-être qu'il est en train de s'étouffer. Il y a tellement de bruit dans le bar que c'est difficile à dire.

Avant de raccrocher, je lance :

— Au fait, je peux te demander un truc ?

— Je t'écoute.

— Comment tu as su que Robyn voudrait de toi ? Tu as quitté la tournée, tu as tout laissé derrière toi, tu as perdu ton contrat avec ta maison de disques… Ça fait beaucoup. Qu'est-ce que tu aurais fait si elle t'avait envoyé balader ?

Il garde le silence pendant si longtemps que je me demande si la communication n'a pas été coupée, jusqu'à ce qu'il s'éclaircisse la gorge.

— Pendant des années, je me suis dit qu'elle était plus heureuse sans moi. Que je ne pouvais pas lui donner la vie rêvée, la jolie maison, le jardin avec une belle clôture, et tous ces trucs. Mais c'était complètement con, parce que

Robyn se foutait de tout ça. Tout ce qu'elle voulait, c'était qu'on soit ensemble. Une fois que j'ai compris ça, j'avais deux possibilités : jouer le tout pour le tout et lui dire ce que je ressentais, ou passer le reste de ma vie à regretter de ne pas l'avoir fait.

— Tu as eu de la chance, mais n'empêche, c'était un sacré risque. Heureusement pour toi que Robyn n'a pas revu ses exigences à la hausse pendant toutes ces années.

— Tu m'étonnes, répond-il en riant. Tu sais, c'est marrant, j'ai toujours cru que mon premier amour, c'était la musique. Que mon rêve, c'était de réussir, d'être célèbre. Et quand il s'est réalisé, je me suis rendu compte que, sans Robyn, rien de tout ça n'avait d'importance. Tu vois ce que je veux dire ?

Oui, je vois. Je vois même très bien.

— Il faut que j'y retourne.

— Attends, ajoute-t-il hâtivement. Dixie sera en colère au début, mais tu la connais. Elle t'aime et quand elle aime… elle finit toujours par pardonner.

Je pousse un grognement sceptique. S'il savait… Dallas est au courant de pas mal de choses, mais il ne connaît pas tous les détails. Le genre de détails qui briseront le cœur de ma jolie Bluebird si elle les apprend de la bouche de quelqu'un d'autre. Il ne me reste qu'à espérer que McKinley continue à la boucler.

On se dit au revoir et je retourne derrière le bar. Dès que Cal m'aperçoit, il se dirige vers moi et je me prépare à en prendre plein la tête.

Mais non. Au lieu de se mettre à aboyer comme un roquet, il pose un paquet de flyers jaunes devant moi.

— Tu accrocheras ça pendant ta pause. Et même pendant toutes tes pauses jusqu'à la fin de la semaine.

— Compris.

Je m'occupe de quelques commandes, sans faire attention à ce que les flyers racontent. Quand je finis par y jeter un œil, je manque de laisser tomber le verre que je suis en train d'essuyer.

Dixie Lark joue à la Taverne ce week-end. Elle donne un concert en solo. Sur le flyer, il y a une photo d'elle en noir et blanc, elle a la tête baissée et Oz sur son épaule. Elle est tellement belle, avec son visage d'ange…

Une pointe d'espoir, comme un rayon de lumière qui pénétrerait dans une pièce sombre par une porte laissée entrouverte, se fraye un chemin dans ma poitrine, jusqu'à mon cœur.

Peut-être qu'elle est prête. Peut-être que la scène lui manque et qu'elle va donner une autre chance au groupe.

Peut-être qu'elle va m'en donner une, à moi aussi.

11

Dixie

— Dis-moi que c'est une blague.

Je fixe le flyer jaune dans mes mains, bouche bée.

— Tu as complètement perdu la tête ? C'est de la folie. Je ne peux pas faire ça !

Leandra balaie ma crise de nerfs d'un revers de main.

— Tu l'as déjà fait, ma belle. Tu te souviens ? Moi oui, j'étais là. Et tu étais géniale. Tout le monde était complètement hypnotisé.

Je secoue la tête en regrettant de ne pas pouvoir chiffonner le bout de papier dans ma main jusqu'à ce qu'il disparaisse.

— Leandra, je sais que ça part d'une bonne intention, mais je ne peux pas. Je t'assure. Je ne suis jamais montée sur scène en solo et…

— C'est faux, Dixie. Et puis c'est toi qui m'as dit que la scène te manquait. Il n'y a qu'à te regarder pour voir à quel point tu crèves d'envie de jouer.

Je n'aurais jamais cru qu'elle m'observait d'aussi près.

— Tu fais tellement de choses pour nous, laisse-nous faire quelque chose pour toi. Tout le monde sera là pour te soutenir, tu auras un véritable fan-club.

— Tu aurais pu te contenter d'une boîte de chocolats ou d'un bouquet de fleurs.

Elle rit comme si je plaisantais.

— Dixie, tu as un don. Personne n'a le dixième de ton talent dans cette ville. N'importe qui donnerait tout pour être aussi doué que toi. Et pourtant, tu restes ici, dans ton trou, à donner des cours gratuits à des gamins. Il *faut* que tu joues.

— Mais j'aime ces gamins.

— Tu aimes tout le monde, et c'est justement pour ça que je t'aime, moi aussi. Mais tu es jeune, ma belle, tu es libre, et tu devrais mettre le nez dehors au lieu de te terrer chez toi. Va à un rencard, donne un concert, bois un coup, danse avec un inconnu. Embrasse quelqu'un passionnément sans raison.

— Tu n'es pas beaucoup plus âgée que moi, je te signale.

— Oui, mais je suis maman alors, techniquement, c'est comme si j'avais cinq ans de plus que mon âge réel.

Ma moue boudeuse se transforme en éclat de rire et je la pousse presque assez fort pour la faire tomber du tabouret du piano.

— N'importe quoi. Tu es superbe. Tu pourrais avoir tous les mecs que tu veux.

A la seconde où les mots sortent de ma bouche, je regrette de les avoir prononcés.

Elle m'a raconté son histoire au cours des derniers mois. Quand elle est venue frapper à ma porte pour m'interroger sur Over the Rainbow, j'avais été bête au point de lui demander ce qui était arrivé au père de Maisey. Je n'aurais jamais deviné que son histoire serait si difficile à raconter et à entendre.

Leandra est une fille splendide, avec un corps de mannequin et un visage qui pourrait faire la couverture des magazines. A seize ans, elle était follement amoureuse du quarterback du lycée rival du mien. Un jour, elle a trop bu à une fête, un sale porc qui n'aurait jamais dû se trouver là l'a agressée et elle est tombée enceinte. Son grand amour n'a pas réussi à faire face à la situation et il a fui en partant à la fac, et en la laissant derrière lui. Une rupture dont j'ai le sentiment qu'elle ne s'est toujours pas remise.

Elle sourit mais son regard, lui, reste triste.

— Ça ne m'intéresse pas. Tout ce que je veux, c'est me concentrer sur Maisey et être la meilleure maman possible. C'est ça qui me rend heureuse. Mais toi, Dixie, je ne pense pas que tu sois heureuse. Ce que je crois, c'est que tu te contentes de jouer la sécurité.

Un énorme soupir m'échappe. Elle a toujours été honnête avec moi, même quand c'étaient des vérités difficiles à dire, alors je décide d'en faire autant.

— Etre sur scène, jouer avec le groupe, bien sûr que ça me manque. Mais c'est juste un beau rêve, un rêve parfois terrifiant, et surtout épuisant à poursuivre, sans aucune garantie qu'il se réalise un jour. Alors je préfère vivre ma vie comme je le fais. Ça me va.

— Ça te va ? C'est tout ? Super. Bien sûr que les rêves font peur, sinon c'est qu'ils ne sont pas vraiment des rêves. Mais le tien, tu peux le réaliser. Tu te rends compte à quel point c'est rare ?

Je hoche la tête. Oui, je m'en rends compte.

— Vendredi soir. On sera tous là à applaudir en criant ton nom.

— Même si je suis nulle ?

— Même si tu chantes tellement faux qu'on doit se boucher les oreilles.

— Gavin, une de tes filles te demande, crie un homme enrobé au visage écarlate.

Bien sûr, il faut que ce soit la première chose que j'entende en entrant dans la Taverne vendredi soir. Quand je pense que je suis venue tôt en espérant que ça m'aiderait à me détendre avant le concert…

Après avoir délibéré pendant bien trop longtemps, j'ai fini par opter pour un haut noir et une jupe courte noire en dentelle. Les bottines à talons aiguilles McQueen que j'ai achetées dans un vide-grenier il y a des années prenaient la poussière depuis le showcase de Nashville. En les enfilant, j'ai eu le sentiment d'être de nouveau moi. Qui aurait cru que des chaussures auraient un tel pouvoir ?

J'ai mis de l'eye-liner, du mascara et une couche de mon unique coup de folie, un gloss Marc Jacobs d'un rouge audacieux, et voilà, j'étais prête.

Ce n'est que quand j'étais sur le point de sortir de la maison que je me suis aperçue dans le miroir du salon.

Avec Oz à la main, mes yeux étincelants, mes lèvres brillantes et ma peau laiteuse légèrement rosie, j'ai été comme transportée dans le temps. Je me suis revue à Austin, avant de monter sur scène et d'être libérée et transfigurée devant le public.

Après Austin, j'ai perdu de vue ce que la scène représentait pour moi, ce qu'elle suscitait dans mon cœur, mon esprit, dans tout mon être. Maintenant, je m'en souviens. J'ai besoin de musique de la même façon que j'ai besoin d'oxygène. Mais je m'en suis privée pendant tout ce temps parce que… parce que ça me semblait déplacé. Egoïste, même, après la mort de papy. Quand Dallas est parti poursuivre le rêve qui était le nôtre depuis si longtemps, je n'ai pas pu le suivre. Pour moi, ça aurait équivalu à abandonner la mémoire de mon grand-père. Eprouver de la joie au milieu de la douleur me paraissait si inapproprié… et pourtant, à présent, je comprends pourquoi c'était aussi nécessaire.

« Autorise-toi à rêver, mon petit. » C'était ce que ma grand-mère disait toujours. « Rêve en grand, démesurément, et cours à toute vitesse avec les bras écartés. Ça t'aidera à attraper tes rêves, justement. »

Est-ce que j'ai fini par oublier ses conseils ? Est-ce que j'ai fini par l'oublier, *elle* ?

Non. C'est *moi* que j'ai oubliée.

Cette révélation, c'était comme si je revenais d'entre les morts, et j'ai dû placer une main sur ma bouche pour ne pas pousser un cri de surprise.

Me revoilà.

Mais où est-ce que j'étais pendant tout ce temps ?

Planquée derrière des sweats à capuche trop grands et des pantalons de jogging, la plupart du temps.

Peut-être que Leandra avait raison. Elle sourit et me fait signe depuis une table près du piano. Cassidy et Jaggerd sont déjà là, eux aussi, et je ne sais pas si c'est parce que son rencard le stresse, mais j'ai l'impression que Jaggerd tire une drôle de tête. J'agite le bras pour leur dire bonjour à tous les trois et leurs sourires me réconfortent un peu.

Même si j'ai chanté en solo au mariage de Dallas, ce n'est pas dans mes habitudes. Ça m'arrive de faire les chœurs avec Dallas, mais ça s'arrête là. Si j'étais au piano le soir où j'ai revu Gavin pour la première fois, c'est uniquement parce que les filles avaient insisté. Je ne me suis jamais imaginée seule sur scène, mais je crois que je commence à comprendre pourquoi Dallas trouvait ça tellement incroyable. Ça semble provoquer tout un tas d'émotions chez moi. L'excitation, l'impatience... et surtout une sacrée trouille. Un peu comme si j'allais réaliser un numéro de trapèze sans filet.

Incapable de résister, je scanne la pièce autour de moi. Je fais comme si je ne cherchais rien ni personne en particulier mais, en réalité, je sais très bien qui j'espère apercevoir.

Il est sûrement en train de travailler, Dixie. Et surtout, rien ne me dit qu'il n'est pas accompagné. Peut-être que sa blonde compliquée traîne dans les parages.

Je crois que j'ai envie de vomir.

J'ai l'impression que tous mes nerfs sont tendus à la limite du point de rupture et que je suis au bord de la crise.

Quelques minutes après mon arrivée dans les « coulisses », qui font aussi office de réserve, je sens une présence derrière moi.

— Salut, Bluebird. Ou est-ce qu'il faut t'appeler « Songbird » maintenant ?

Son souffle tiède chatouille ma nuque, et une délicieuse onde de chaleur m'envahit.

— Salut, Gavin. Il y a une fille qui te cherche, apparemment.

— Ah oui ? Dommage pour elle. J'ai déjà trouvé la fille que je cherchais.

Je sens mon nez se froncer tandis que je fais volte-face, comme à chaque fois que quelque chose me laisse perplexe.

— On peut savoir à quoi je dois ce grand numéro de charme ?

— Quoi, on ne peut même plus être gentil, maintenant ?

Il y a quelque chose dans sa façon de parler qui me donne une fausse impression de sécurité. Je suis à la fois hypnotisée et désorientée par l'intonation séductrice de sa voix et l'éclat chaleureux de son regard.

— *Gentil* n'est pas vraiment le mot que j'utiliserais pour te décrire, Garrison.

— Ah bon ? Et quel mot tu utiliserais, alors ?

Pas du tout préparée à un jeu de questions-réponses, je me retrouve à bafouiller comme une idiote. Ça m'apprendra.

— Je, euh… Je ne…

— Je ne veux surtout pas te perturber. Je meurs d'envie de te voir jouer mais, si tu penses que ma présence au sein du public va te distraire, alors je…

— *Arrogant*, Gav. C'est ça, le mot que j'utiliserais. Et ne t'inquiète pas pour moi, je suis tout à fait capable de jouer devant toi.

Il se penche vers moi pour murmurer à mon oreille, et j'ai toutes les peines du monde à ne pas me liquéfier pitoyablement.

— Tu en es sûre ? Réponds-moi franchement, Bluebird.

Mon cou me brûle et mon visage est en train de devenir cramoisi. Il s'approche plus près et sa voix se fait encore plus basse et grave.

— Dis-moi que tu ne veux pas de moi ici et je partirai immédiatement. Sans discuter.

— Reste. Je veux de toi. Ici.

Je peux entendre ma propre voix trembler.

— Tant mieux, parce que j'ai très envie de rester. Je veux être ici.

Il ponctue son dernier mot d'un baiser délicat sur ma tempe.

— Et ici.

Il inspire tout en effleurant ma joue du bout des lèvres.

— Et à d'autres endroits que je ne peux pas embrasser en public. Enfin, sauf si tu aimes ce genre de trucs.

Ce n'est plus du sang qui coule dans mes veines : c'est de l'essence, et Gavin Garrison vient de me balancer une allumette. Néanmoins, je me rends compte que les gens assis aux tables près de la scène peuvent nous apercevoir, alors je me détourne timidement.

— Gav, les gens peuvent nous voir.

Une personne en particulier paraît tout à fait déconcertée

par notre échange. Les traits habituellement harmonieux de Jaggerd sont déformés par une grimace de dégoût absolu.

Je le regarde en haussant les sourcils dans une version de « C'est quoi, ton problème ? » qu'il connaît bien, et il détourne la tête comme s'il ne pouvait plus supporter ma vue.

Il ne peut pas être jaloux, si ? Il est venu avec Cassidy et n'importe qui peut voir qu'il craque complètement pour elle…

Décidément, je ne comprends rien aux hommes. Peut-être parce que, dans le fond, ils sont toujours des petits garçons dans des corps trop grands pour eux.

— Toi, la pianiste ! C'est à toi dans cinq minutes ! aboie le type rougeaud en passant à côté de nous.

— C'est Cal, mon patron, dit Gav en montrant la silhouette qui s'éloigne. Ça peut être stressant de gérer un bar aussi grand, alors disons qu'il a tendance à oublier les bonnes manières.

— Je vois ça. Peut-être que c'est pour ça qu'il t'a embauché.

— La seule personne à connaître mes mauvaises manières, c'est toi, bébé.

Je hausse les épaules pour qu'il ne voie pas à quel point je suis troublée, et mon regard se pose sur le piano. Il est là qui me nargue, il me provoque et m'appelle. Les instruments de musique me font tous ce drôle d'effet, comme s'ils me suppliaient de les dompter. Un peu comme l'âme de Gavin : la seule différence, c'est qu'elle fait un bruit de sirène qui promet une extase inimaginable au prix d'un anéantissement total et complet.

— Je ferais mieux d'y aller.

Je fais un pas en avant, mais Gavin m'entraîne dans l'ombre.

— Tu vas assurer, Bluebird. Je pourrais te souhaiter bonne chance, mais tu n'en as pas besoin. Tu as bien plus que de la chance quand il s'agit de musique.

— J'espère.

— Je passerai le restant de mes jours à t'en convaincre. Si tu veux bien.

— Ça voudrait dire passer chaque jour de ta vie avec moi, Gav. Ce qui, clairement, n'a pas l'air de faire partie de tes projets dans un futur proche.

— Je fais de mon mieux, dit-il d'un air vraiment sincère. Dans quelques semaines, ma liberté conditionnelle sera finie et, si le tremplin se passe bien, peut-être qu'on sera bientôt de nouveau sur la route ensemble. Enfin, si tu en as envie, bien sûr.

— Evidemment que j'en ai envie. Simplement, je…

Une voix tonitruante annonce mon arrivée sur scène et, à ma grande surprise, la nouvelle est accueillie par un tonnerre d'applaudissements. Je tourne la tête vers la scène, mais Gavin m'attrape par le menton pour m'obliger à le regarder.

— Bon concert, Bluebird.

Sans me demander la permission, il approche sa bouche de la mienne et me donne un baiser tendre, empli de promesses silencieuses.

— Ne joue pas avec moi, Garrison.

— Jamais.

Il m'embrasse une nouvelle fois, puis il effleure le bout de mon nez et mon front avant de me serrer dans ses bras.

— Je te le promets, ma belle.

Je m'accorde encore quelques secondes pour profiter de sa chaleur et de son odeur puis je m'écarte, à contrecœur.

Le moment est venu de monter sur scène.

Jamais dans ma vie je n'ai autant apprécié les projecteurs. Aveuglée par la lumière, je suis incapable d'identifier les visages dans la foule, et c'est probablement bien mieux comme ça.

Je me présente et une autre salve d'applaudissements retentit. Je prends place au piano en secouant la tête, incrédule. Je ne suis pas une artiste solo et je n'ai jamais voulu en être une. Et pourtant, je suis là.

Bon. C'est parti.

Le bout de mes doigts se familiarise avec les touches et les caresse avant d'attaquer le premier morceau.

Et ensuite…

Ensuite, je me perds. Puis je me trouve.

Et enfin, je suis libre.

12

Gavin

— Où est-ce qu'il est ? Où est mon bébé ?

Un mot me vient immédiatement à l'esprit. *Non.*

— Bébé, tu es là ?

Le boucan venant du bar est presque assez fort pour masquer le son de la chanson que Dixie est en train d'interpréter sur scène.

— Gavin Michael ! Gavin chéri ! Où es-tuuuu ?

Dans ma tentative précipitée de contourner le comptoir pour faire taire la femme qui m'appelle, je manque de renverser Jake. Cal apparaît comme par magie devant moi avant que j'aie le temps d'intervenir.

— Je ne sais pas qui elle est et je m'en fous, mais je veux que tu la fasses dégager d'ici. Immédiatement.

— Je m'en charge. Par contre, je vais peut-être devoir m'absenter pour…

— Fais ce que tu as à faire, mais magne-toi. Cara et Jake peuvent s'occuper des clients.

Cara est une excellente barmaid et Jake, l'apprenti, a fait ses preuves dernièrement. Il a appris à faire quelques cocktails et à utiliser les pompes à bière. Ça m'arrange bien, car quelque chose me dit que je ne vais pas remettre les pieds à la Taverne ce soir.

— Ahhh, le voilà. Il est beau, tu ne trouves pas ?

Elle renverse pratiquement le contenu de son verre sur la femme à côté d'elle, et je me retiens pour ne pas le lui prendre des mains.

— Salut, mon chéri. J'ai vu le flyer qui disait que ta petite copine jouait ici ce soir et je me suis dit que c'était l'occasion de venir boire quelques verres ici avec mon ami. Comme je connais le barman, j'ai pensé que la maison nous inviterait... Ils doivent bien faire des réductions pour la famille, non ?

Elle glousse à sa propre blague. Elle arrive à peine à articuler et encore moins à se tenir droite, et ses yeux sont si vitreux que je me demande vraiment comment elle arrive à me voir. L'homme qui l'accompagne me scrute des pieds à la tête avant de mater d'un air pervers une fille à côté de lui. Je le reconnais. Je l'ai déjà vu plusieurs fois : c'est un des dealers du coin et je suis presque sûr que c'est à lui que ma mère doit le bleu qu'elle avait dans le cou il y a quelques jours. A chaque fois qu'il me voit rentrer dans le bar, il part toujours en courant. Sûrement la décision la plus intelligente de sa vie.

Je crois qu'il y a de grandes chances que je finisse en prison ce soir.

Heureusement que mon agent de probation n'arrête

pas de me répéter que la lumière est au bout du tunnel de la liberté conditionnelle.

Je regarde vers la scène, le cœur serré à l'idée de ne pas pouvoir assister à la fin du concert de ma Bluebird.

Elle est tout simplement incroyable. Fascinante, avec une présence extraordinaire et une voix où se mélangent douceur et sensualité. Je n'aurais jamais imaginé qu'elle pouvait chanter comme ça. Cela dit, elle est capable de tellement de choses… Elle n'a vraiment pas besoin d'un barman avec un casier judiciaire et une mère droguée.

Je contourne le bar en soupirant et je m'excuse auprès de la femme sur qui ma mère vient de renverser son verre. Je fais signe à Jake de la resservir gratuitement ; en une seconde, il est sur le front, à nettoyer le bar tout en se répandant en excuses.

Il ne devrait pas avoir à s'excuser. C'est mon bordel. Mon problème.

— On y va, maman.

Je l'attrape sans ménagement par le bras, mais son « ami » n'a pas l'air d'apprécier.

— Doucement, gamin. Elle partira quand elle en aura envie.

Il renverse la bière de l'homme derrière lui, qui descend de son tabouret. Si je ne les arrête pas, ça va dégénérer et le concert de Dixie sera gâché. Et si je les arrête, je ne pourrai pas assister au reste de sa performance.

Le choix est vite fait : je préfère qu'elle puisse terminer sa performance, même si je ne peux pas y assister.

L'« ami » de ma mère est un peu plus grand que moi,

mais il est plus âgé, et clairement pas dans une forme olympique. Avec son ventre de buveur de bière et ses dents jaunies, il a connu des jours meilleurs. En revanche, les hématomes sur ses jointures m'indiquent que ce ne serait pas sa première bagarre de la semaine.

— Tu veux qu'on aille en discuter dehors ?

Je désigne la porte d'un signe de tête et il me sourit, tel un prédateur impatient. C'est exactement ce qu'il est venu chercher.

La violence.

J'ai toujours été entouré par la violence, sous une forme ou une autre. Comme si elle me poursuivait et qu'elle finissait toujours par me retrouver.

Submergé par une espèce d'angoisse incontrôlable, je traîne pratiquement ma mère à l'extérieur, laissant derrière moi la voix angélique de Dixie.

C'est ça, ma vie. Que je le veuille ou non, je ne peux pas y échapper. Impossible de m'en éloigner, de tout recommencer ou d'envisager un avenir meilleur. Ce n'est peut-être pas très réjouissant, mais il faut se rendre à l'évidence.

Dixie mérite bien mieux que ça. Bien mieux que moi.

Même si ça me tue de la laisser partir.

Plusieurs côtes fêlées et une possible commotion cérébrale plus tard, je ramène ma mère à la maison et je la mets au lit. Elle est glacée, mais ça ne l'empêche pas de ronfler joyeusement. Son « ami » est sûrement encore inconscient là où je l'ai laissé, à savoir sur le capot de son vieux pick-up Ford pourri. Il va falloir un moment à son visage pour s'en remettre, sans parler de sa fierté. Je sais qu'il reviendra pour un deuxième round quand il sera de nouveau sur pied.

Ce n'est pas un problème. Je l'attends.

Pendant de longues minutes, je regarde ma mère dormir. Elle semble si petite et si fragile. D'un côté, j'ai envie d'être en colère contre elle, de lui en vouloir de nous faire ça, à moi et aussi à elle-même. Mais de l'autre, je sais pourquoi elle se comporte comme ça et je la comprends.

Ma mère a été victime d'horribles maltraitances dès son enfance. Quand j'étais plus jeune, c'est arrivé plusieurs fois qu'elle reste sobre pendant quelque temps. Dans ces moments-là, elle m'expliquait pourquoi elle agissait comme elle le faisait.

Elle a été agressée sexuellement, battue, torturée… Elle a fini par être placée en familles d'accueil, mais ça n'a rien arrangé. Certaines familles lui ont fait vivre un véritable cauchemar. Elle était enfermée dans un placard pendant des jours, on l'affamait… On lui a même uriné dessus.

Plus de vingt ans après, elle est toujours terrifiée à l'idée de se retrouver dans un espace clos.

Je sais pourquoi elle se drogue. Elle se défonce pour oublier, pour ne plus rien sentir, pour ne plus penser au traumatisme, à la douleur et aux horribles cauchemars qui continuent à la poursuivre. Sauf que, dans son cas, ce ne sont pas de simples cauchemars : ce sont de vrais souvenirs.

De temps à autre, elle a des phases où elle arrête de se droguer. Elle jure qu'elle en a fini pour de bon avec la meth, le crack ou le truc qu'elle prend à ce moment-là. Elle nettoie le mobile home du sol au plafond, elle jette tous les restes et les boîtes de conserve périmées qui traînent et elle remplit les placards avec la nourriture qu'elle obtient grâce à l'aide alimentaire.

A chaque fois, c'est la même rengaine. « Ça va aller, mon chéri. Tu verras. »

Pour voir… on peut dire que j'ai vu.

A chaque fois, j'ai été assez stupide pour espérer. Pour croire que ce coup-ci, ce serait différent. Qu'elle ne replongerait pas.

Sauf qu'elle a toujours replongé. Elle replongera toujours.

Je le sais au fond de moi. Il y a toujours eu un mec qui la frappait et faisait remonter des souvenirs à la surface. Toujours un reste de dose qu'elle retrouvait dans une poche de jean. Il y a toujours eu quelque chose. Parfois, ça a été ma faute. Il suffisait que je lui parle mal ou que je sois blessant pour qu'elle bascule… Et pour ça, je m'en voudrai toute ma vie. C'est peut-être pour ça que je n'arrive pas à la laisser, que je ne parviens pas à lui tourner le dos et à arrêter d'essayer de la protéger contre ses propres démons.

S'il fallait illustrer le mot *désespéré* dans un dictionnaire, je pense qu'on pourrait mettre une photo de ma mère et moi.

Comme quand j'étais petit, je fais toujours le même vœu débile. Celui qu'elle arrête et qu'elle aille mieux. Malheureusement pour moi, je ne suis plus un gamin naïf et j'ai compris que ça n'arriverait pas.

Le soleil ne va pas tarder à se lever. Il faudrait que j'aille dormir, mais je sais que je ne vais pas trouver le sommeil. Le moment n'est pas seulement venu pour moi de mettre de l'ordre dans ma vie : il est aussi temps qu'elle mette de l'ordre dans la sienne. J'attrape mon portable pour chercher des numéros de centres de désintoxication, mais les messages que je découvre me coupent dans mon élan.

Il y en a trois de Dixie.

Tu es passé où ? Je t'ai cherché après le concert…

Ton patron a dit que tu étais parti avec une femme. Donc…

J'espère que tu as passé une bonne soirée, en tout cas. Je me fais du souci pour toi mais, en même temps, je pense que c'est mieux si tu évites de m'appeler ou de passer chez moi pendant un moment, d'accord ? J'ai besoin de temps.

Merde.

Et parce qu'une merde n'arrive jamais seule, il y a aussi deux messages de Dallas.

On est rentrés plus tôt que prévu avec Robyn pour assister au concert de Dixie. Tu étais où ? Tu savais qu'elle pouvait chanter comme ça ?

Appelle-moi. Ça urge.

Et la cerise sur le gâteau :

Tu n'es qu'un sale connard, Garrison. Il n'y a pas d'autre mot. Tu as dépassé les limites ce soir, et c'est la dernière fois que je te laisse lui faire un plan foireux.

Je ne connais pas le numéro mais je sais que ça vient de Jaggerd McKinley.

Je m'occuperai de son cas plus tard, en personne.

Pour le moment, il faut que je parle à Dallas.

La sonnerie retentit encore et encore, jusqu'à ce que je tombe sur son répondeur.

— Dallas, c'est moi. Je… c'est complètement parti en vrille hier soir et j'ai dû partir plus tôt que prévu. Désolé de vous avoir ratés. Rappelle-moi.

A entendre ma voix, on dirait que j'ai mangé des graviers au petit déjeuner. Dallas va s'imaginer tout un tas de trucs horribles et, grâce à McKinley, Dixie doit sûrement être en train d'imaginer des trucs encore pires.

Je m'affale sur une chaise de cuisine, je me prends la tête dans les mains et j'attends que Dallas me rappelle. Peut-être qu'il peut trouver un moyen pour que Dixie accepte de me parler. Peut-être qu'il peut m'aider à trouver les mots pour lui faire comprendre que je l'aime plus que tout au monde. Et c'est justement parce que je l'aime comme un fou que je sais que je ne suis pas ce qu'il lui faut.

Il n'y a pas de mots pour la décrire sur scène. Elle était le talent incarné et elle doit poursuivre ce rêve. Il ne faut surtout pas qu'elle reste là à attendre un pauvre type qui n'arrivera jamais à mettre de l'ordre dans sa vie. Mais je la connais. Elle est tellement aimante, tellement têtue aussi, qu'elle m'attendrait jusqu'à la fin de ses jours s'il le fallait.

Quand on était petits, mes affaires avaient tendance à se casser sans arrêt. Mon vélo, mes lacets, mon cartable… Tous mes trucs étaient pourris. Ce n'était pas de la seconde main, mais plutôt de la quatrième, cinquième ou sixième main. Souvent, ça venait de magasins d'occasion, d'associations caritatives ou de conseillers d'orientation qui faisaient les fonds des cartons d'objets trouvés.

Dallas fait partie de ces gens qui ne tiennent pas en place et il ne ralentit jamais pour personne (même si je le soupçonne d'être en train de changer). Mais Dixie, elle, m'attendait toujours. Pas une fois elle ne m'a laissé à la traîne.

Parfois, je leur disais de partir sans moi pendant que je ramassais mes affaires, étalées par terre parce que la lanière de mon cartable s'était cassée, ou quand je tentais de rafistoler le lacet de ma chaussure. Et à chaque fois, quand je relevais la tête, Dixie était penchée vers moi, prête à m'aider.

Mes yeux me brûlent tandis qu'un film de souvenirs défile dans mon esprit en manque de sommeil. Dixie à neuf ans qui me tend de la nourriture aux funérailles de ses parents, inquiète pour un étranger au moment le plus triste de sa vie. Dixie à onze ans, qui me trouve derrière un arbre en train de fumer pour me couper la faim et qui me donne la moitié de son sandwich. Dixie à treize ans qui m'aide à réparer la chaîne de mon vélo, alors que Dallas a continué sans moi. Dixie à quatorze ans qui part d'une fête pour rester avec moi, car je pleure à cause de ma mère qui vient de frôler l'overdose pour la deuxième fois. Son beau visage recouvert d'un masque de douleur il y a quelques mois, quand elle a compris que j'étais rentré et que je ne l'avais pas appelée.

Elle jouait aussi devant un public ce soir-là, comme hier. Et j'ai tout gâché à chaque fois. Je l'ai laissée tomber hier soir, alors qu'elle avait besoin de moi. Elle a toujours été là pour moi et tout ce que j'ai fait, c'est lui faire du mal. Je l'ai utilisée, comme j'utilise les autres femmes dans ma vie. Peut-être pas de la même façon, mais le résultat est le même.

Je l'ai tirée vers le bas. Comme je le fais avec le groupe.

Voilà comment je remercie les deux seules personnes au monde à m'avoir tiré vers le haut : en les entraînant au fond de ce trou pathétique qu'est ma vie.

J'ai vu l'amour briller dans ses yeux au bar, l'excitation pétiller dans son regard, et la joie illuminer son visage. Elle aime jouer. Elle aime être sur scène.

Et le pire, c'est qu'elle m'aime, moi aussi, et que je vais devoir lui briser le cœur en mille morceaux. Même si c'est grâce à elle que je sais ce qu'est l'amour.

C'est la seule façon de la convaincre de renoncer, de les forcer tous les deux à m'abandonner, pour que je puisse retourner à ma place, dans la misère.

Je vais devoir utiliser Dixie encore une fois. Une dernière fois.

13

Dixie

— Et donc, tu crois que c'était la blonde ? La même que tu as vue avec lui il y a quelques mois ?

Assise sur mon lit, Robyn serre un coussin contre elle.

— Son patron a dit qu'il était parti avec une femme, et l'apprenti a ajouté que c'était une blonde agressive qui était en train de faire une scène et de réclamer Gavin.

— Ça craint, Dix.

Je baisse les yeux et je joue avec les franges qui ornent les bords de mon coussin préféré.

— Je sais.

— Surtout après le cinéma qu'il t'a fait juste avant, les baisers et tout le bazar. C'est comme s'il voulait montrer au monde que tu lui appartiens et tenir tous les autres mecs à distance, mais qu'ensuite il était incapable de gérer ce que ça implique.

— Je sais.

Elle lève les mains au ciel avec exaspération et le coussin tombe mollement sur ses genoux.

— Sans déconner, c'est quoi, son putain de problème ?

— Si tu continues comme ça, le premier mot de ton enfant va être une grossièreté.

— Ne change pas de sujet, Dixie Leigh Lark, dit-elle en me fusillant du regard.

— Désolée.

Elle s'adosse contre la tête de lit et soupire.

— C'est moi qui suis désolée. Si tu savais comme ça me frustre, cette situation…

— Je sais, crois-moi.

— Je veux dire, la façon dont il te suivait sans arrêt du regard au mariage, la façon dont il t'a *toujours* regardée, comme si tu étais à lui et rien qu'à lui et qu'il devait te protéger contre le monde entier… Je ne sais pas… Ça frise l'obsession. Et malgré ça, ensuite, il se barre sans dire un mot, et avec une autre fille en plus ! Si on ajoute à ça son silence radio quand il est rentré à Amarillo, on peut dire qu'il commence *vraiment* à taper sur les nerfs de la dame enceinte.

Je ne peux pas m'empêcher de sourire. Robyn est tellement… Robyn. Si elle est votre amie, alors elle est impliquée à cent pour cent. Non seulement elle est en colère pour moi, mais elle semble encore plus furax que je ne le suis. Ce sont peut-être les hormones…

Je ne sais même pas si je suis en colère, en fait. Je suis juste triste. Blessée. Et je nage dans l'incompréhension.

Le concert a été carrément incroyable. C'était une des

meilleures soirées de ma vie. Je me suis sentie tellement… vivante, justement. Tout ce que je voulais à la fin, c'était le voir, le prendre dans mes bras et partager mon euphorie avec lui. Je voulais lui dire que j'étais prête à remonter sur scène avec le groupe, parce que, enfin, je me sentais de nouveau moi-même.

Mais il n'était plus là. Il avait disparu.

— C'est inacceptable, Dixie.

Robyn assène ça comme un avertissement, à croire qu'elle pense que je ne m'en rends pas compte.

— Je te connais, tu es en train de lui chercher un million d'excuses, mais il faut qu'il grandisse. Il doit comprendre qu'il ne peut pas te prendre et te reposer sur une étagère quand bon lui semble.

Je ferme les yeux et je me blottis sous ma couette.

— Je sais.

— Je peux te poser une question ?

— Bien sûr.

— Tu as déjà songé à t'installer dans la grande chambre ?

Moi qui m'attendais à une question sur Gavin, on peut dire que je suis surprise.

— Cette pièce est très jolie mais… c'est ta chambre d'enfant. Ça ferait une belle chambre d'amis, tu ne crois pas ? Tu es une grande fille maintenant, et tu as une grande chambre qui ne sert à rien.

Je regarde autour de moi. Les murs lavande d'une couleur délavée sont ornés de quelques étagères blanches en bois que ma grand-mère avait repeintes pour qu'elles aillent avec ma tête de lit. Il y a aussi mon vieux secrétaire, que mon grand-père m'avait donné pour que je fasse mes devoirs.

— Je suppose que je n'y ai jamais vraiment réfléchi.

— Je crois que je sais pourquoi. Tu veux que je te le dise ?

— Je t'écoute.

Elle paraît nerveuse, comme si elle avait peur que sa réponse ne me fasse de la peine. En la voyant prendre une grande respiration, je sais qu'elle est en train d'organiser soigneusement ses pensées dans sa tête. Elle a toujours été comme ça. Je soupçonne son cerveau de cataloguer toutes les infos qu'il contient avec des codes couleurs et des références croisées.

— Ne le prends pas mal, surtout, mais je pense que tu vis dans le passé. Je ne dis pas ça pour te blesser, je t'assure. Je te le dis parce que je t'aime. Tu as grandi, et tu dois vivre avec ton temps. Je pense que si tu ne le fais pas, c'est parce que, dans le fond, tu sais que tu ne pourras pas toujours te cacher derrière le passé. Alors tu te planques tant que tu le peux encore. Mais arrivera un moment où tu seras obligée d'affronter le fait que tu es née pour être sur scène. Tu en as autant besoin que le monde a besoin de ton talent. Je sais que c'est difficile d'aller de l'avant, je te rappelle que tu parles à une nana qui s'est mariée avec son grand amour du lycée. Mais parfois, c'est un mal nécessaire.

Elle soupire et me tapote doucement la main avant de continuer :

— On devait grandir chacun de notre côté, Dallas et moi, alors on a pris des chemins séparés. Puis nos routes se sont de nouveau croisées, et on a eu envie de grandir ensemble. C'est toujours le cas : notre amitié, notre amour continuent à évoluer, et nous aussi. Et j'aimerais que tout le monde puisse connaître un amour comme celui-ci, surtout toi. Je ne supporte pas de te voir souffrir comme ça, de te voir coincée, embourbée dans le passé. Si tu t'étais vue la nuit dernière... tu étais tellement excitée quand tu es sortie de scène, mais après, quand tu as vu qu'il n'était pas là... ça m'a brisé le cœur. J'ai eu l'impression de te voir t'effondrer sous mes yeux. Je sais que c'est important pour toi de garder la face devant nous, mais tu as le droit de toucher le fond. On sera là pour toi si tu craques, je te le promets.

Tout ce qu'elle dit est la pure vérité et je ne sais pas quoi répondre. Alors je garde le silence et j'essaie de ravaler la boule d'émotion qui est en train de se former dans ma gorge.

— Dixie, tu as fait un malheur hier soir. On a tous été complètement bluffés. Je dois reconnaître que je ne savais pas que tu étais capable de ça. Tu ne le savais pas toi-même, si ça se trouve.

— En effet.

— Bon, eh bien maintenant que tu le sais, tu peux passer à l'action. Mais d'abord, il faut clarifier les choses avec Gavin. Je ne sais pas comment tu peux t'y prendre, mais il n'y a que deux possibilités : soit il est là pour toi et il fait de toi une priorité, soit il se retire discrètement. Pour ton bien, pour celui du groupe, et pour le sien. Parce que si Gavin continue comme ça, Dallas ne va pas tarder à avoir des envies de meurtre et je ne veux pas que le père de mon enfant passe sa vie en prison.

— Je pense qu'il doit juste...

Je ne trouve pas les mots. Comment je pourrais expliquer ce qui me passe par la tête quand j'ai déjà du mal à le comprendre moi-même ?

— Il doit prendre une décision, coupe-t-elle. Ça a assez duré, Dixie. Je pense qu'il t'aime autant qu'il est capable d'aimer quelqu'un, mais il a fait un choix hier soir. Et pour une raison ou pour une autre, ce n'est pas toi qu'il a choisie.

Cette fois, le nœud dans ma gorge est trop serré pour que je puisse émettre le moindre son.

— Je suis désolée, m'assure Robyn en me frottant le bras. Je sais que ce ne sera pas facile, mais il faut que tu avances, avec ou sans lui.

— Je sais.

Robyn se lève et fait mine de partir, puis elle s'arrête brusquement en plein milieu de la pièce. Pendant quelques secondes, j'ai peur qu'elle soit en train de perdre les eaux ou un truc comme ça, mais elle se tourne vers moi et me sourit tristement.

— Tu te souviens de Billy Gleason ? Au collège ?

— L'abruti avec des taches de rousseur qui trouvait que « Dixie » ressemblait à « zizi » et qui dessinait des pénis sur toutes mes affaires ?

— Lui-même, confirme-t-elle en riant.

— Dallas l'a entendu m'appeler « zizi » et se moquer de moi une fois, et il lui a cassé la figure. Il a été exclu du collège pendant trois jours et papy a été hyper-sévère avec lui. Il lui a fait faire tout un tas de trucs dans la maison et le jardin, du lever au coucher du soleil.

— Justement… ce n'est pas Dallas qui l'a frappé.

— Qu'est-ce que tu racontes ? Bien sûr que si. Il ne l'a pas raté, d'ailleurs. Il lui a fallu des points de suture à la joue, à la lèvre et à l'arcade sourcilière, si je me souviens bien. Après ça, Billy a porté mes livres pendant des semaines et il a passé le reste de l'année à s'excuser.

— Je sais, je m'en souviens. Mais ce n'était pas à cause de Dallas.

Robyn s'interrompt un instant, comme si elle hésitait à finir son histoire, puis elle se décide enfin.

— C'est Gavin qui lui a refait le portrait. Dallas s'est dénoncé à sa place parce que Gavin avait déjà eu plein de problèmes de discipline depuis le début de l'année.

Soudain, c'est comme si toute ma vie n'avait été qu'un vaste mensonge.

— Tu plaisantes ?

— Non. Et c'est arrivé plusieurs fois. Il y a eu d'autres occasions où Dallas a porté le chapeau parce qu'il pensait que c'était la meilleure chose à faire. Mais toi et moi, on sait très bien que ça ne pourra pas toujours être comme ça.

— Qu'est-ce que tu veux dire par là, exactement ?

— Gavin a un côté obscur, un côté qui peut être dangereux pour les personnes qui tiennent à lui. Pour Dallas, et pour toi aussi. Il a agressé violemment un gamin, tout ça parce qu'il t'avait *taquinée*, et il a laissé Dallas assumer les conséquences.

J'ouvre la bouche, mais Robyn ne me laisse pas le temps d'intervenir.

— Même si Gavin a toujours eu une vie plus difficile que nous, ce n'est pas à nous de le sauver. La bataille qu'il mène n'appartient qu'à lui, et personne ne peut l'aider. Avec un peu de chance, il arrivera à vaincre ses démons mais, s'il n'y parvient pas... il faudra que tu l'acceptes. En tout cas, on sera là pour toi quoi qu'il arrive, et pour lui aussi.

Je la dévisage, en attendant qu'elle termine.

— Parfois, même avec les meilleures intentions du monde, il arrive qu'on blesse l'autre et qu'on le détruise. Parfois, c'est le côté obscur qui gagne. Je m'inquiète, c'est tout. On va te laisser tranquille, mais appelle-nous si tu as besoin de quoi que ce soit, d'accord ?

J'acquiesce et elle sort de ma chambre en fermant doucement la porte derrière elle.

Maintenant, c'est moi qui suis plongée dans l'obscurité.

Je suis réveillée en sursaut par des coups bruyamment frappés à ma porte. Je me redresse dans mon lit et j'attrape mon portable pour regarder l'heure. Il est plus de 2 heures du matin.

Je me traîne jusqu'à l'entrée en marmonnant à mon visiteur nocturne d'attendre deux secondes, et j'ouvre, quasiment sans prendre le temps d'étudier la forme derrière la porte.

Aussitôt, il plaque sa bouche brûlante sur la mienne. Il m'embrasse, lèche mes lèvres avidement, puis aspire goulûment ma langue dans sa bouche.

Est-ce que c'est un rêve ? Est-ce que je suis réveillée ?

C'est en lui rendant son baiser que je comprends que je suis bien éveillée. Dans mes rêves, Gavin a un goût de Gavin : un goût de menthe avec parfois une légère saveur de tabac, même s'il a arrêté de fumer. Mais ce Gavin-là n'a pas le même goût. Son souffle est si chargé d'alcool que je suis soûle à la seconde où nos langues se frôlent.

Gavin et le whisky… voilà une combinaison addictive.

Avant que je puisse formuler un mot d'approbation ou de protestation, ses mains agrippent fermement mes fesses et me soulèvent. J'enroule instinctivement les jambes autour de sa taille, et il continue à embrasser ma bouche tandis qu'il me porte jusqu'à ma chambre. La maison est plongée dans l'obscurité mais il se rappelle l'emplacement de chaque chose.

Mon dos est brûlant, à tel point que je me demande si le matelas n'est pas en feu lorsqu'il me pose dessus sans ménagement.

Il retire son T-shirt et mon cerveau essaie de me prévenir, de me rappeler quelque chose. Je suis en colère contre lui. Du moins, je suis censée l'être. Mais là, entre la chaleur de son corps et le désir que j'éprouve, je suis incapable d'aligner deux pensées cohérentes.

Je me suis couchée uniquement vêtue d'un vieux T-shirt et je peux sentir son jean racler ma peau nue.

Ses mains puissantes partent à l'assaut de ma poitrine, d'abord d'un côté, puis de l'autre. Il caresse chaque téton avant de tirer doucement dessus, jusqu'à ce qu'un désir douloureux fasse écho à celui entre mes jambes.

Je veux qu'il continue à me toucher, à me goûter. Je veux être consumée par son désir autant que par le mien.

— Putain, j'ai tellement envie de toi, grogne-t-il à mon oreille. Je ne te mérite pas, mais j'ai besoin de toi. S'il te plaît.

— Oui, Gavin. Vas-y. Je suis à toi. J'ai besoin de toi, moi aussi. Je…

Il m'interrompt avec un baiser plus bestial et intense que jamais, et je gémis bruyamment. Heureusement qu'il n'y a personne d'autre dans la maison.

En sentant son érection pressée contre moi à travers son jean, je me tortille en dessous de lui.

— Gav, je… Je veux que…

— Je sais ce que tu veux, ma jolie, et j'ai bien l'intention de te le donner.

— Oui. S'il te plaît.

Bon. Je suis presque en train de le supplier et le pire, c'est que je n'ai même pas honte.

— Il va falloir prendre ton mal en patience. Parce que je vais prendre tout mon temps avec toi.

Sans attendre ma permission ou une réponse de ma part, il descend et plaque sa bouche entre mes jambes, sur ma peau déjà chaude et humide. J'arque le dos et je crie tandis que le plaisir menace de me faire exploser.

J'écarte davantage les jambes pour qu'il puisse explorer le moindre centimètre carré de ma peau. Il décrit des cercles lents de sa langue, puis plus rapides, avant de la glisser en moi. Je le supplie d'arrêter, de continuer, de faire quelque chose. Les mots sortent de ma bouche dans une totale incohérence, sans que je puisse les contrôler.

— Gav, prends-moi, je t'en supplie.

— Je suis complètement accro. Ta peau est tellement délicieuse. Ça devrait être interdit, surtout pour les mecs comme moi qui ont des problèmes d'addiction.

— S'il te plaît.

Je pousse un nouveau cri en sentant mon corps commencer à dériver dans cet océan de plaisir frisant la douleur où lui seul peut m'emmener.

— Maintenant, s'il te plaît !

— Tu me connais, ma jolie. Ça peut durer toute la nuit. Je vais te prendre autant de fois que tu veux. Je veux te sentir jouir sur ma langue, sur mon sexe, jusqu'à ce que tu sois à bout de forces. Prête ?

Je veux qu'il arrête de parler, pour sentir de nouveau sa langue en moi, ou son sexe, ou les deux. J'ai besoin qu'on se touche, et que ça ne s'arrête jamais.

Je suis contractée comme jamais et les pulsations entre mes cuisses sont si fortes que je suis sûre qu'il peut les sentir. Quelque chose d'inintelligible sort de ma bouche, un mélange de supplication et de gémissement.

Dans une synchronisation parfaite, Gavin aspire mon clitoris entre ses lèvres et glisse deux doigts en moi.

La sensation est complètement dingue. C'est presque trop. Je n'ai pas eu de rapports depuis… depuis la mort de mon grand-père. Ici, donc. Dans ce lit, avec Gavin.

C'est peut-être pour ça que je n'arrive pas à quitter cette chambre.

Gavin alterne coups de langue délicats et succions intenses, et il ne me faut pas longtemps pour basculer. Je jouis encore et encore, en prononçant son nom au milieu d'un tas d'autres mots que je n'entends même pas.

Il continue à me lécher pendant mon orgasme, puis il finit par retirer ses doigts avec une lenteur qui frôle la torture.

— Tu vois à quel point tu es délicieuse, bébé ?

Il passe ses doigts humides sur mes lèvres avant de m'embrasser à pleine bouche.

— Je pourrais vivre de ça. De toi et de rien d'autre.

Mon cœur bat de plus en plus fort à chaque mot qu'il prononce, menaçant de sortir de ma poitrine quand je me goûte sur sa bouche, et je sens que je recommence à me contracter.

Je ne savais pas que c'était possible de ressentir un plaisir pareil. Ça n'était pas du tout comme ça les fois d'avant. A Austin, on y est allés doucement, on avait pris notre temps. Et la dernière fois, ici, il a été d'une douceur et d'une tendresse infinies. Mais là, tout n'est que pulsions et instincts primaires. Il n'y a que du désir, un désir dévastateur qui balaie tout sur son passage.

— Encore, Gavin. S'il te plaît, j'en veux encore.

— Tes désirs sont des ordres, Blu... bébé.

Hein ?

— Pourquoi tu ne m'as pas appelée...

Je n'ai pas le temps de finir ma phrase. Sa bouche s'empare agressivement de la mienne pendant qu'il se débarrasse de son jean et de son caleçon. Ses vêtements tombent par terre dans un bruit étouffé, et je tends instinctivement le bras pour le caresser. J'avais oublié à quel point j'aimais toucher son sexe. Il est si doux, si dur, si parfait.

— Je veux te sentir en moi, Gavin.

Son baiser, déjà enflammé, prend alors des allures de punition. Je suis une grande fille alors j'en fais autant, je lui rends la monnaie de sa pièce jusqu'à ce que nos dents s'entrechoquent. Je ne sais pas trop où il veut en venir mais je suis le mouvement.

— Je ne vais pas être romantique, doux ou gentil. Je vais te prendre comme une bête. Tu es capable d'encaisser ça ?

— Non seulement j'en suis capable, mais j'en ai envie.

J'écarte les jambes autant que possible et j'agrippe fermement ses fesses nues à deux mains, mais il recule.

— Et merde.

— Quoi ?

— Je n'ai pas de capote. Mais je n'ai pas eu de rapports depuis…

— Depuis ?

— Depuis la dernière fois qu'on a couché ensemble. Il n'y a eu personne d'autre à part toi.

J'aimerais le croire mais je ne peux pas m'empêcher de douter. On a passé beaucoup de temps séparés et il n'a jamais été du genre à prôner l'abstinence.

— Tu me le jures ?

— Oui. Sur tout ce que tu voudras.

— Jure sur moi. Sur mon cœur.

Il se penche sur moi et dépose des baisers humides en forme de croix sur ma poitrine, s'arrêtant à quelques centimètres de la pointe de mes seins. La frustration est si insupportable que je tends les mains pour me caresser, mais il attrape mes poignets et me force à lever les bras.

Il baisse la tête et décrit de nouveau des cercles du bout de sa langue autour de mes tétons, jusqu'à me faire crier, puis il les aspire suffisamment fort pour me faire mal. Mais c'est une douleur agréable, comme seul Gavin sait me la procurer. Toujours en équilibre entre douleur et plaisir.

— Viens, Gavin. Je veux te sentir jouir en moi.

Il grogne comme si je venais de le poignarder.

— On n'est pas obligés de s'envoyer en l'air. Je peux aussi passer toute la nuit à te faire jouir. Je suis plutôt doué pour ça.

— S'il te plaît. Je veux te sentir, sans rien entre nous. Je prends la pilule et je fais super attention, je n'oublie jamais un comprimé.

Dès que l'extrémité de son sexe entre en moi, j'oublie la suite de mon plaidoyer et lui semble oublier toutes ses réserves. Je suis si humide suite aux caresses qu'il m'a déjà prodiguées qu'il me pénètre en un instant.

A la seconde où je le sens entièrement en moi, je perds les pédales. Mon corps se convulse presque contre le sien mais je ne peux pas beaucoup bouger, car il tient toujours mes poignets.

Nos corps en sueur se frottent l'un contre l'autre, comme j'en rêvais depuis si longtemps. J'ai tellement attendu que j'ondule frénétiquement contre lui, déjà au bord de l'orgasme.

— Jouis. Jouis, bon sang. S'il te plaît, bébé.

Sa voix contient un tel désespoir que je me contracte autour de lui jusqu'à ce que mon corps obéisse à son ordre.

Il jure et me donne un dernier coup de reins plus puissant que les précédents avant de jouir à son tour. Il relâche enfin mes poignets puis il s'affale sur moi, et on ne fait plus rien à part reprendre notre souffle.

Au moment où je pense qu'il s'est endormi, il se redresse brusquement et agrippe mes cuisses.

— Tourne-toi.

— Quoi ? Tu plaisantes ?

Je peux à peine ouvrir les yeux, alors pour ce qui est de bouger…

— Je t'ai dit de te tourner.

Il détache soigneusement chaque syllabe comme si j'étais attardée et m'attire brutalement à lui à la fin de sa phrase.

— Gavin, regarde-moi, s'il te plaît.

Je ne connais pas cette version de lui et je ne suis pas sûre d'être prête pour ça. Je croyais qu'on allait gentiment rester allongés dans une sorte d'extase post-coïtale.

Il me fixe mais ses yeux sont d'un noir impénétrable dans l'obscurité, comme s'il me regardait sans me voir.

— Je vais te donner une fessée pour chaque seconde passée à attendre que tu obéisses. Et je vais frapper fort. C'est ça que tu veux, bébé ? L'empreinte de ma main imprimée sur ton joli petit cul ?

Euh… peut-être ?

A en juger par la façon dont les muscles de mon vagin se contractent, on dirait bien que mon corps est partant, même si ma tête n'est pas certaine d'être d'accord.

— Tu veux me donner la fessée ?

— Pas qu'un peu. J'ai envie de te fesser, de te mordre, de te marquer, et après ça je te prendrai par-derrière.

Je suis partante.

— D'accord. Mets-moi la fessée, vas-y. Montre-moi de quoi tu es capable.

Je me tourne brusquement en essayant de ne pas penser à la vue que je suis en train de lui offrir. De toute façon, au point où on en est, ça ne sert pas à grand-chose d'être gênée.

— Tu es prête, bébé ? Tu vas en avoir deux, pour m'avoir forcé à te demander deux fois de te retourner.

— Lâche-toi, monsieur le batteur.

Je me rappelle une seconde trop tard qu'en fait Gavin a énormément de force dans les bras.

Quand sa main entre en contact avec ma peau, je tressaille sans le vouloir.

— Oh. Aïe. Tu m'as fait mal.

Il me masse délicatement jusqu'à ce que le picotement s'estompe. Ensuite, il laisse ses doigts vagabonder sur ma peau et les glisse brièvement en moi. A ma grande surprise, je suis encore trempée. Et plus excitée que jamais.

— Encore une, ma jolie. Tu vas tenir le coup ?

— Oui. Enfin, si ça pouvait être moins…

Trop tard. Sa paume ouverte atterrit sur mes fesses, pile assez bas pour envoyer une onde de choc et de plaisir jusqu'à mon clitoris.

Je pousse un cri de douleur et Gavin se met à me murmurer des mots doux, puis je le sens bouger derrière moi. J'ouvre la bouche pour lui demander ce qu'il compte faire mais, avant d'avoir le temps d'articuler un mot, j'ai ma réponse.

Sa bouche se lance dans un assaut sans merci des parties de mon corps qui sont exposées dans cette position. Toutes les parties de mon corps. Même celles dont je n'aurais jamais imaginé qu'elles puissent me procurer autant de plaisir.

Bientôt, je suis complètement dépassée par les événements. Je ne sais pas si ce sont ses doigts ou sa langue qui me caressent, mais je ne tarde pas à jouir de nouveau. En plein milieu de mon orgasme, il me pénètre et je jouis encore, ou peut-être que c'est juste la continuité de l'orgasme précédent. Tout ce que je sais, c'est que je suis incapable de m'arrêter, ou d'arrêter ce qui se passe.

Il enroule mes cheveux autour de sa main et tire dessus jusqu'à me faire mal, mais mon orgasme est tellement violent que je n'y prête pas attention.

— Gav. Gavin. Putain !

Il va et vient en moi sauvagement à présent, si fort que j'ai l'impression que tout mon corps tremble.

— Où est-ce que tu veux que je jouisse, ma belle ? Tu as trois possibilités, annonce-t-il entre ses dents serrées. L'endroit habituel, ta bouche ou tes jolies petites fesses.

Je ne sais pas. Je n'arrive pas à réfléchir. Il continue à me donner des coups de reins si brusques que je commence à me sentir engourdie, et un peu désorientée.

— Où… Où est-ce que tu veux jouir ?

— Partout. Dans ta bouche, ta gorge, entre tes cuisses, sur tes seins. Je rêve de te prendre par-derrière, si fort que tu ne pourrais pas t'asseoir pendant une semaine.

Je reste bouche bée, incapable de trouver quelque chose à répondre.

— Est-ce que tu comprends, maintenant ?

Il me tire les cheveux sans ménagement pour me faire me redresser.

— Je suis comme ça. Brutal. Dangereux. C'est comme

ça que je m'envoie en l'air. Toutes ces conneries fleur bleue à Austin, la pauvre baise pathétique de la dernière fois, ça ne me ressemble pas. C'est ça, ce que je suis vraiment.

« Pauvre baise pathétique. »

Aucune fessée, aucun coup n'aurait pu me faire plus mal que ces mots.

Il ne peut pas avoir dit ça.

Je sais qu'il est soûl, je peux encore sentir le whisky de là où je suis. Il doit même être carrément ivre mort, car le Gavin que je connais ne me traiterait jamais comme ça. Il ne me parlerait jamais de cette façon.

Je n'ai plus envie de rire. Ça ne me plaît plus du tout, ses mots ressemblent à de la méchanceté pure et simple.

— Jouis, Gavin. Termine ce que tu as commencé et laisse-moi tranquille, avant de dire autre chose que tu vas regretter.

Un drôle de bruit s'échappe de sa gorge. Il va et vient furieusement en moi, sa main toujours resserrée autour de mes cheveux comme s'il me tenait en laisse.

— C'est ça le pire, bébé. Je ne regrette jamais rien.

Là, c'en est trop.

— Va te faire foutre. J'ai ma dose, merci.

Je lui donne un coup de coude dans les côtes, et il me lâche sous l'effet de la surprise.

La seconde d'après, je me précipite dans la salle de bains. Je claque la porte derrière moi et je me laisse glisser sur le carrelage froid. Au moins, ça a le mérite de soulager un peu mes fesses endolories.

J'ignore ce qui vient de se passer et pourquoi il s'est

comporté comme ça, mais à présent je sais une chose : Robyn a raison.

Gavin mène sa propre bataille. Il a un côté obscur en lui, qui est capable de me détruire.

Et c'est exactement ce qu'il vient de faire.

14

Gavin

Elle est dans la salle de bains. Enfermée de l'autre côté d'une barrière que je connais bien mieux que la plupart des gens.

S'il y a quelque chose de plus minable qu'une pourriture, par exemple la pourriture qui grandit sur la pourriture, alors c'est sûrement moi à cet instant.

Ce n'était pas censé aller jusque-là. Ça ne devait pas prendre cette tournure.

« *Maman ? Sors, s'il te plaît… J'ai faim…* »

Qu'est-ce que c'est que ce délire ? D'où ça sort, ça ?

Ce n'est vraiment pas le moment de laisser mes souvenirs d'enfance tordus remonter à la surface.

— Dixie ? Bébé, je suis désolé. S'il te plaît, laisse-moi t'expliquer.

Est-ce que j'en suis capable ? Je n'en suis même pas sûr. Tout ce que je sais, c'est que je ne peux pas partir comme ça. Pas après ce que j'ai fait, pas après l'avoir blessée comme ça.

— Je suis tellement désolé, Bluebird. J'ai perdu les pédales mais ce n'est pas une excuse.

Et je suis complètement bourré mais, ça non plus, ce n'est pas une excuse. Le couloir tourne autour de moi et seul mon front appuyé contre la porte me maintient debout.

« S'il te plaît, maman. J'ai peur. Il y a quelqu'un qui frappe à la porte. »

Les souvenirs que je pensais avoir réussi à enterrer il y a des années tentent de revenir à la surface. Quand elle était malade, défoncée ou qu'elle ne voulait pas que les dealers du coin la retrouvent, ma mère avait l'habitude d'aller se planquer dans la salle de bains, me laissant enfermé à l'extérieur. Seul, sans défense, affamé, terrifié par tout un tas de trucs. Parfois, ça m'arrivait même de dormir allongé par terre, collé à la porte. Souvent, à vrai dire.

Les battements de mon cœur résonnent dans ma boîte crânienne, si fort que je ne m'entends même plus réfléchir.

— Dixie, s'il te plaît.

Ma voix se brise et je donne un petit coup à la porte.

— Je t'en supplie, laisse-moi entrer. Je suis tellement, tellement désolé. Je t'en supplie. Laisse-moi juste m'assurer que tu vas bien et je partirai. Promis.

Je me suis comporté comme le dernier des connards. Ce n'était pas nécessaire d'aller aussi loin. Mais j'étais complètement soûl et j'ai perdu le contrôle.

Je me rappelle son visage angélique dans l'encadrement de la porte, ses longs cheveux tombant sur ses épaules, son air innocent. Je me rappelle avoir pensé : *Il faut que ça finisse comme ça. Je dois lui montrer qu'elle est trop bien pour moi.*

C'est la dernière pensée rationnelle qui m'a traversé l'esprit. Dixie était si douce, chaude et humide. Son odeur, la douceur salée unique qui parfume sa peau et devient plus marquée entre ses cuisses, tout ça m'a dépassé et je suis parti tellement loin que je n'ai plus su comment revenir.

— Habille-toi et je te laisserai entrer, à une condition.

J'acquiesce d'un signe de tête, même si elle ne peut pas me voir.

— D'accord. Je vais m'habiller tout de suite.

Pendant tout le temps où j'enfile mes vêtements, je prie pour qu'elle ne change pas d'avis.

Je ne sais pas si elle a peur ou si elle est juste dans une colère noire, mais j'ai besoin de savoir. C'était ça, mon objectif : la rendre furax, pas l'effrayer, ni réellement lui faire mal.

Je m'étais dit que je ferais avec elle comme avec les autres, celles que j'utilise comme si elles étaient jetables. J'ai essayé. Mais ça a sonné tellement faux. Les filles avec qui je couchais aimaient que je les traite comme ça : c'était ce qu'elles voulaient, et il y avait un accord mutuel là-dessus avant même de commencer. Mais faire ça à Dixie… à ma Bluebird… à la fille pour qui je préférerais me faire arracher un bras plutôt que de la blesser… ça restera à jamais le pire truc que j'aie jamais fait. Et Dieu sait que j'ai fait des trucs qui craignent.

Je suis un minable. Un minable qui a de gros soucis avec les femmes en général, et sa mère en particulier.

Ma mère ne m'a jamais cajolé. Elle ne m'a jamais pris dans ses bras et jamais embrassé. Elle ne m'a jamais témoigné la moindre affection, parce qu'elle était toujours défoncée et dans sa bulle. Je ne savais même pas que j'en avais besoin, jusqu'à ce que Lindy Preston me suce dans les toilettes pendant une sortie au musée en quatrième.

A partir de là, je suis devenu accro. Exactement comme ma chère petite maman.

Rapidement, il m'en a fallu plus et j'ai commencé à coucher. Puis il m'en a fallu encore plus. Alors j'ai tenté de coucher avec plusieurs nanas à la fois. Etonnamment, un tas de filles étaient d'accord.

C'était tellement bon qu'elles me touchent, qu'elles me donnent du plaisir avec un tel enthousiasme, comme si c'était la seule raison de leur existence sur Terre. Ça faisait tellement de bien de simplement lâcher prise et de me laisser aller. Je suis relativement bien monté et ça n'a pas tardé à se savoir. Au début de la seconde, je m'étais envoyé toutes les pom-pom girls de mon lycée, et quelques-unes d'autres bahuts.

Avant, j'en étais fier, mais maintenant… ça me dégoûte. Jusqu'au plus profond de mon âme. Qui aurait cru que j'en avais une ?

Dixie, je suppose.

Pendant son année à Houston, je n'ai pas arrêté de l'imaginer sortant avec un autre type. Un étudiant prétentieux ou même le chef d'orchestre, qui l'emmènerait dans des restaurants hors de prix. Je les imaginais en train de boire du vin, de manger des plats raffinés, et de s'envoyer en l'air dans toutes les positions possibles.

Ça m'a rendu dingue. Complètement taré.

Je suis devenu obsédé. Je guettais la boîte aux lettres tous les jours en m'attendant à recevoir un faire-part pour son mariage. Elle me manquait à tel point que ça me faisait mal.

C'était l'enfer d'être loin d'elle. J'étais au fond du trou comme jamais je ne l'avais été. Alors quand ma mère laissait traîner de la drogue sur la table de la cuisine ou dans le panier à linge, je l'échangeais contre des pipes dans des ruelles mal éclairées. Ces filles avaient besoin de leur dose et moi, j'avais besoin de la mienne. Ça paraissait plutôt honnête, comme marché.

Ça m'aura au moins appris une chose : je sais désormais où se trouvent toutes les caméras de surveillance des bars du centre d'Amarillo.

Dallas m'a pris en flagrant délit plusieurs fois, ce qui explique sûrement pourquoi il n'était pas chaud à l'idée que je sorte avec sa sœur. Un jour, il m'a même arraché à un plan à quatre pendant que j'essayais de lui mettre des coups de poing, tout ça les fesses à l'air. Il m'a forcé à faire un dépistage, et je ne faisais pas le malin en attendant les résultats. Heureusement tout était négatif.

Ce qui est bizarre, c'est que, d'une certaine façon, il semblait comprendre ce qui m'arrivait. Quand il s'est rendu compte que je prenais des médicaments, il m'a dit qu'il avait fait la même connerie quand Robyn l'avait largué. Simplement, il pensait que c'était le groupe qui me manquait, et pas sa sœur. Inutile de dire que je n'ai jamais précisé.

Pour que j'aille mieux, il a décidé qu'on allait donner quelques concerts, lui et moi. On en a aussi donné d'autres avec Dixie, et ça a été un peu mieux. Pendant un temps.

Mais ensuite… Savoir que je ne pourrais jamais l'avoir, jamais la serrer dans mes bras, et que je finirais par voir un autre connard l'épouser… c'est redevenu insupportable. Alors j'ai recommencé à sauter la première fille dont le regard croisait le mien.

J'imagine que l'enfer doit beaucoup ressembler à ma vie. En plus chaud et plus peuplé.

Une fois habillé, je refais le lit, comme si nettoyer la scène de crime pouvait améliorer les choses. Je sursaute presque en voyant mon reflet dans le miroir.

Heureusement qu'on était dans le noir, parce que j'ai vraiment une sale tronche.

Je retourne à la salle de bains, où Dixie est toujours barricadée, à l'abri du monstre dans sa maison. En m'appuyant sur la porte, j'ai l'impression de pouvoir la sentir. Elle est adossée de l'autre côté, j'en suis sûr. J'ouvre la bouche pour lui dire que je suis désolé, lui dire qu'il vaut mieux qu'elle reste loin de moi pour le restant de ses jours, mais rien ne sort.

Ne pas avoir d'âme serait plus facile. Je pense que j'étais comme ça à une époque. Mais quand, par la suite, j'ai embrassé Dixie, elle a insufflé un peu de son âme en moi. Et peut-être un petit morceau d'elle, aussi.

— Je suis désolé, Bluebird.

J'arrive à peine à finir ma phrase, à cause de l'énorme sanglot qui menace de s'échapper de ma gorge. Je suis obligé de tousser avant de continuer :

— Je suis un sale connard et je voulais… je crois que je voulais que tu en prennes conscience. Que tu voies qui je suis vraiment et de quoi je suis capable, pour que tu t'éloignes de moi… Enfin, un truc comme ça.

Bon sang… C'est encore plus dur que ce que j'imaginais.

— Gavin.

La douleur dans sa voix me brise le cœur.

— Dixie, je…

— Dis-moi pourquoi. Raconte-moi tout.

Elle se retient pour ne pas pleurer. Je l'entends à sa voix étranglée.

Je soupire contre la porte et je me lance. Je commence avec les souvenirs de ma mère enfermée dans la salle de bains quand j'étais gamin. J'évoque mon enfance, ma rencontre avec elle et Dallas, et je fais de mon mieux pour lui expliquer pourquoi ils ont toujours été les personnes les plus importantes de ma vie. Pourquoi ils le seront toujours. Je lui parle de Lindy Preston, de comment et pourquoi le contact physique est devenu une drogue.

Après plusieurs minutes d'un silence insupportable, la sentence tombe.

— Tu m'as fait du mal. Intentionnellement.

— Oui.

Elle garde à nouveau le silence quelques instants avant d'ajouter :

— Pourquoi ?

Je prends une grande respiration. En dépit des émotions qui me bouleversent, il faut que je reste calme.

— Pour t'aider à voir combien je peux être horrible. Egoïste et… paumé, pour appeler ça comme ça. Je te connais : tu as un cœur énorme, et je sais que tu attendrais, que tu m'aimerais envers et contre tout. Je ne peux pas te demander d'attendre que je mette de l'ordre dans ma vie, alors que je ne sais même pas si je vais y arriver. Ce n'est pas juste. Je ne veux pas te faire ça parce que je t'aime, et pour tout un tas d'autres raisons. Et je t'aime parce que je ne savais pas ce que c'était qu'aimer avant toi.

Apparemment, j'ai ouvert les vannes et les « je t'aime » coulent à flots.

— Ça fait longtemps que tu es ma Bluebird, mais je t'ai gardée prisonnière. J'ai essayé de te retenir dans une petite cage, alors quand tu t'es envolée et que tu es partie à Houston, j'ai complètement perdu le contrôle. J'ai… Je ne sais même pas par où commencer.

Je sursaute en entendant la porte s'ouvrir et, l'instant d'après, je suis face à elle. Elle est enveloppée dans une robe de chambre. Au moins, je suis soulagé de voir qu'elle n'est pas restée sans rien sur le dos pendant tout ce temps.

— Salut, dit-elle doucement.

— Salut.

Ma voix est à peine audible.

— Merci d'avoir ouvert. J'ai du mal avec le fait d'être empêché d'entrer.

Elle écarquille les yeux et plonge son regard dans le mien.

— La porte n'était pas fermée à clé. Jamais je ne t'empêcherais d'entrer.

Peut-être que c'est ce qu'elle vient de dire, ou ma mère, ou mes souvenirs d'enfance, mais je craque.

Dixie se précipite dans mes bras et je la serre contre moi jusqu'à en avoir des crampes. On finit par s'asseoir par terre et je la berce doucement, au rythme des mots de réconfort qu'on se murmure. C'est ce que Dixie représente pour moi, ce qu'elle a toujours représenté : la douceur et l'apaisement dans un monde de chaos. L'aimer n'équivaut pas à échanger une addiction contre une autre. L'aimer, c'est trouver la paix.

Une fois qu'elle est endormie dans mes bras, je la porte jusqu'à son lit et je la borde délicatement, en faisant bien attention de ne pas la réveiller.

Ma Bluebird mérite de voler et d'être libre.

Elle mérite de vivre sa vie, sans m'appartenir.

Et maintenant qu'elle connaît la vérité, peut-être qu'elle va le faire.

« Gav, c'est moi. Dallas. Je ne sais pas ce qui se passe avec toi et ma sœur mais j'aimerais bien avoir de vos nouvelles. On doit répéter si on décide de participer au tremplin. »

Supprimer.

« Mec, c'est encore moi. Ni toi ni Dixie ne répondez à mes appels ni à mes messages et je commence à m'inquiéter. Si je m'inquiète, Robyn s'inquiète, et si elle s'inquiète, ça met la santé du bébé en danger. Et la santé de Robyn aussi. S'il leur arrive quoi que ce soit, je vais être très énervé. Rappelle-moi. »

Supprimer.

« Garrison, je ne sais pas ce que c'est que ce bordel et j'ignore pourquoi vous avez disparu de la surface de la Terre, ma sœur et toi, mais si aucun de vous deux ne me rappelle dans la journée, je monte dans ma voiture et je viens vous botter le cul. »

Je le connais assez pour savoir qu'il n'hésiterait pas à venir de Dallas jusqu'ici rien que pour ça.

Supprimer.

« Salut. Robyn a parlé à Dixie. Je ne sais pas ce qui s'est passé, mais elle a dit que c'était la crise et que Dixie était super mal. Elle ne veut pas m'en parler, ce qui veut dire que c'est toi qui vas me cracher le morceau. Je serai là dans quelques heures. »

Je supprime son dernier message et je vais m'assurer que la porte est fermée à clé. Enfin, de toute façon, s'il veut vraiment entrer, il y arrivera. Il l'a déjà fait dans le passé.

Je parierais que ma mère doit être défoncée à longueur de temps dans le repaire de camés tenu par son mec, à quelques rues d'ici.

« Je suis devant chez toi. Je défoncerai la porte s'il le faut mais je préférerais éviter. Alors sois un homme et ouvre cette foutue porte, s'il te plaît. »

Supprimer.

« Etant donné que tu m'évites, j'en déduis que ce qui se passe est ta faute, même si je ne sais toujours pas ce que c'est. Super timing, en tout cas. Puisque tu as décidé de te comporter comme un sale morveux, tu peux nous retirer du tremplin. Enfin, si tu retournes à la Taverne un jour, bien sûr. »

Supprimer.

« Salut, c'est moi. »

Les battements de mon cœur s'accélèrent. Ce n'est plus la voix de Dallas : c'est celle de Dixie.

« Bon, j'ai parlé à Dallas et j'aimerais vraiment bien qu'on participe au tremplin. Tous les trois. Enfin, si tu veux. »

Elle marque une pause et j'ai l'impression que je vais devenir fou en attendant la suite. Je crève d'envie de l'entendre à nouveau, même si je sais que ça va m'achever.

« Enfin bref, on va répéter cet aprèm, au local qu'on louait toujours en ville. »

Nouvelle pause.

« On l'a réservé pour deux heures, de 14 à 16 heures, si tu veux venir. J'espère que tout va bien de ton côté. Salut. »

Réécouter.

Je repasse son message tellement de fois que mon téléphone finit par ne plus avoir de batterie.

Je le mets en charge et quand il se rallume, un bip m'indique un nouvel appel en absence. De Dixie.

Le nouveau message qu'elle m'a laissé anéantit le peu de forces qu'il me restait.

« Salut. Désolée de te harceler mais j'aurais dû te dire quelque chose dans mon précédent message et je ne l'ai pas fait. Alors voilà : je veux que tu viennes à la répète tout à l'heure, je veux que tu joues avec nous au Phi Kap vendredi et que tu participes au tremplin samedi. Mais surtout, je ne veux pas qu'on se déteste ou qu'on continue à se faire du mal. Du moins, pas si on peut l'éviter. Je t'aime, Gavin, malgré tes erreurs et malgré la peine que tu me fais parfois. Peut-être que ça te met en colère ou que ça me fait passer pour une pauvre fille désespérée ou stupide, mais c'est comme ça. Je t'aime autant que j'aime la musique et peut-être même plus, parce que je t'aime depuis plus longtemps qu'elle. Bref, tout ça pour dire que je pense que ce serait une erreur de ne pas redonner une chance au groupe. On se doit bien ça. Et pour le reste, je propose qu'on avise au fur et à mesure. »

Je réécoute les deux messages de Dixie plusieurs fois, puis je reste assis en silence, jusqu'à ce que le silence lui-même devienne assourdissant.

Je ne peux pas être celui dont elle a besoin. Je n'ai pas les épaules pour être le genre d'homme qui la rendrait vraiment heureuse. Mais je ne supporte pas l'idée que mes conneries ou mes tentations l'empêchent de vivre son rêve.

Si elle veut le groupe, elle l'aura. Si elle veut un batteur, elle aura un batteur. Ça, je peux le lui donner.

15

Dixie

— D'après le propriétaire de la Taverne, il y a un batteur qui joue avec le groupe résident, qu'on pourrait peut-être avoir pour le tremplin. Il dit que le mec n'a rien dans la tête et que son éthique laisse à désirer, mais que c'est un super musicien.

C'est avec ça que Dallas m'accueille quand j'arrive au local pour répéter.

Il n'y a pas si longtemps, j'étais sur le toit de ce bâtiment avec Gavin, à espérer que nos rêves deviennent réalité. J'ai l'impression que c'était il y a des siècles. En tout cas, ce n'était pas la même fille.

Gavin avait raison : cette fille-là était franche et prenait des risques tandis que, maintenant, j'ai beaucoup plus de mal à énoncer clairement ce que je veux. Cela dit, j'ai quand même laissé un message complètement humiliant sur son répondeur. Je me demande si ça lui arrive de le consulter.

— C'est Gavin, dis-je.

— Oui, je sais que c'est Gavin, notre batteur. Mais on ferait mieux de vérifier si le type du bar est dispo, au cas où Gav ne se pointerait pas.

Je réponds à mon frère d'un air absent, occupée à appliquer de la colophane sur mon archet.

— Non, je veux dire, le mec qui joue avec eux. C'est lui. C'est Gavin.

— Sérieusement ?

— Oui… Tu as une autre idée ?

— Euh… je peux voir si le batteur de Levi est d'accord pour jouer avec nous. Ils ont signé un contrat avec Sony, qui les empêche de participer à des événements sponsorisés par d'autres maisons de disques en tant que groupe, mais je ne sais pas si ça s'applique aussi à titre individuel. Je peux toujours leur poser la question.

— Ça ne coûte rien. C'est juste que j'ai l'impression de…

— Le tromper ?

— Un truc comme ça. Vous en êtes où avec la chambre d'enfant ?

— C'est presque fini. Bon, tu vas me dire ce qui s'est passé, oui ou non ?

Moi qui pensais que je l'avais eu avec mon changement de sujet… Il doit vraiment brûler de curiosité car il arrête même d'accorder sa guitare.

— Honnêtement, je pense que si les rôles étaient inversés, je préférerais ne pas savoir ce genre de trucs à ton sujet.

— Message reçu, répond-il en faisant la grimace.

— Pas la peine de faire cette tête. Il ne s'agit pas seulement de… ça. C'est bien plus complexe.

— Gavin a ses démons, petite sœur. C'est triste mais c'est comme ça. Il se bat contre eux chaque jour et, parfois, il ne gagne pas. Je sais que tu l'aimes, moi aussi d'ailleurs, mais je suis ton frère et tu ne peux pas m'en vouloir d'essayer de te protéger.

Je ne sais pas pourquoi, mais je sens qu'il y a une confession cachée quelque part là-dedans.

— Dallas… tu lui as parlé ?

Mon frère ne me répond pas, alors je commence à ranger Oz. S'il ne peut pas être honnête avec moi, je n'ai rien à faire ici.

— Attends, Dixie, calme-toi. Ça m'a rendu dingue de voir à quel point tu étais malheureuse après ton concert l'autre soir, alors je suis allé lui parler.

— Et ?

Dallas hausse les épaules, comme si sa réponse n'avait pas une importance capitale.

— Et il m'a expliqué que s'il est parti, c'est parce que sa mère est arrivée à la Taverne complètement défoncée pendant que tu étais sur scène et qu'il a dû s'occuper d'elle. Il l'a ramassée, comme il le fait toujours. Il aurait pu appeler la police, un taxi, ou laisser les vigiles du bar la gérer, mais non. Il est parti. Alors je lui ai dit que s'il n'avait pas prévu de s'engager et de faire de toi une vraie priorité, il devait arrêter de te faire poireauter et de te mener en bateau.

— Tu es cinglé ou quoi ? C'est sa *mère*, Dallas.

Même si j'ai honte de l'avouer, je suis soulagée d'apprendre que c'est avec sa mère qu'il est parti, et pas avec l'autre blonde.

— Peu importe, Dixie. Tout ce que je vois, c'est qu'il finit toujours par retourner dans la misère avec elle au lieu d'être sous le feu des projecteurs avec nous, parce que c'est plus simple de se cacher. Ce sera toujours comme ça, sauf s'il en décide autrement, mais il faut que ça vienne de lui. Tu ne peux pas le forcer à choisir la lumière.

— Je ne savais pas que tu étais aussi blasé. Et alors, on fait quoi ? On le laisse tomber ? Tu sais bien que je ne peux pas faire ça.

— Bien sûr que non. On l'aime et on sera là pour lui, que ça lui plaise ou non, parce qu'on est sa famille, nous aussi. Simplement, on ne peut pas mettre nos vies entre parenthèses en attendant qu'il mette de l'ordre dans la sienne. C'est dur mais c'est comme ça. Le groupe a une chance, et toi aussi. Tu as bien plus à offrir que ce que tu as donné jusqu'à maintenant. Je pense que tu ne l'as jamais montré parce que tu ne voulais pas être le centre de l'attention. Tu voulais rester planquée dans l'ombre avec lui, mais je ne vais pas laisser ça arriver. Alors tu vas venir t'installer au micro parce que, ce soir, tu vas aussi chanter, chère petite sœur.

— Dallas ?

— Dixie ?

— Je t'aime.

— Moi aussi, je t'aime. Bon, on s'y met, oui ou non ?

Un coup frappé à la porte me distrait avant que je puisse répondre, et la porte s'ouvre.

— Désolé d'être en retard. Il y avait du monde sur la route.

Gavin.

— J'arrive, dit mon frère en posant sa guitare. Je vais t'aider à décharger ta batterie.

Je pose Oz dans son étui, le cœur battant.

— Moi aussi, je vais te donner un coup de main.

Il est venu.

Il n'est pas là pour toi. Il est venu pour jouer, Dixie. Lâche-le un peu.

On ramène sa batterie à l'intérieur et Dallas sourit pendant qu'ils l'installent.

— Je suis content que tu sois venu. Je ne vais pas te mentir, je faisais un peu dans mon froc.

— Il va falloir te retenir pour cette fois, dit Gavin à voix basse.

Il a l'air différent. Encore plus renfermé que d'habitude. Comme s'il pensait que sa simple existence allait me faire du mal.

Des paroles de chanson naissent dans ma tête. Il faut que je les note tout de suite avant que ça m'échappe.

Aimer quelque chose, non, aimer quelqu'un. Etre accro à… quelqu'un qui ne nous convient pas… c'est comme une drogue, comme être accro à l'amour et à toi… le poison parfait dont on ne se lasse pas.

Les mots viennent dans le désordre et je n'arrive pas à les organiser dans mon esprit.

— Dallas, tu as un stylo ?

— Oui, toujours.

Il me lance un Bic bleu, que j'attrape et débouche précipitamment. Comme je n'ai pas de papier, je commence à écrire sur ma main gauche. Puis je déborde sur mon poignet. Et j'enchaîne sur mon avant-bras. Heureusement que mes tatouages ne recouvrent pas complètement mes bras, autrement je serais vraiment dans la merde.

Une fois que j'ai terminé mon petit exercice de rédaction, j'attrape Oz et je me rends compte que les garçons me regardent comme si j'étais complètement folle.

— Désolée, j'avais besoin d'un moment. Je suis prête. On peut y aller.

Gavin hoche la tête sans croiser mon regard.

— D'accord. C'est parti. Un, deux, un, deux, trois, quatre.

Et on décolle, vers cet endroit magique où on vole ensemble et où rien ne peut nous atteindre. Parce qu'on est complètement libres.

16

Gavin

Il faut absolument que je sache ce qu'elle a écrit sur son bras. Je n'ai aucun droit de lui poser la question, mais ça me tue de ne pas connaître la réponse.

Je ne l'ai jamais vue faire un truc pareil. On a l'habitude de voir Dallas frappé par l'inspiration et s'agiter dans tous les sens pour trouver de quoi écrire, mais il n'a jamais écrit autant en une seule fois. Et encore moins sur sa peau, à ma connaissance.

Qu'est-ce qui t'a inspirée, Bluebird ?

J'ai tellement envie de le lui demander que j'en perds le rythme. Ça fait déjà deux fois que je suis en retard sur un solo et Dallas commence à s'énerver.

J'ai envie de lui suggérer de faire une petite pause, comme ça je pourrais m'approcher de Dixie et voir ce qu'elle a écrit ; ensuite, je pourrais me concentrer et faire mon boulot.

Lui aussi est curieux, mais il sait qu'elle lui dira de quoi il retourne à la fin de la répétition. Moi, je n'ai plus ce privilège.

Concentre-toi, abruti. Tu es là pour une chose : jouer de la batterie. Alors fais-le correctement.

Je fais de mon mieux pour ne pas penser à sa peau recouverte de mots et je joue sans me planter pendant le reste de la répète. Enfin, sans trop me planter.

On ne fait pas de pause. Sergent-chef Dallas est de retour, et il n'est pas là pour plaisanter.

D'une certaine façon, c'est réconfortant de savoir qu'en dépit de tout ce qui s'est passé j'ai toujours un foyer ici. Je suis toujours à ma place.

C'est justement parce qu'ils sont comme ma famille que je ne voulais pas franchir certaines limites. Parce que je savais que je ne pourrais pas revenir en arrière. Même si j'aimerais bien me convaincre que ce serait mieux pour tout le monde si je n'avais jamais été avec Dixie, je ne le regrette pas. La seule chose que je regrette, c'est la peine que je lui ai faite, la façon dont j'ai géré la situation et… toutes mes erreurs, en résumé.

A la fin de la répétition, je ne sais plus où j'en suis. Entendre Dixie chanter était comme un baume qui apaisait mes plaies mais, maintenant qu'on a terminé, la douleur revient peu à peu.

Je ne veux pas être loin d'eux, je ne veux pas retrouver un mobile home vide au bord de l'autoroute, mais le bouclier de Dixie est en place. Alors je range mes affaires sans un mot et je m'apprête à charger le pick-up de M. Kyung, que j'ai emprunté pour venir ici.

— Mec, tu veux aller manger un morceau ?

Oui. Je meurs d'envie de partager un repas avec les deux seules personnes au monde à s'être jamais préoccupées de moi. Je veux m'asseoir à table avec eux, discuter, raconter des blagues et entendre Dixie rire. J'en ai besoin, encore plus que de nourriture, d'eau ou d'oxygène. Mais l'éclair de douleur qui passe sur le visage de Dixie me fait l'effet d'une gifle.

— J'aimerais bien mais je ne peux pas. Il faut que je retourne à la Taverne.

— D'accord. Si tu as besoin de quoi que ce soit, n'hésite pas.

— Ça marche.

Je monte en voiture et je viens juste de refermer ma portière quand celle du côté passager s'ouvre.

— Tu me déposes ? J'aimerais bien jouer encore un peu, alors je me disais que je pourrais aller à la Taverne aussi, pour bosser un peu la nouvelle chanson au piano.

— Je… tu… Euh…

Bon. Mes capacités d'expression orale ont disparu.

— C'est oui ou c'est non, Gav. Si tu ne veux pas que je monte avec toi, pas de problème, je demande à Dallas. Sinon, je peux travailler sur la chanson à la maison, tout simplement.

Je ne comprends pas comment elle peut être aussi détendue et nonchalante après ce que je lui ai fait.

« Je t'aime, Gavin, malgré tes erreurs et malgré la peine que tu me fais parfois. »

— Non, pas de problème. Enfin, je veux dire, oui. Tu peux monter… je peux te… enfin, je…

Oh ! et puis merde.

Elle a toujours la main sur la portière, comme si elle hésitait entre grimper ou me la claquer à la figure.

— Je prends ça pour un oui, alors ?

Puisque faire des phrases semble être un exploit hors de ma portée pour le moment, je hoche la tête.

Je regarde droit devant moi et je me force à ne pas observer ses bras tandis qu'elle s'installe. Dallas n'a pas l'air enchanté quand on le dépasse, mais Dixie est une grande fille désormais. Elle prend ses décisions toute seule. Elles ne sont pas toujours bonnes mais, au moins, personne ne décide à sa place.

— Je suis désolé. Je suis tellement désolé de t'avoir fait du mal, d'être venu alors que j'étais soûl, d'avoir prémédité ce plan foireux. Aujourd'hui, j'ai vu que ce que Dallas n'arrête pas de me répéter est vrai. Je ne serai jamais vraiment capable de me détacher d'aucun de vous, parce que vous êtes ma famille et que ça ne changera jamais. Sauf si vous en décidez autrement.

— Ça ne changera pas, lâche-t-elle abruptement. Jamais.

J'acquiesce, et on ne dit plus rien pendant plusieurs minutes. Ce n'est pas un silence gêné : c'est juste un silence intense, chargé d'émotion et de mots qu'on n'est pas encore prêts à se dire.

Je jette un coup d'œil sur son bras mais tout ce que je peux voir, ce sont les mots *accro* et *poison*.

— Mince, dit soudain Dixie en fixant l'écran de son portable. J'ai oublié. Merde. Tu peux me déposer à la maison ?

Je tourne dans une petite rue perpendiculaire pour prendre un raccourci qui conduit chez elle.

— Pas de problème.

— Je suis vraiment désolée. J'espère que tu ne seras pas en retard au boulot à cause de moi.

— Ne t'en fais pas. Ça m'étonnerait que le bar mette la clé sous la porte juste parce que j'ai dix minutes de retard.

Elle rit doucement et le bruit de son rire me réchauffe le cœur.

— C'est ce gamin… Il n'a pas l'air de vraiment aimer jouer du piano, mais il vient, toujours le même jour à la même heure. Il ne parle presque pas, il se contente d'errer dans la maison. Il me rappelle quelqu'un, à vrai dire.

Un signal d'alarme retentit dans un coin de ma tête. Sans savoir pourquoi, j'ai un mauvais pressentiment.

— Je me suis renseignée, mais je ne sais rien de lui, continue Dixie, à part qu'il s'appelle Liam Andrews. Je crois qu'il vit pas loin de chez toi. J'espère qu'il ne traverse pas l'autoroute tout seul. Je n'arrive pas à en savoir plus sur sa famille.

— Andrews, tu dis ?

Il n'y a qu'un seul Andrews, dans le quartier.

Par pitié, pourvu qu'il n'ait rien à voir avec ce foutu Carl Andrews. Même de loin.

— Oui, pourquoi ? Le nom te dit quelque chose ?

J'appuie sur l'accélérateur sans ménagement.

— Gavin ! Qu'est-ce qui t'arrive ?

Je prends une grande respiration et je fais de mon mieux pour lui parler d'une voix calme et maîtrisée :

— J'essaie de ne pas perdre mon sang-froid et de ne pas m'énerver pendant que je conduis. Tu ne peux absolument rien avoir à faire avec Carl Andrews ou son gamin. Jamais.

— Oh. Je ne suis pas sûre que Liam soit *son* enfant. Je voulais te parler de lui parce qu'il me fait penser à toi quand on était petits, en quelque sorte. Il a toujours l'air en colère.

Alors là, elle va finir par me vexer.

— Je ne suis pas toujours en colère.

Elle me lance son regard qui veut dire « Arrête tes conneries », alors je hausse les épaules.

— Pas *toujours.*

— D'accord, peut-être que je me suis mal exprimée.

Elle fronce les sourcils. Du coin de l'œil, je peux voir qu'elle est en train de réfléchir et de choisir ses mots avec soin.

— C'est comme s'il avait du mal à trouver quelque chose. Une raison d'avoir peur, ou d'être contrarié ou violent, je n'en sais rien. Il y a cette colère énorme en lui et il n'a que sept ans. Qu'est-ce qui peut bien mettre autant en colère à sept ans ?

Je resserre mon étreinte sur le volant et mes jointures blanchissent.

— Si Carl Andrews est son père, alors ce gosse a un tas de raisons d'être en colère, tu peux me croire.

Carl a une baraque où tous les camés du coin vont se shooter. C'est là que ma mère passe son temps en ce moment. C'est lui qui était avec elle au bar l'autre soir, et on ne peut pas dire qu'on soit en bons termes ces temps-ci.

Je sais que je vais droit dans le mur, je le sens dans mes tripes, mais je n'ai qu'une idée en tête : l'éloigner de Dixie.

Il a eu la garde de ce gamin ? Aucune personne sensée ne confierait un enfant à cette raclure.

— … cours de batterie ?

Je n'ai pas entendu le début de sa phrase, trop occupé à imaginer Carl se ramener quand Dixie est seule chez elle. C'est ce qui se passe avec les accès de rage : la rage a tendance à prendre le pas sur le reste de vos sens.

— Quoi ?

Dixie soupire et s'accroche au tableau de bord tandis que je prends un virage un peu trop vite.

— Je me demandais si tu serais d'accord pour lui donner des cours de batterie. Il a beaucoup de colère en lui et jouer a l'air de t'aider, alors je me disais que ça l'aiderait peut-être, lui aussi.

— Ça m'aide, c'est vrai. Mais je ne suis pas très doué avec les gamins.

— Qu'est-ce que tu en sais ? Tu as déjà passé du temps avec des enfants ?

— Non, pas vraiment.

— Alors tu n'en sais rien. Tu es peut-être super doué si ça se trouve. Et même si tu ne l'es pas, dans le cas de Liam, je ne pense pas que ça pose problème.

— Comment ça ?

L'espace d'un instant, elle semble si triste que je manque d'arrêter la voiture.

— Tous mes autres enfants ont l'air de bien m'aimer. Ils

me font des câlins, ils m'appellent « mademoiselle Dixie »... Ils sont adorables. Mais lui, il ne me regarde jamais en face.

Elle a le même air que lorsqu'elle est sur le point de se mettre à pleurer. En l'entendant les appeler « mes enfants », je comprends à quel point c'est important pour elle de donner ces cours. Ce n'est pas un simple passe-temps : c'est sa façon de partager son don, au-delà de la scène.

— Peut-être que les cours ne l'intéressent pas vraiment mais qu'il n'a pas d'autre endroit où aller. Peut-être que jamais personne ne lui a souri avant toi.

La triste vérité, c'est que c'est comme ça que j'ai fini sous son porche il y a des années. Et c'est pour ça que j'ai continué à revenir. Malheureusement, mes paroles n'ont pas vraiment l'air de la réconforter.

— Je suis une prof sympa, pourtant. On joue à des jeux et je distribue des bonbons. J'ai même fait des cookies spécialement pour lui, avec son nom dessus.

Ma Bluebird est du genre tenace. Si elle est décidée à se faire aimer, elle y arrivera, d'une façon ou d'une autre. Ce pauvre gosse mène un combat perdu d'avance.

— Des cookies ? Tu ne m'as jamais fait des cookies avec mon nom dessus.

— Je suis sérieuse, Gav. Je ne comprends pas, c'est comme s'il était... je ne sais pas, comme s'il avait peur de moi. Je ne sais pas pourquoi il est tout le temps sur la défensive, mais je n'arrive pas à l'apprivoiser et ça me brise le cœur.

Moi aussi, je lui ai brisé le cœur, et le pire, c'est que je suis sur le point de recommencer. Parce que, à la seconde où on arrive dans son allée, j'aperçois un vieux pick-up Ford bleu. Et à côté du pick-up, je vois Carl Andrews coller la baffe du siècle à son fils.

Je parviens à me garer, je ne sais pas trop comment, je sors de la voiture et j'atteins Carl avant qu'il ait le temps de le frapper à nouveau derrière la tête.

Ils frappent toujours à cet endroit-là, parce que frapper au visage attirerait l'attention de l'assistante sociale. A croire qu'ils suivent un séminaire de formation pour maltraiter leurs gosses.

En une fraction de seconde, je me retrouve transporté dans le temps et je revois le dealer que ma mère laissait dormir chez nous et qui se servait de moi comme d'un punching-ball. Il s'appelait Devlan. Et c'est son visage que je ne tarde pas à voir à la place de celui de Carl.

Je peux entendre Dixie crier derrière moi. Elle me supplie d'arrêter, mais je ne peux pas. J'en suis tout simplement incapable.

Quand la police intervient, Carl ne bouge plus.

Et je ne sens plus mes mains.

17

Dixie

— Il peut être libéré sous caution. J'ai trouvé un garant.

Tandis que j'explique la situation à mon frère au téléphone, je repense à la fois où Katrina Garrison s'est fait arrêter pendant le MusicFest d'Austin et, grande première, je lui suis reconnaissante de quelque chose. Si je n'avais pas accompagné Gavin pour la faire libérer, je n'aurais aucune idée de la marche à suivre.

— Ils vont le poursuivre pour coups et blessures, m'informe Dallas d'un ton neutre. Je viens de parler à son avocate.

— Son avocate ?

— Oui, il en a déjà une pour… d'autres trucs.

— Comment ça, d'autres trucs ?

Entre ça et la scène dont j'ai été témoin ce soir, je commence à croire que je ne connais peut-être pas Gavin, en fait.

— C'est une longue histoire. Et c'est à lui de te la raconter.

Je soupire à fendre l'âme. Les mecs et leur foutu code

d'honneur. Ces deux-là m'ont toujours caché des trucs depuis qu'ils se connaissent et, franchement, ça commence à me fatiguer.

— D'après l'officier qui a procédé à l'interpellation, Carl a repris conscience dans l'ambulance et il a déclaré que ce n'était pas la première fois que Gavin l'agressait. Tu es au courant ?

A la façon dont Dallas soupire, je comprends que je ne vais pas obtenir de réponse.

— Ecoute, je sais que tu dois terminer la chambre d'enfant et que Robyn a probablement besoin de toi, mais je…

— J'arrive. Je fais au plus vite.

— Merci, Dallas.

— Dixie ?

— Oui ?

— Les mains de Gavin… Est-ce qu'elles sont vraiment amochées ?

Je ne comprends pas tout de suite pourquoi il s'inquiète de ça dans un moment pareil. Puis je percute : les musiciens doivent prendre soin de leurs mains. Elles peuvent être aussi importantes que n'importe quel instrument.

Il reste encore une semaine avant le tremplin mais, si Gavin a quelque chose de cassé, ça ne suffira pas. Il ne pourra pas y participer.

Je lui réponds dans un murmure :

— Il y avait beaucoup de sang.

Je ferme les yeux en essayant de ne pas repenser à l'expression terrifiante dans les yeux de Gavin pendant qu'il frappait Carl. J'ai à peine eu le temps d'écarter Liam.

— Je ne sais pas si c'était le sien ou celui de Carl.

Ma voix tremble au souvenir des dernières heures. Elles ont été un véritable cauchemar.

J'ai regardé Gavin attaquer brutalement une autre personne, j'ai vu les policiers lui passer les menottes et le mettre à l'arrière d'une voiture, j'ai dû aller trouver Mme Lawson pour lui demander de garder Liam pendant que son père est à l'hôpital… Je suis fatiguée, aussi bien physiquement qu'émotionnellement.

Même si je sais que ce que Gavin a fait était mal, j'ai vu Carl frapper Liam, j'ai vu la façon dont Liam se recroquevillait sous l'effet de la peur. Pour être honnête, si j'avais pu frapper cet enfoiré moi-même, je n'aurais pas hésité. J'étais partagée entre la nécessité de mettre Liam à l'abri et l'envie d'encourager Gavin.

— D'accord. Bon, ne t'en fais pas pour ça pour le moment, me rassure Dallas. Dès qu'ils le laisseront sortir, je l'emmènerai faire une radio. A tout à l'heure.

Je grommelle un au revoir et je me laisse tomber lourdement sur une chaise pliante. Il est presque 1 heure du matin. Ça fait des heures que je suis là, et je n'ai pas la moindre idée de quand ils vont le laisser sortir.

— Salut, marmotte.

Je reconnais la voix de mon frère à côté de moi et j'ouvre les yeux, contente de me réveiller du cauchemar que j'étais en train de faire. Sauf qu'au bout de quelques instants je me rends compte que ce n'était pas un cauchemar : Gavin a bel et bien été arrêté et je suis toujours à la prison du comté. Au moins, Dallas est ici maintenant, et il a un café à la main. Du vrai café qui vient du restaurant d'à côté, pas du jus de chaussette comme celui que sert le distributeur ici.

— Tiens, bois ça, dit-il en me tendant le gobelet.

Il a l'air aussi fatigué que moi et il aurait bien besoin de se raser et de prendre une douche.

— Désolée de t'avoir fait venir.

Ma propre voix me fait peur. On dirait un travesti employé au téléphone rose. Non pas que je sache à quoi ressemble leur voix, mais je suppose que c'est dans ce genre-là. Je pourrai toujours me reconvertir si les cours de musique ne marchent pas.

— Tu n'as pas à être désolée. J'aurais été furax si tu ne m'avais pas appelé.

Je lui lance un regard lourd de sous-entendus mais il n'a pas l'air de saisir.

— J'ai jeté un œil sur l'écran de l'agent qui l'a arrêté pendant qu'il recueillait mon témoignage. Ils ont ressorti le casier de Gavin. Ce n'est pas la première fois qu'il se retrouve en garde à vue, et devine quel est le nom qui apparaît toujours dans la case « caution payée par » ?

Enfin, à une exception près. Le nom de la mère de Gavin apparaît une fois. En voyant ça, je me suis demandé si c'était pour la sortir d'ici qu'il avait fait la route depuis Austin, la dernière fois. Je n'ai pas pu voir pour quels motifs il avait été arrêté, mais ça m'a fait mal de constater que ça avait eu lieu aussi souvent et qu'il n'a jamais cru bon de m'en parler.

— C'est compliqué, Dixie Leigh, dit Dallas avant de boire

une gorgée de café. Dans la majorité des cas, ça date de quand tu étais à Houston.

— Vous allez bien finir par me raconter ce qui s'est passé pendant mon absence, tous les deux.

Je plisse les yeux et Dallas détourne le regard.

— Je ne plaisante pas, Dallas Walker Lark. Si on décide vraiment de reformer le groupe, il est hors de question que vous continuiez à me cacher des trucs. Point final.

Il hoche la tête et reprend une gorgée.

— Alors tu es toujours décidée à retenter le coup ?

— Tu sais bien que oui. Mais à une condition.

— Je t'écoute.

— Gavin et toi devez me dire la vérité. Tout ce que j'ignore et tout ce que vous m'avez caché, je veux tout savoir.

La lueur qui est née dans ses yeux quand je lui ai dit que j'étais toujours partante pour le groupe s'éteint aussitôt.

— Dixie, je sais que tu penses que ça aiderait. Les femmes croient toujours qu'elles ont besoin de tout savoir dans les moindres détails. Mais crois-moi, c'est beaucoup mieux si tu ignores certaines choses, en particulier quand ça concerne Gavin.

— Mais…

— Il n'y a pas de *mais*. Il a prévu de te raconter le plus gros, le reste n'est rien de plus que ça : des détails sans intérêt et des erreurs sans importance. Tu dois apprendre à te contenter de ce qu'il est capable de donner, et ne pas te torturer à propos de trucs qui n'ont rien à voir avec toi.

— Si ça le regarde, ça me regarde.

Mon frère passe son bras autour de mes épaules et me serre doucement contre lui.

— Je comprends que tu réagisses comme ça mais j'insiste : ça le tuerait de te savoir au courant de certaines choses qu'il a faites quand il était au plus bas.

— Et moi, ça me tue de ne pas savoir.

Il pousse un profond soupir et appuie son front contre le mien.

— Je sais, petite sœur. Je suis désolé.

Un bruit de talons aiguilles retentit sur le carrelage, semblable à des coups de feu. Je regarde autour de nous et j'aperçois immédiatement la propriétaire des talons à l'origine du vacarme.

La blonde compliquée de Gavin.

Avec son chemisier en soie blanc et son pantalon de tailleur noir, elle a l'air beaucoup trop apprêtée si on tient compte du fait qu'il est presque 2 heures du matin. Je ne peux pas en être sûre étant donné que je ne vois pas la semelle, mais je suis persuadée qu'elle porte des Louboutin. Robyn en a une paire qui ressemble à celle-ci.

— Qu'est-ce qu'elle fiche ici ?

— C'est Ashley Weisman. L'avocate de Gavin.

Elle paraît trop jeune pour être avocate, mais passons. La façon dont elle se comportait avec Gavin le soir où je l'ai vu à la Taverne ne ressemblait pas non plus à une relation avocat-client, d'ailleurs. A moins que les avocats ne bénéficient de certains privilèges supplémentaires dont je ne suis pas au courant.

Je peux sentir mon anxiété monter en flèche tandis

qu'elle s'entretient avec un officier à l'accueil. Quand elle se dirige vers nous, mon cœur se met à battre plus vite à chacun de ses pas.

— Comment il a pu se payer ses services ?

Je peux déjà sentir le parfum hors de prix de l'avocate de là où je suis assise, et elle n'est même pas encore arrivée à notre niveau.

Dallas ferme les yeux, comme si je venais de poser une question bien trop complexe pour qu'il puisse y répondre.

— C'est…

— Si tu me réponds que c'est compliqué, je t'arrache les yeux. Je suis sérieuse. C'est pourtant simple, comme question : les avocats coûtent de l'argent, celle-ci a l'air de coûter *beaucoup* d'argent, et Gavin ne roule pas sur l'or. Alors je répète : comment il a pu se payer ses services ?

Il essaie de tourner la tête avant que je puisse voir son expression, mais trop tard. Gavin a raison : on est nuls quand il s'agit de cacher nos sentiments, mon frère et moi. Tout ce qu'on pense et ce qu'on ressent peut pratiquement se lire en temps réel sur notre visage.

Ce que je viens de voir sur celui de mon frère me donne la nausée.

Gavin a dit qu'il m'aimait.

Il l'a dit et répété, d'ailleurs. J'ai essayé de ne pas en faire tout un plat parce que je sais qu'il peut vite devenir nerveux quand on parle de sentiments, mais n'empêche qu'il l'a dit.

— Elle n'a pas l'air d'être son type, pourtant.

Mais, après tout, peut-être que je ne connais pas le type de Gavin. Peut-être qu'elle est tout à fait son type, justement. J'ai parlé à voix basse, mais Dallas a dû m'entendre car un petit sourire danse sur ses lèvres.

— Elle est loin d'être son type, tu peux me croire.

Ashley-l'avocate-hors-de-prix, qui apparemment accepte de se faire payer en nature, fonce droit sur Dallas.

— Monsieur Lark, je suis Ashley Weisman. Nous nous sommes parlé au téléphone tout à l'heure. Merci beaucoup de m'avoir appelée.

— Pas de problème. Merci à vous de vous déplacer à une heure pareille.

Je me sens prise d'un besoin irrépressible de la baffer.

— Et moi, c'est Dixie.

Je m'avance entre eux deux en disant ça et je lui tends la main. La surprise se lit clairement sur son visage.

— Maintenant qu'on a tous fait connaissance, est-ce que vous pouvez nous dire dans combien de temps il va pouvoir sortir ?

— Vous êtes la pianiste, c'est ça ?

Elle fait presque la grimace en prononçant ces mots, comme s'ils lui laissaient un sale goût dans la bouche.

— Je me souviens de vous, continue-t-elle.

Elle me jauge des pieds à la tête, et je mets un point d'honneur à ne pas me laisser impressionner.

Dallas a l'air surpris, et je tente d'imiter son expression.

— Ravie que vous vous souveniez de moi, mais je n'ai pas le souvenir de vous avoir rencontrée.

Une pointe d'agacement altère ses traits délicats. De mon côté, je lui offre mon plus charmant sourire tout en jubilant intérieurement. A une époque, les femmes comme elle m'intimidaient. Si parfaites, si professionnelles, plus sophistiquées que je ne le serai jamais. Mais après mon expérience avec Mandy Lantram, je me suis rendu compte qu'on est tous des êtres humains et que chacun d'entre nous est beau à sa manière, avec ses qualités et ses défauts.

— Je crois que nous n'avons pas été présentées officiellement, me dit-elle. Ce n'est pas le fort de Gavin.

Parce qu'elle sait ce qui est son fort et ce qui ne l'est pas, maintenant ?

— Et comment vous le connaissez, exactement ?

Ashley cherche le regard de Dallas, comme si elle espérait qu'il lui vienne en aide. Il me jette un bref coup d'œil et fait semblant d'être soudain fasciné par le distributeur de boissons.

— C'est un ami. Et un client quand le besoin se présente, m'informe-t-elle avec un petit sourire satisfait. Ce qui est souvent le cas ces derniers temps.

— En tout cas, comme je vous le disais, merci de vous être déplacée aussi tard, répète Dallas. Avez-vous réussi à obtenir qu'ils le laissent sortir cette nuit ?

Elle se tourne vers mon frère et remet une mèche de ses cheveux au brushing impeccable derrière son oreille.

— Malheureusement, à cause de sa liberté conditionnelle et de la nature des charges, il est dans l'obligation de rester vingt-quatre heures.

Mon cœur se serre à l'idée que Gavin doive passer la nuit dans une cellule solitaire et glacée.

— Ce qui veut dire qu'ils ne le laisseront pas sortir avant 17 ou 18 heures demain ?

J'avance dans un tel brouillard que je ne sais même plus à quelle heure ils l'ont mis en cellule.

— C'est ça. Mais parfois, lors du changement d'équipe, ils laissent sortir un peu plus tôt. Si vous venez le chercher, alors je vous conseille d'arriver vers 15 heures ou 15 h 30. Naturellement, je serais ravie de…

— On s'en occupe. Inutile de vous déplacer.

Je me suis peut-être écrasée devant Mandy Lantram, mais les temps ont changé.

Comme s'il sentait que j'étais de nouveau sur le point de m'énerver, Dallas se mêle à la discussion.

— Et ses mains ? Est-ce qu'on peut le faire examiner par un médecin ce soir ? Vous leur avez dit qu'il est musicien ?

— Ils lui ont donné une attelle et un sac de glace. J'ai bien peur qu'ils n'aient rien de mieux à lui proposer ici.

— C'est mieux que rien, je suppose.

Elle sourit chaleureusement à mon frère et lui tend une carte de visite.

— Tenez. Si vous avez besoin de quoi que ce soit, n'hésitez pas.

Puis elle se tourne vers moi, les yeux légèrement plissés.

— Vous avez été témoin de ce qui s'est passé, je me trompe ?

— C'est exact. De toute évidence, Carl Andrews ignorait que Liam venait chez moi, car il était en train de le frapper et il essayait de le forcer à monter dans son pick-up avant que… Avant que Gavin intervienne.

Elle fait la moue et réfléchit pendant quelques secondes.

— C'est une bonne chose. Pas qu'il ait maltraité son

fils, bien sûr, mais que vous en ayez été témoin. Ç'aurait été encore mieux qu'il y ait un autre témoin oculaire pour corroborer vos déclarations. Vous avez clairement un parti pris en faveur de Gavin, ce qui est susceptible de porter préjudice à votre témoignage. Le procureur pourrait très bien décréter qu'il n'accorde aucun crédit aux dires de la petite copine du prévenu. Je sais comment ils fonctionnent, j'en connais plusieurs personnellement.

Je sens mon regard se durcir.

— Je vous crois sur parole.

— On devrait rentrer avant qu'il ne soit trop tard, intervient Dallas. Passez une bonne nuit, mademoiselle Weisman.

Il lui adresse un petit hochement de tête, mais elle ne bouge pas d'un pouce.

— Je vous en prie, appelez-moi Ashley, offre-t-elle.

Alors ça… Ça marche peut-être avec d'autres, mais pas avec moi.

— Bonne nuit, mademoiselle Weisman, et merci pour votre aide.

— C'est mon travail. Vous en feriez autant.

— Au revoir, dit Dallas.

Une fois qu'elle ne peut plus nous entendre, je tends la main vers lui.

— Donne-la-moi.

— Quoi ?

— Sa carte.

Il fronce les sourcils mais il me passe quand même la carte noir et blanc avec une police argentée.

— Comme tu voudras. Et maintenant, qu'est-ce qu'on fait pour Gavin ?

— Toi, tu commences par rentrer et dormir, m'ordonne Dallas. Tu as l'air d'un zombie.

— Merci, c'est gentil.

— Ne le prends pas mal, je m'inquiète pour toi, c'est tout. Vas-y, moi je vais rester et insister pour voir si quelqu'un peut examiner ses mains. S'il est vraiment amoché, on devra annuler le concert du Phi Kap pour qu'il garde ses forces pour le tremplin. Je ne rentrerai pas trop tard, et on reviendra le chercher ensemble demain après-midi.

Dallas me serre dans ses bras et il s'en va.

Quand je finis par rentrer, je gare Emmylou dans mon allée et je reste assise dans le van sans bouger. A revivre une bagarre que je n'ai absolument pas vue venir.

Je regrette de ne pas avoir posé à Dallas la question à laquelle j'ai vraiment besoin qu'il réponde.

Une fois que tout ça sera fini, que Gavin sera sorti de prison, une fois qu'ils m'auront dit toute la vérité sur l'année où j'étais à Houston… alors qu'est-ce qui se passera ?

18

Gavin

— Elle ne peut pas me voir dans cet état, Dallas. Sérieusement.

Je suis agrippé au téléphone et ma jambe droite tressaute si rapidement qu'on croirait que je suis en pleine crise de manque.

Il hoche la tête de l'autre côté de la vitre.

— Je sais. Mais il faut que tu lui parles, et le plus tôt sera le mieux. La rencontre entre elle et ton avocate, c'était vraiment limite… Je te l'ai déjà dit, si tu ne lui avoues pas la vérité sur ton passé, ça va te retomber dessus.

— Je vais le faire.

— Elle a dit qu'elle refuserait de participer au tremplin avec le groupe et de venir aux répètes tant qu'on ne lui aura pas tout raconté. Et elle n'avait pas l'air de plaisanter.

— Je ne suis pas étonné. Le problème, c'est qu'une fois qu'elle saura tout, elle risque de ne plus vouloir monter sur scène de toute façon. Surtout après ce qu'elle a vu hier.

— Ce qu'elle a vu, Gavin, c'est un enfoiré qui a récolté ce qu'il méritait, alors arrête de culpabiliser. Et à part ça, tes mains, qu'est-ce que ça donne ?

Mes yeux se posent sur les jointures de ma main droite, gonflées et à vif.

— Elles sont toujours au bout de mes bras.

— Très drôle. Moi, en tout cas, ça ne m'amuse pas. Entre Dixie qui risque de faire marche arrière à cause de tes conneries et ta main qui risque de ne pas être rétablie d'ici vendredi soir, je stresse comme un dingue.

Je ne peux pas faire grand-chose, à part lui offrir mon expression « Désolé d'être un boulet pareil ». Celle que j'ai à chaque fois que je déçois quelqu'un.

L'officier qui se tient derrière moi me fait signe qu'il ne nous reste que deux minutes.

— Dallas, ça va ?

— Oui, j'essaie de réfléchir.

— De réfléchir ? Sans blague. Et ça marche ?

Il m'adresse un petit sourire narquois et se passe nerveusement la main dans les cheveux.

— Sur une échelle de 1 à 10, tu dirais que je suis à combien dans ma réflexion ?

— *15 ?*

— Je dirais 5. Plus ou moins.

Il secoue la tête, abattu.

— Parfois, je me dis que je ferais mieux d'appeler l'oncle de Robyn pour lui demander s'il a besoin d'un guitariste pour ses imitations d'Elvis.

J'ouvre la bouche pour faire une blague mais je repense

à quelque chose d'important. Un truc qui m'a empêché de dormir cette nuit, encore plus que l'odeur de transpiration et d'urine du matelas de ma cellule de 9 mètres carrés.

— J'ai un service à te demander.

— Oui, on revient te chercher tout à l'heure. Ton avocate nous a dit qu'ils te laisseraient peut-être sortir à partir de 15 heures. Mais s'ils font du zèle, ce sera 18 heures.

Je me retiens de rire. A l'entendre, on dirait qu'on parle d'un rendez-vous chez l'esthéticienne. Sauf que je suis en prison et qu'ils me laisseront sortir quand ils l'auront décidé, pas avant.

— D'accord. Il n'y a pas le feu, avec les papiers, je vais en avoir pour un moment de toute façon. Mais ce n'est pas ça que je voulais te demander. J'ai besoin que tu dises à Dixie d'appeler Sheila Montgomery. Elle bosse aux services de la protection de l'enfance et elle peut faire en sorte que Liam n'ait pas à retourner chez son père après sa sortie de l'hôpital.

Dallas sort un stylo de sa poche, ainsi que le petit carnet qu'il a toujours sur lui au cas où il aurait besoin de noter des paroles de chanson.

— Shei-la… Mont-go-me-ry. C'est bon. Tu as besoin d'autre chose ? Une carte prépayée pour téléphoner ou alors…

J'entends un déclic, puis plus rien. Je secoue la tête en réponse à sa question.

— C'est terminé, annonce l'officier derrière moi.

Pas grave. Tant qu'il a noté ce que je lui ai dit, ça me suffit. Au moins, peut-être que ce gosse va pouvoir bénéficier de l'aide que moi, je n'ai jamais reçue. Et peut-être qu'il aura la chance de devenir quelqu'un de bien. Pas comme moi.

— Garrison, tu sors.

Prononcé par une voix tonitruante, mon nom ricoche contre les murs de ma cellule et me réveille. J'ai fini par m'endormir assis sur le lit, parce que je n'ai pas pu me résoudre à m'allonger dessus.

Après avoir eu faim pendant toute mon enfance, je peux supporter de ne pas manger. Je n'ai pas touché au plateau qui m'a été servi parce que je connais quelques types qui bossent ici, et ils m'ont raconté des histoires absolument répugnantes sur ce qui se passe dans les cuisines de la prison. Par contre, je ne supporte pas le sentiment d'être sale. J'ai grandi dans la crasse et je déteste ça. J'ai encore plus besoin d'une douche que d'air dans mes poumons. J'aurais aussi aimé me raser avant de voir Dixie, mais elle sera sûrement dans le hall à m'attendre avec Dallas et je n'ai pas de rasoir ici. La mise en beauté, ce sera pour une autre fois.

Je me mets en file indienne avec les autres types pour aller récupérer les quelques affaires personnelles qu'on m'a confisquées à mon arrivée. Je donne mon nom et mon numéro de Sécurité sociale à une policière à l'air fatigué, qui me jette pratiquement un sac zippé à la figure. Ensuite, je dois signer des papiers. Oui, je me présenterai au tribunal à la date qui me sera communiquée par courrier et oui, je comprends les conditions de ma libération.

Après ça, direction les vestiaires, mais on me laisse uniquement me changer. Je ne peux pas prendre de douche, de toute façon je n'ai pas de vêtements propres… Je balance mon uniforme orange dans le panier prévu à cet effet et je remets mes fringues en partie couvertes de sang séché. Qui, dans sa majorité, n'est même pas le mien.

Génial. Je suis crade *et* couvert de sang. Et, naturellement, je portais le T-shirt qui dit « Les batteurs frappent plus fort » pendant que je battais pratiquement à mort ce sale type.

En gros, mon karma se paye royalement ma tête.

Une fois que je me suis changé, je me lave les mains, je m'asperge le visage d'eau et je fourre mes affaires dans mes poches. Enfin, quand je dis « mes affaires »… ça se limite à mon portefeuille, mon portable complètement mort et les papiers de ma libération.

Il ne me reste plus qu'à sortir des vestiaires et à montrer ma carte d'identité pour une dernière vérification.

Me retrouver dans la salle d'attente grise et défraîchie serait un soulagement si Dixie n'était pas là. Magnifique, et en train de se disputer avec l'officier qui se trouve à l'accueil.

— Il est 20 heures passées. Son avocate avait dit que…

Elle laisse sa phrase en suspens quand elle m'aperçoit.

— Il est là, dit Dallas, qui se lève et me rejoint au pas de course.

Je ne suis pas le seul à être fatigué : Dallas semble mort de fatigue, lui aussi.

Dixie garde ses distances, mais je peux voir chaque sentiment qu'elle éprouve passer sur son visage et dans ses yeux.

Il y a de la joie, de l'inquiétude, du désir. De la confusion, du doute aussi.

Et le pire de tout : de la peur.

Est-ce qu'elle a peur *pour* moi ou peur *de* moi ? Je n'en ai pas la moindre idée, mais la possibilité que ça puisse être la seconde option est juste insupportable.

Tandis qu'on sort tous les trois du bâtiment, je lui offre le sourire le plus réconfortant dont je suis capable et j'essaie de capter son regard.

— Salut, Bluebird. J'ai voulu t'envoyer une carte postale pendant que j'étais au trou, mais ils n'ont pas voulu me prêter de stylo.

Un petit sourire soulève le coin de sa bouche.

— Je t'ai apporté de quoi manger. C'est peut-être froid, mais ce sera toujours mieux que ce qu'ils t'ont servi là-dedans.

Pas la peine de lui demander ce que contient le sac qu'elle me tend, je le sais déjà. C'est mon sandwich préféré, sans oignon, avec un supplément fromage et beaucoup de sauce. Il y a même des chips. C'est juste un sandwich, mais savoir qu'elle se préoccupe de moi au point de prendre le temps d'aller me chercher mon sandwich préféré, dont elle se souvient parce qu'elle a observé ce que je commandais pendant toutes ces années… ça me fait quelque chose. On dit toujours que, pour charmer un homme, il faut charmer son estomac. Le proverbe n'est sûrement pas tout à fait faux.

J'ai envie de la prendre dans mes bras ou de l'embrasser pour la remercier, mais mon intuition me dit que ce genre de démonstrations ne serait pas le bienvenu.

— Tu as besoin de quelque chose ?

— Après ce sandwich et une bonne douche, je serai un homme nouveau.

Au moins en apparence, en tout cas.

En arrivant au 4x4 de Dallas, j'ouvre la portière arrière pour Dixie. Quand elle monte en voiture, mes yeux se posent accidentellement sur ses fesses et je repense tout de suite à la fois où je l'ai prise en levrette. La vague de désir qui déferle immédiatement entre mes jambes me file un début d'érection et j'ai envie de me mettre des claques. Après tout ce que je lui ai fait, elle est là, adorable et attentionnée, et moi… Je me comporte comme un type qui vient de passer une année dans un pénitencier d'Etat, au lieu d'une malheureuse nuit à la prison du comté.

J'essaie de penser à des petits lapins, des ballons de foot ou n'importe quoi susceptible de *ne pas* provoquer d'érection tandis que je m'installe à mon tour.

— Tu devrais manger quelque chose, Gav, tu es pâle comme un mort. On dirait que tu t'es fait passer dessus par un camion.

C'est réconfortant de savoir qu'on peut toujours compter sur l'honnêteté de Dallas.

— Ça expliquerait pourquoi je n'ai pas gagné le concours de beauté organisé à mon étage.

J'attrape les chips dans le sac et je les tends à Dixie, mais elle secoue la tête.

— J'ai déjà mangé. Merci quand même, dit-elle d'une voix qui me paraît tendue.

— Ça va ?

Jusque-là, je me suis forcé à fixer la route devant moi mais je ne peux pas m'empêcher de me retourner pour l'observer. Un énorme poids m'écrase en constatant qu'elle évite mon regard.

Peut-être qu'on y est enfin. Peut-être que voir ce qu'elle a vu lui a finalement fait comprendre qui je suis vraiment. Le pire, c'est que ce n'était même pas prévu, cette fois.

— Pourquoi ça n'irait pas ? répond-elle à voix basse. Je suis fatiguée, c'est tout.

« Pourquoi ça n'irait pas ? » est *la* phrase qu'aucun homme ne veut entendre dans la bouche d'une femme. Jamais.

Comme Dallas nous observe du coin de l'œil, je décide de ne pas insister. Je verrai quand on ne sera que tous les deux, même si je ne sais pas quand ça risque d'arriver. Je vais avoir beaucoup de choses à lui expliquer, sans oublier la partie où je la supplie et celle où je m'excuse à genoux.

La tension et l'anxiété finissent par complètement me nouer l'estomac. Si on ajoute à ça les nids-de-poule sur la route, c'est sûrement plus sage de laisser mon sandwich tranquille pour le moment.

Dallas met son clignotant pour prendre la direction de l'autoroute, mais Dixie pose une main sur son bras.

— Il vient à la maison. Avec moi.

Hein ?

Alors ça… C'est bien la première fois de ma vie que je l'entends dire à Dallas ce qu'il doit faire. Techniquement, c'est aussi à moi qu'elle donne un ordre par la même occasion, mais je sens que ce n'est pas le moment de discuter. A un détail près.

— J'ai besoin de prendre une douche et il me faut des vêtements propres.

— Tu peux m'en emprunter, dit Dallas tandis qu'il dépasse l'intersection qui conduit chez moi sans s'y engager.

— D'accord. Merci.

Il pousse un grognement qui, dans sa langue, veut dire « de rien », et on termine le trajet en silence.

Quand on arrive à la maison, je m'attends à ce qu'on sorte tous les trois, mais Dallas ne coupe pas le moteur et il reste au volant.

— Tu ne viens pas ? lui demande Dixie en descendant de voiture.

J'observe leur échange en ayant un peu l'impression d'être la cinquième roue du carrosse, et beaucoup l'impression qu'ils sont en train de discuter par télépathie en parallèle.

— Non, répond Dallas en secouant la tête. Je préfère rentrer, Robyn est fatiguée et je ne suis pas tranquille de la savoir seule.

— C'est un long trajet, Dallas.

Et surtout, elle n'a pas l'air ravie à l'idée qu'il nous laisse seuls.

— Ça va aller, ne t'inquiète pas. Je t'envoie un texto en arrivant.

— Je ne suis pas obligé de rester si Dallas s'en va.

La dernière fois qu'on s'est retrouvés ici à deux, j'ai été carrément monstrueux, alors je peux comprendre que la perspective d'une soirée pyjama ne l'enchante pas.

Quand elle lève les yeux vers moi, j'en ai presque le souffle coupé.

Dixie Lark est superbe à la lumière du jour. C'est comme si les rayons du soleil la poursuivaient, et sa peau et ses cheveux resplendissent comme si elle était une créature divine. Mais la nuit… La nuit, ses yeux étincellent et la lumière de la lune donne à sa peau une couleur que je n'ai jamais vue chez qui que ce soit d'autre. Ses tatouages décrivent des courbes délicates sur sa peau, et l'ensemble me donne envie de savoir dessiner ou d'avoir un appareil photo pour capturer sa beauté.

— Je veux que tu restes. S'il te plaît.

Elle a parlé si bas que je l'ai à peine entendue par-dessus le boucan du moteur de Dallas.

— Désolé de remettre ça sur le tapis, intervient ce dernier, mais on n'a pas beaucoup de temps avant le concert au Phi Kap, et ta main a l'air d'être dans un sale état, Garrison.

Sa voix nous fait sursauter et on se tourne tous les deux vers lui. Il est penché par la portière, les mains agrippées au volant, et il a l'air de lutter contre une envie féroce de nous étrangler.

— Mais, surtout, ça paraît évident que vous avez tout un tas de problèmes à régler tous les deux, poursuit-il. Je ne vous apprends rien en vous disant que, si vous ne trouvez pas un terrain d'entente avant le concert, ce n'est même pas la peine qu'on se déplace. Si un de vous deux est distrait, alors on n'aura pas la moindre chance de gagner.

Il nous lance un regard dur, puis son expression s'adoucit.

— Je vous aime tous les deux et je ne vais pas vous dire comment mener votre vie ou donner mon avis sur ce qui serait le mieux pour tout le monde. Ce que je veux vous dire par contre, c'est que même si tout ne peut pas être résolu en un jour, je pense que ça ne vous ferait pas de mal de vous balancer vos quatre vérités. Et autant faire ça ce soir, et pas la veille du tremplin.

— Bonne nuit, Dallas, dit Dixie sans s'émouvoir. Je t'appelle demain. Préviens-moi une fois que tu es bien arrivé, d'accord ?

— Ça marche. Bonne soirée, et essayez de ne pas vous entretuer.

Elle lève les yeux au ciel et claque la portière de son 4x4. Très fort.

C'est la seconde fois en quelques minutes que Dixie prend les commandes face à son frère. En dix ans passés avec eux, je n'ai jamais vu ça.

Je suis encore sous le choc quand on entre dans la maison. Dixie allume la lumière et je reste planté dans l'entrée, mon sandwich à la main.

— Je vais te chercher quelque chose à boire. Assieds-toi.

Elle fit un signe de tête en direction du canapé avant de disparaître et je lui obéis, comme un zombie en mode pilotage automatique.

— Tu préfères du thé glacé, du Coca ou de l'eau ? crie-t-elle depuis la cuisine.

— Du Coca, s'il te plaît.

La nuit risque d'être longue, alors un peu de caféine ne sera pas du luxe.

Dallas a raison : le moment est venu de lui dire la vérité.

Je regrette juste que ça arrive après avoir cassé la gueule d'un type devant elle et après qu'elle est venue me chercher en prison. Heureusement que je lui ai dit que je voulais devenir un homme digne d'elle…

Lorsqu'elle revient avec une canette de soda, je lui offre la moitié de mon sandwich. Elle peut même le prendre en entier si elle veut. Ou prendre mon cœur, ou mon âme, ou un de mes organes. N'importe quoi.

— Tu n'as vraiment pas faim ?

— J'ai mangé avant qu'on passe te prendre.

— Tu es sûre ?

— Certaine. Promis.

J'engloutis la moitié du sandwich en quelques bouchées et les chips ne tardent pas à subir le même sort. Je bois mon Coca d'un trait ou presque, tandis que Dixie déguste le sien gorgée par gorgée.

— J'ai laissé un message à Sheila Montgomery, au fait, m'informe-t-elle.

— Tu as bien fait.

— Elle ne m'a pas encore rappelée.

— Elle rappellera, fais-moi confiance. Quand tu l'auras au téléphone, il faudra lui donner le nom et l'adresse de Carl et toutes les infos que tu as sur Liam.

— D'accord. J'ai appelé l'hôpital aussi : Carl est sorti des soins intensifs aujourd'hui et ils devraient le laisser rentrer chez lui demain ou après-demain soir.

— Et le gamin ? Il est où ?

— Liam. Il s'appelle Liam. Il est chez Mme Lawson. Il est en sécurité chez elle, et puis ses cookies sont sûrement meilleurs que les miens.

Elle sourit et la tension dans ma poitrine semble se dissiper un peu.

— Bien. Tant mieux.

— Ça fait longtemps que Carl le maltraite, d'après toi ?

Je mords dans mon sandwich pour gagner du temps.

On est en train de toucher le fond du problème, d'arriver au bord du fossé qui sépare son monde du mien. Quand Dixie regarde les autres, elle ne voit que leurs qualités, leur potentiel, la lumière. Tandis que moi, je ne vois que le risque, le danger, l'obscurité.

— Sûrement depuis qu'il est né, Dixie. C'est Carl Andrews qui tient le repaire où tous les accros au crack du quartier se retrouvent pour se camer.

— Sérieusement ?

Elle pâlit, et je hoche tristement la tête.

— Oui, ma belle. Sérieusement. Et quand je dis que c'est un repaire, ce n'est pas juste un endroit où ses clients viennent se droguer. Il vit là-bas. C'est sa maison.

Elle fronce les sourcils et je continue mon explication, en essayant d'y aller en douceur :

— A l'extérieur, ça a l'air d'une maison mais, à l'intérieur, ça ressemble à tout sauf à ça. En général, ces endroits-là sont des dépotoirs. Les rares meubles sont crasseux, il y a des pipes à crack dans tous les coins et des junkies allongés partout.

Pendant que je parle, je garde les yeux fixés sur mes mains. Je sais que je ne pourrai pas supporter de la regarder et de voir la douleur qu'elle éprouve en apprenant ça. Je suis en train de tacher sa vision du monde, de projeter mon ombre sur sa lumière.

— Les gens vont et viennent. Certains cherchent une dose, d'autres veulent se venger parce qu'ils trouvent qu'on leur a vendu une came de mauvaise qualité. Il y en a qui sont tellement défoncés qu'ils ne savent même pas ce qu'ils font là. Ils viennent simplement parce que la maison de Carl est devenue le point de chute où ils finissent toujours par atterrir.

Quand je lève les yeux, elle est en train de secouer la tête.

— Non. Non. Il ne peut pas vivre dans un endroit pareil. Il a un enfant. Quelqu'un a bien dû voir que…

Elle s'interrompt en croisant mon regard. Parce que je suis la preuve vivante que quelqu'un ne verra peut-être pas.

Jamais.

Les grands-parents de Dallas et Dixie ont fait de leur mieux pour m'aider. Ils m'ont nourri, blanchi, et même logé chaque fois que je venais jouer avec leurs petits-enfants. Mais avant eux, il n'y avait personne. Pendant douze ans, j'ai vécu l'enfer dans une maison répugnante de crasse où le frigo était toujours vide.

— Voir ce qu'on a vu, surprendre Carl en train de le frapper comme ça… aussi *fort*… Le gamin doit avoir l'habitude car il ne bougeait même pas. Ça a fait remonter en moi tout un tas de trucs… de mauvais souvenirs.

Dixie ferme les yeux et des larmes se mettent à rouler sur ses joues.

— Je comprends, murmure-t-elle. Même moi, ça m'a

rendue dingue. Si tu n'étais pas intervenu, je crois que je lui aurais arraché les yeux.

— Je ne voulais pas que ça aille aussi loin, tu sais. Je voulais juste qu'il arrête.

J'aurais tellement aimé qu'elle n'assiste pas à ça. Carl qui frappe un enfant auquel elle est attachée, moi qui perds les pédales… Mais malheureusement, je ne peux pas revenir en arrière.

— Tu as bien fait, lâche-t-elle après quelques secondes de silence. J'ai bien vu combien Liam était terrorisé. Je vois comment il est : toujours agité, sur le qui-vive, effrayé. Maintenant, je sais pourquoi. Et je suis contente que tu aies fait ce que tu as fait.

Son approbation me prend complètement par surprise. Elle est la personne la plus douce que je connaisse et, là, elle me sort qu'elle est contente que j'aie envoyé un type à l'hôpital.

— N'empêche que ce n'était pas une solution. On aurait dû appeler la police. J'aurais dû gérer la situation autrement, ne serait-ce que pour toi et pour le petit.

Sans prévenir, elle s'approche de moi et m'attrape délicatement par le menton pour me forcer à la regarder.

— Il s'appelle Liam. Je veux que tu apprennes son nom. Et que tu apprennes également à le connaître, lui aussi. Dis-le.

Je ne peux pas. Je ne veux pas. Parce que, si je fais ça, il devient réel. Une vraie personne, un vrai gosse qui se fait maltraiter et est exposé à Dieu sait quelles horreurs, à une rue de chez moi.

Ce gamin, c'est moi.

Je secoue la tête, mais elle insiste.

— Dis-le. S'il te plaît.

Je ferme les yeux et je prends une grande respiration.

— Liam.

— Merci.

Je finis mon sandwich, en essayant de ne pas penser à toutes les atrocités que Liam a dû vivre depuis sa naissance. Une fois que j'ai terminé, j'ouvre la bouche pour parler, mais Dixie me prend de court.

— Prêt à aller à la douche ?

Je hoche la tête en silence et elle se lève d'un coup.

— Tu n'as qu'à… euh… me donner tes habits pour que je les mette dans la machine.

— Tu peux même les mettre à la poubelle, si tu veux. Tu as toujours détesté ce T-shirt, de toute façon.

— Il n'est pas si mal, répond-elle avec un petit sourire. Et puis c'est la vérité, on dirait.

Je rêve, ou elle est en train de flirter avec moi ? Je n'en suis pas sûr alors je reste là, à attendre ses ordres.

— Va à la salle de bains et balance tes vêtements dans le couloir.

— Oui, madame.

Avant d'obéir, je ramasse les emballages vides de chips et de sandwich, et Dixie m'observe. J'ai l'impression qu'elle est nerveuse. J'ai envie de lui demander si elle va bien, mais je sais que je ne suis pas encore prêt à entendre la réponse. Après avoir mis mes déchets à la poubelle, je me dirige vers le couloir qui mène à la salle de bains.

A la seconde où je m'aperçois dans le miroir, je regrette qu'il y en ait un dans la pièce.

Nom de Dieu.

Je suis dans un état… Un hématome est apparu sur ma joue, là où Carl Andrews a réussi à m'envoyer un crochet avant que je le mette K-O. Mon T-shirt ressemble à une mauvaise imitation d'une toile de Jackson Pollock, et ma main droite est violette.

J'ai essayé de ne pas trop y penser, mais elle me fait super mal. Elle a un peu dégonflé par rapport à hier, mais la douleur est si forte que j'ai vraiment peur d'avoir quelque chose de cassé.

D'un côté, j'aimerais bien jouer un peu de batterie tout de suite juste pour voir si j'en suis capable, mais de l'autre, j'ai envie de retarder ce moment autant que possible. Si je ne suis pas en mesure de jouer, je crois que je préfère encore ne pas le savoir.

Je serre et je desserre le poing plusieurs fois jusqu'à ce que la douleur me force à arrêter.

Je tourne le dos à mon reflet monstrueux et je me déshabille. Evidemment, je suis encore à moitié en érection d'avoir été dans la même pièce que Dixie Lark.

Elle est tout près et je peux sentir son odeur. Un mélange de fleurs sauvages, de vanille et de quelque chose d'impossible à identifier mais qui me fait penser à des nuits de pleine lune au bord d'un lac. Encore un peu, et j'envisagerais presque de tester la fonctionnalité de ma main droite autrement qu'en jouant de la batterie. En plus, ça m'aiderait à me calmer et à ne pas tenter un truc débile plus tard avec Dixie.

Même si la thérapie m'a beaucoup aidé, il y a encore une chose à laquelle je suis accro. Ce n'est pas une drogue, ce n'est pas l'alcool. Ce n'est même pas le sexe.

C'est elle.

Je referme mes doigts autour de mon sexe désormais bien réveillé, et je mets la douche en route. Je suis sur le point de me mettre sous le jet quand la porte de la salle de bains s'ouvre.

— Gav, tu as oublié de prendre une ser…

Elle s'interrompt lorsqu'elle m'aperçoit debout devant elle, les fesses à l'air. Je retire la main de mon entrejambe, mais mon érection ne disparaît pas pour autant.

Dixie reste plantée sur le seuil, immobile, une serviette de bain blanche dans les mains. Ses joues prennent une teinte rose, et j'ai envie de rire en la voyant aussi timide. Ce n'est pourtant pas la première fois qu'elle me voit nu et, la dernière fois, c'était il n'y a pas si longtemps.

Je tends la main pour m'emparer de la serviette et je la pose sur le bord du lavabo.

— Merci, Bluebird.

— Je pensais que tu étais déjà sous la douche.

Ses yeux se posent brièvement sur mon sexe, puis elle détourne aussitôt le regard en bégayant :

— Euh, bon, je vais prendre tes vêtements et euh…

Elle se penche pour ramasser mes affaires et ses yeux divaguent à nouveau. Mon excitation augmente dangereusement quand je la vois s'humecter les lèvres et mordiller sa lèvre inférieure.

— Fais attention, Bluebird. J'ai prévu de bien me tenir ce soir, mais je ne sais pas si lui va réussir. Surtout si tu continues à le regarder comme ça.

Quand elle se redresse, elle n'est plus la même. La fille qui est tombée par accident sur le meilleur ami de son frère, nu dans la salle de bains, a laissé place à une femme audacieuse qui sait ce qu'elle veut et qui est sur le point de se servir.

Bats en retraite, soldat. Bats en retraite tant qu'il en est encore temps.

Nous envoyer en l'air ne va pas nous aider.

Enfin, ça dissiperait une partie de la tension qui règne entre nous, mais ça ne résoudra rien. Si je suis ici, c'est pour tout lui raconter, même les trucs que Dallas veut que je garde pour moi. J'aurais préféré attendre que le tremplin soit passé, mais avec Carl Andrews qui est venu mettre le bordel dans mes plans… Bref, le moment est venu.

Je sens bien que Dixie est aussi tendue que moi après les heures de folie qu'on vient de vivre. Elle a besoin de relâcher la pression et elle veut que je l'aide. L'envie et le désir dans son regard ne laissent aucun doute là-dessus.

Ce que ma Bluebird veut, elle l'obtient.

Il faut juste que je lui donne des réponses d'abord.

19

Dixie

Au fil des années, on est devenus plutôt doués pour les conversations silencieuses, Gavin et moi.

On est en train d'en avoir une en ce moment même.

Quand je l'ai aperçu à la Taverne il y a quelques mois, j'ai été malheureuse. J'ai éprouvé une douleur profonde et acérée, qui a saturé mon âme et s'est infiltrée jusque dans la moelle de mes os.

Je suis amoureuse de quelqu'un qui n'est pas bon pour moi. Quelqu'un avec un côté obscur, des addictions, et davantage de secrets que tout ce que je pourrais imaginer.

Et pourtant, je l'aime. Encore et toujours.

Et pile au moment où je me dis que je ne peux pas, quelque chose me fait l'aimer un peu plus.

Là-dehors, quelque part, il y a un type, du genre Afton Tate, qui aimerait me faire rire, m'inviter chez lui à manger des pizzas, puis on passerait la soirée à faire un bœuf et à faire l'amour tendrement et on serait heureux pour toujours.

Mais ça ne m'intéresse absolument pas de rencontrer ce mec. D'ailleurs, je l'ai sûrement déjà rencontré une dizaine de fois.

Celui que je veux par-dessus tout, que je voudrai toujours, c'est l'homme magnifique et torturé qui se tient devant moi.

Mon cœur lui appartient et, même s'il pense qu'il ne me mérite pas, son âme sera pour toujours connectée à la mienne.

— *Je ne suis pas assez bien. Je ne te mérite pas. Je ne peux pas te rendre heureuse jusqu'à la fin de tes jours.*

Voilà ce que racontent les yeux de Gavin.

— *Tu peux et c'est ce que tu vas faire.*

Ça, c'est ce que les miens lui répondent immédiatement. Et juste au cas où il n'aurait pas bien reçu mon message télépathique, je retire tous mes vêtements sans un mot.

Il écarquille les yeux, et son sexe semble tressaillir. Je fais un pas en avant mais il tend la main pour m'arrêter.

— Bluebird, il faut qu'on…

Je n'écoute pas ses arguments. Ça ne sert à rien qu'il proteste et il le sait aussi bien que moi. Je me contente de lui prendre la main et de le guider dans la cabine de douche désormais pleine de vapeur.

Les questions se bousculent dans ses yeux tandis que je le rejoins sous le jet d'eau. J'attrape le savon, je le fais mousser entre mes mains, puis je commence à lui frotter le torse. Il ferme les yeux.

On pourra toujours jouer au jeu des questions-réponses après.

J'ai besoin de ça, et lui aussi.

Parfois, c'est en ça que consiste l'amour : donner à l'autre ce dont il a besoin malgré le prix à payer, malgré les sacrifices que ça implique ou la peine que ça risque d'entraîner.

Mes mains glissent sur ses pectoraux, frictionnent les muscles puissants de ses bras et se promènent sur son abdomen ciselé.

— *Tu es magnifique.*

C'est ce que mon regard approbateur essaie de lui dire.

Son sourire m'indique qu'il a saisi le message. Je lui fais signe de se retourner et il s'exécute sans discuter. Il a les mains appuyées contre le mur et tout son corps frémit lorsque je passe un doigt plein de savon entre ses fesses fermes.

— On se calme ! proteste-t-il.

Je pouffe de rire et je lui donne une petite tape sur la fesse droite.

— Voilà. Tu es tout propre.

Je lui laisse la place sous le jet et je le regarde se rincer. On peut désormais dire que je suis trempée, dans tous les sens du terme.

— A mon tour, déclare Gavin en s'emparant du savon.

Il s'applique beaucoup plus que moi : ses mains puissantes parcourent le moindre centimètre carré de ma peau.

Il commence par me masser le cou et les épaules. Je gémis involontairement lorsque ses doigts passent entre mes cuisses, et je suis quasiment à bout de souffle quand il effleure la pointe de mes seins. Il est derrière moi, collé à mon dos, son érection pressée contre mes fesses. Lorsqu'il se met à jouer avec mes tétons en les titillant entre son pouce et son index, je deviens molle comme une poupée de chiffon.

Je veux qu'il fasse disparaître la douleur, qu'il me fasse oublier ce qui s'est passé entre nous. A cet instant, j'ai envie d'être égoïste et qu'il me donne ce dont j'ai besoin. Loin du mal destructeur qu'on s'est fait pendant toutes ces années, des mensonges, des images de la bagarre entre lui et Carl, de mon inquiétude pour Liam…

— Gavin ?

— Hum ?

Il est distrait, et je souris parce que c'est à cause de moi. A cause de mon corps. La connexion entre nous est si puissante que je me demande réellement comment on a réussi à se voiler la face aussi longtemps.

— Je veux… je veux la vérité, s'il te plaît. Ce n'est peut-être pas le bon endroit ni le bon moment, et peut-être que ça ne le sera jamais, mais… j'ai besoin de savoir.

Mais ce n'est pas tout. Je ressens aussi un besoin irrépressible que *lui* connaisse la vérité.

— L'autre nuit… les trucs que tu as faits et que tu m'as dits… ça ne m'a pas dérangée. J'ai aimé ça.

Je sens qu'il relève brusquement la tête, et il me fait pivoter sur moi-même pour qu'on soit face à face.

— Je suis allé trop loin. Je…

— Ça ne me gêne pas, Gav. Si tu as envie de t'envoyer en l'air en faisant comme si tu me punissais, ou comme si tu me détestais, ou en me disant des mots crus, ça m'est égal. Tant que tu n'essaies pas de me donner une leçon à la con pour me prouver à quel point tu es méprisable.

Sans attendre sa réponse, je presse ma bouche contre la sienne et je savoure la sensation de sa langue lorsqu'il écarte les lèvres.

— Je suis tellement désolé, dit-il en enfouissant son visage dans mon cou. Tu sais que je ne le pensais pas quand…

— Je sais, Gavin. Je te connais bien mieux que ce que tu crois. Et je veux être avec toi. Côté obscur et morceaux cassés inclus.

— Je ne suis que ça, murmure-t-il à mon oreille. Des morceaux cassés.

— Tout le monde est cassé. C'est comme ça que la lumière réussit à entrer.

C'est une phrase que j'ai lue il y a des années. C'était dans un livre d'Hemingway, je crois. Je me souviens de l'avoir lue et d'avoir tout de suite pensé à Gavin. Mais en même temps, je pense toujours à Gavin d'une façon ou d'une autre, alors…

Il se lave les cheveux puis il me fait un shampoing, à moi aussi. Il l'agrémente d'un massage du cuir chevelu et c'est tellement agréable que je m'endors à moitié. Je me rends vaguement compte qu'il m'enveloppe dans la serviette blanche que je lui ai apportée, puis il me prend dans ses bras comme si j'étais une jeune mariée pour me porter jusqu'à mon lit. J'ai envie de protester mais je n'arrive pas à former une phrase cohérente. La pièce devient de plus en plus floue autour de moi, jusqu'à disparaître.

— On dirait bien que tu vas dormir toute nue cette nuit, Bluebird, me dit-il en me bordant.

Je sens le sommeil me gagner un peu plus à chaque

seconde, comme si toute la fatigue des dernières vingt-quatre heures s'abattait brusquement sur moi.

— Reste. S'il te plaît.

— Je suis là.

Sauf que je veux qu'il reste ici, dans ma chambre et dans mon lit. Je suis trop fatiguée pour le dire, alors je tire sur son bras jusqu'à ce qu'il comprenne et qu'il se glisse sous ma couette, nu et encore trempé après la douche.

— Dors, ma belle. Je serai là quand tu te réveilleras.

Il n'aurait pas pu dire mieux.

J'ai chaud. Je suis brûlante et je transpire.

J'essaie de repousser les couvertures, mais quelque chose m'en empêche. Plus je me débats, plus j'ai l'impression que l'étau de la couette se resserre autour de moi.

Je cligne des yeux dans l'obscurité et je finis par me rendre compte que le corps de Gavin est enroulé autour du mien. Il pousse un petit grognement contrarié quand je me dégage, mais il roule quand même de l'autre côté, me permettant de m'extirper des couvertures.

Je ressens tout à coup une douce pulsion qui me rappelle le désir qui m'habite sans cesse pour l'homme dans mon lit, que j'embrasse doucement sur l'épaule.

Les derniers jours ont été durs et il a besoin de se reposer. Moi aussi, d'ailleurs. Et pourtant, de le savoir nu et tout à moi dans mon lit, j'ai du mal à me retenir. Les moments qu'on passe ensemble filent toujours si vite que j'ai envie de prendre le temps de l'explorer et de le savourer, pour une fois.

A mesure que je caresse son dos et son bras, mon désir devient de plus en plus fort. Le moindre contact physique avec lui réveille toutes les cellules de mon être. Est-ce que tout le monde ressent ça ?

Je colle ma poitrine nue à son dos pour absorber sa chaleur et je laisse mes mains se balader sur ses hanches et les muscles de son bassin. J'ai un peu l'impression d'être une petite vicieuse qui tire avantage de la situation, mais je ne peux pas me contrôler.

Lorsque je pousse mon exploration jusqu'à son entrejambe, il gigote et grogne doucement. En le caressant, je le sens s'arquer pour rencontrer ma main et je referme mes doigts autour de lui.

Son sexe, déjà à moitié durci, ne tarde pas à être fièrement dressé. La délicatesse dont je fais preuve dans ma façon de m'occuper de cette partie de son anatomie a l'air de le frustrer, à en juger par les petits soupirs qu'il commence à pousser.

— Tu cherches quelque chose, Bluebird ?

Il n'a pas encore l'air bien réveillé, mais il y a une pointe d'amusement dans sa voix.

— Je crois que je l'ai trouvé, en fait.

— Ah bon ?

Je me redresse pour grimper sur lui et l'embrasser, mais il m'attrape doucement et me fait me rallonger à côté de lui.

— Je pense qu'on ferait mieux de discuter, avant.

— D'accord. Alors, moi d'abord.

Je me sens affreusement vulnérable, mais je prends mon courage à deux mains et je me lance :

— Je t'aime, Gavin Garrison. J'aime te sentir, te goûter, te toucher. J'aime la façon dont tu me touches et tout ce que tu provoques en moi.

Ses yeux rencontrent les miens, ardents.

— Je t'aime aussi, Bluebird. Plus que tout ce que j'aurais pu imaginer. Tellement plus que je pensais en être capable.

Il me prend par la taille et ses doigts s'enfoncent dans ma chair, comme pour proclamer que je lui appartiens. Il frôle ensuite l'arrière de mes cuisses et mon corps tressaille.

— Est-ce qu'on peut rester comme ça pendant qu'on discute ?

Il me pince les fesses en riant doucement.

— On peut, mais je ne suis pas sûr qu'on devrait. On risque de ne pas discuter des masses.

— Tu ne pourrais pas me laisser mourir heureuse, allongée dans mon lit ?

Je feins de plaisanter mais la vérité, c'est qu'en dépit de mon désir pour lui, je crève d'envie d'avoir des réponses. De découvrir enfin ce qui s'est passé pendant l'année où j'étais à Houston.

Depuis toujours, Gavin est comme une chambre forte qui renferme de sombres secrets. Des secrets que je redoute de connaître autant que j'ai peur de les ignorer.

Il n'est ni Clark Kent ni Captain America. Il est plutôt du genre Bruce Wayne, sans l'argent qui va avec. C'est un héros sombre qui se bat pour devenir meilleur, sans savoir de quel côté la balance va finir par pencher.

— Je peux, si c'est vraiment ce que tu veux, répond-il en caressant mon dos et mes cheveux.

Je soupire dans ses bras en savourant ces derniers instants d'intimité, puis je m'écarte à contrecœur.

D'une certaine façon, être proches comme ça sans faire l'amour semble plus… primal. Ou intime. Ou… je ne sais pas trop en fait. Mais ce n'est pas pareil.

— Je vais préparer du café. Il va bientôt faire jour.

20

Gavin

J'ai déjà été dans tout un tas de situations délicates ou difficiles dans ma vie. Je crois même que je pourrais dire que ma vie *est* une situation difficile. Mais aucune ne m'a jamais intimidé comme le fait d'affronter Dixie Lark.

J'ai l'impression d'être sur le point de faire face à un peloton d'exécution. Et le plus « comique », c'est que c'est moi qui fournis les munitions.

J'enfile un vieux jogging et un T-shirt qui porte le nom de l'équipe de foot de notre ancien lycée et je rejoins Dixie dans la cuisine. Je me déplace à pas lents, comme si j'avais un bloc de béton attaché à chaque pied. Plus ça va, et plus je ralentis. Il faut dire que je ne suis pas pressé : je m'apprête à gâcher toutes les choses qui comptent dans ma vie, alors que je viens enfin de les récupérer.

Pendant un moment, je reste planté sur le seuil de la cuisine, à la regarder faire du café.

Comment serait ma vie si j'étais normal ? Est-ce que ce

serait comme ça ? Me réveiller à côté d'elle, boire un café avec elle, la serrer dans mes bras chaque soir… On dirait le paradis sur terre. Un paradis dont je ne serai jamais digne.

— Noir, comme d'habitude ?

Je ne réponds pas, fasciné par sa bouche.

— Gavin ? Ton café ?

— Noir, oui. Comme mon âme.

Elle me dévisage mais ne fait aucun commentaire. J'attrape la tasse qu'elle me tend et je m'assois sur une des chaises en bois qui entourent la table.

— Alors, qu'est-ce que tu voulais me dire ? tente-t-elle en me regardant prudemment.

Elle prend place à côté de moi, et je bois une longue gorgée de café avant de répondre :

— Ça dépend. Qu'est-ce que tu veux savoir ?

Quelque chose brille dans ses yeux mais je n'arrive pas à déterminer de quoi il s'agit. De la curiosité ? De l'inquiétude ?

— Tout, murmure-t-elle doucement.

Je sens un petit sourire se former sur mes lèvres.

— Rien que ça ?

On garde tous les deux le silence pendant plusieurs minutes, puis elle pose sa tasse et croise les mains sur la table. Son regard rencontre le mien. Il est chargé d'une foule d'émotions contradictoires, et je sais que c'est le calme avant la tempête.

Peut-être qu'on devrait se planquer, avoir cette conversation sous la table ou enfermés dans un bunker. Comme ça, on ne pourrait pas s'échapper. Impossible de partir avant d'avoir réglé tous nos problèmes.

— Pourquoi ne pas m'avoir dit que tu étais revenu ? Même si tu ne voulais pas me voir, ça aurait été sympa que je sois au courant, au lieu de l'apprendre… comme ça.

Sois un homme et dis-lui la vérité, Garrison. Avant que quelqu'un d'autre s'en charge.

Je fixe ma tasse et je me rends compte qu'elle porte une inscription : « Meilleure mamie du monde ». Celle de Dixie a une partition imprimée dessus avec les mots « Chère musique, merci pour la thérapie ».

Je fais tourner la mienne entre mes mains plusieurs fois avant de répondre :

— Je ne t'ai pas appelée en rentrant parce que j'avais besoin de temps. Je voulais régler certaines choses avant de te contacter, comme la liberté conditionnelle dont je t'ai parlé. Je devais faire de la prison ferme et je ne voulais pas que tu viennes me voir là-bas.

— D'accord, dit-elle lentement en suivant le bord de sa tasse du bout de l'index. Maintenant, on va revenir un peu en arrière. Comment tu t'es retrouvé en liberté conditionnelle, pour commencer ?

Et c'est parti, direction l'année la plus noire de ma vie. Ce qui n'est pas peu dire, si on considère ma vie dans son ensemble.

— L'année où tu es partie, ça a été… difficile. J'ai pris des mauvaises décisions. Je me suis fait prendre avec de la drogue et… je me suis retrouvé impliqué dans un accident. C'était moi qui étais en tort.

Un masque de déception recouvre son visage. Peu

importe ce que je fais, je finirai toujours par lui faire du mal, d'une façon ou d'une autre.

Pendant quelques instants, on dirait qu'elle ne sait pas quelle question poser en premier.

— Tu prenais quoi, exactement ?

— De la coke, la plupart du temps. Il y en avait toujours qui traînait à la maison. Le type que ma mère voyait à l'époque était du genre à partager. Je buvais un peu, puis je prenais quelques rails et je jouais de la batterie jusqu'à ce que je ne sente plus mes bras.

— Tu étais accro ? s'enquiert-elle, les sourcils froncés.

— Je ne sais pas. En quelque sorte. Je pense que j'ai voulu remplacer une addiction par une autre. Je t'ai perdue, alors j'ai comblé le vide en me défonçant.

— Je vois.

Je reconnais ce ton. Elle ne voit pas. Et comment le pourrait-elle ? Dixie ne comprend pas comment on peut vivre comme ça, parce qu'elle n'a jamais eu et n'aura sûrement jamais à le faire. Elle est intègre, honnête et pure.

— Et donc, tu t'es fait prendre ? Comment c'est arrivé ?

Je soupire parce que je sais que c'est le début de la fin. Moi qui espérais que je trouverais un moyen d'éviter cette partie-là de la discussion… De toute évidence, je me suis trompé.

— Je me suis fait surprendre en flagrant délit avec de la drogue sur moi, dans une ruelle derrière un bar. J'ai seulement été condamné avec sursis parce que Ash, enfin, mon avocate, a réussi à négocier une obligation de soins pour addiction et des travaux d'intérêt général. Mais, ensuite, j'ai eu un accident de voiture alors que je n'avais toujours pas fini le programme imposé par la cour. Ils m'ont fait faire des analyses et ils se sont rendu compte que j'étais défoncé. Comme j'étais déjà passé en jugement et que mon casier comportait aussi d'autres arrestations pour agressions ou pour des bastons dans des bars et d'autres conneries, la condamnation a été plus lourde.

Elle reste assise, à digérer tout ce que je viens de lui raconter, et je reste assis aussi, à me détester de la salir avec mes histoires sordides.

D'un côté, je suis content de lui avoir dit tout ça. J'ai l'impression que je respire un peu mieux. Mais, au fond de moi, je sais que j'ai fait l'impasse sur les pires détails, et Dixie n'est pas stupide. Elle va s'en rendre compte et exiger la version intégrale.

En effet, il ne lui faut pas longtemps.

— Qu'est-ce que tu faisais tout seul dans la ruelle quand tu t'es fait prendre ?

Je secoue la tête mais je ne réponds pas.

— Tu n'étais pas tout seul, donc… OK. Est-ce que l'autre personne a été arrêtée aussi ?

Je hoche la tête.

— Gavin, si tu pouvais arrêter de t'exprimer par gestes, ça m'arrangerait.

— Désolé.

Si elle savait à quel point je le suis…

— C'était pour possession aussi ?

Je secoue la tête, et elle plisse les yeux.

— Non. Pour comportement obscène sur la voie publique,

Dixie. C'est pour ça qu'on a été arrêtés, elle et moi. C'est ça que tu veux savoir ? Que la seule façon dont je réussissais à me calmer, c'était en couchant avec d'autres filles ?

Elle tressaille, et j'ai tellement honte que j'aimerais disparaître sous terre.

— Je suis désolé. Je sais que ça ne veut sûrement rien dire pour toi à cet instant mais, pour ce que ça vaut, je suis vraiment désolé.

Je le dirais un million de fois si je pouvais. Et encore plus si je pensais que ça pouvait arranger un tant soit peu les choses.

— C'est pour ça que Dallas était aussi énervé quand il nous a surpris dans l'allée à Nashville. Parce qu'il croyait qu'on était peut-être en train de…

— Oui, sûrement.

Je n'arrive pas à masquer l'amertume dans ma voix. Même si j'essaie de ne pas me prendre la tête là-dessus, ça me fout encore en pétard qu'il ait pu me croire capable de faire un truc pareil à Dixie.

— Bon sang…

Elle se tait, pour réfléchir à sa prochaine question je suppose. Je préférerais encore me faire cuisiner par le FBI, ou par des gens dont je n'ai rien à foutre, plutôt que par la femme que j'aime plus que ma propre vie. Mais elle mérite de savoir la vérité.

— Et donc, l'accident…

Mon cœur se serre, comme s'il était pris dans un étau.

— C'était grave. Le pick-up de Dallas était complètement

défoncé. On a tous les deux eu une commotion cérébrale et un traumatisme aux cervicales.

Elle écarquille les yeux.

— *Tous les deux ?* Tu es en train de me dire que tu as conduit défoncé avec mon frère, le seul foutu membre de ma famille encore vivant, dans la voiture ?

D'un geste, elle balaye la surface de la table et envoie valser sa tasse par terre.

Techniquement, Dallas n'était pas le seul membre de sa famille encore en vie à l'époque, mais quelque chose me dit que ce n'est pas le moment de le lui faire remarquer. Je ramasse la tasse par terre avec l'anse cassée et je repose tout ça sur la table.

— Oui. Et je suis désolé. Si tu savais comme je m'en veux. Il avait bu pour oublier sa rupture avec Robyn et il m'a appelé pour que je passe le chercher. Quand je me suis rendu compte à quel point on était arrachés tous les deux, il était déjà trop tard.

Dixie prend son visage dans ses mains et elle reste immobile pendant plusieurs minutes avant de m'adresser de nouveau la parole :

— Et donc, on t'a poursuivi pour tout un tas de trucs suite à l'accident. Comment tu t'en es sorti ?

Décidément, les questions sont loin d'aller en se simplifiant.

— Grâce à Ashley. L'avocate que tu as rencontrée.

Et que tu avais envie d'égorger, si mes souvenirs sont bons.

— Ah oui, l'avocate… *Ashley.*

Sa voix est un mélange de venin et de tristesse quand elle prononce son prénom.

— Comment tu as pu te payer ses services ?

Il n'y a aucun moyen d'édulcorer ma réponse, alors j'essaie juste de la lui donner d'une voix aussi douce que possible.

— De la même façon que j'ai toujours obtenu les choses que je ne pouvais pas m'offrir.

— Waouh. Je vois. Je m'en doutais, mais l'entendre de ta bouche, c'est juste… waouh.

Les pieds de sa chaise crissent sur le sol quand elle se recule. Elle se redresse brusquement et attrape les deux morceaux de sa tasse pour les poser à côté de l'évier. En réalité, je sais ce qu'elle est en train de faire. Je la dégoûte, et elle a besoin de mettre de la distance entre nous. Je ne peux pas lui en vouloir. A vrai dire, je suis même jaloux. Si seulement *je* pouvais mettre de la distance entre moi et… moi.

Dixie s'occupe en réparant l'anse de sa tasse avec de la Super Glue et je termine mon café, désormais froid et amer. Elle s'empare de ma tasse et la lave avant de revenir s'asseoir.

— Et donc, tu as suivi une thérapie parce que le tribunal l'a ordonnée mais ça n'a pas marché ?

— En gros, c'est ça. La désintox obligatoire, c'est un peu une grosse blague. Tant que tu vas aux réunions sans en avoir réellement envie, sans chercher vraiment de l'aide ni vouloir changer, ça ne sert à rien. Je faisais ça pour la forme, j'obéissais pour ne pas aller en prison, mais je m'en fichais, dans le fond.

Elle acquiesce, alors je continue :

— Après l'accident, même avec la thérapie, j'ai touché le fond. Je n'avais jamais été dans cet état. C'est Dallas qui m'a sorti de chez moi à coups de pied aux fesses. Il m'a mis K-O et il m'a amené ici pour que je me désintoxique. J'ai réussi à décrocher et j'ai cherché de l'aide. Ça m'a fait du bien. Je vois toujours un conseiller en addiction.

— Tu étais accro à quoi ?

La voilà. La question à un million de dollars. La plupart des accros ont une drogue de prédilection. L'héroïne. La meth. La coke. Les narcotiques. L'alcool. Bien sûr, certains prennent n'importe quoi, mais les vrais accros tendent à avoir une préférence.

Moi, ce n'était rien de tout ça.

— Je ne sais pas si j'étais vraiment accro à une substance en particulier. Mes problèmes d'addiction étaient plus…

— Laisse-moi deviner. *Compliqués ?*

— C'est ça.

Dixie déteste qu'on utilise ce mot de manière générique, et je la comprends.

— Ça ne répond pas à ma question. Tu étais accro à quoi exactement, Gavin ?

Les battements de mon cœur résonnent dans ma tête et je sens une migraine pointer le bout de son nez. Dixie, elle, attend patiemment ma réponse.

— A l'oubli. J'étais accro à tout et n'importe quoi tant que ça m'aidait à fuir, à m'échapper de ma réalité, à oublier.

— Oublier quoi ?

Ses grands yeux brillent sous la menace des larmes. Si je lui réponds, elles se mettront à couler. Mais il le faut. Elle mérite que je sois honnête envers elle.

— T'oublier *toi.*

*
* *

Elle est sortie prendre l'air après que j'ai répondu à sa dernière question. Il y a déjà une heure de ça. Elle doit avoir besoin de beaucoup d'air.

Je sors sous le porche mais je ne la vois pas. En faisant le tour de la maison pour la trouver, je repense à quand on jouait à cache-cache quand on était petits. Je nous revois, Dallas, elle et moi, en train de courir, de rire et de nous lancer des défis débiles, comme mettre des bonbons acidulés dans une bouteille de Pepsi et la boire en une seule gorgée.

Je me suis toujours senti en sécurité dans cette maison depuis le jour où j'ai rencontré la fratrie Lark, pendant ce qui était la pire journée de leur vie.

Je suis tellement perdu dans mes souvenirs que je crois presque voir une version plus jeune de moi-même assise sur le banc branlant du jardin, à l'arrière de la maison.

Il a des cheveux sombres comme moi, ses vêtements sont trop petits, comme les miens au même âge (même si les siens sont propres, au moins), et je peux distinguer des bleus autour de sa nuque de là où je suis. Moi aussi, j'en ai eu des comme ça une fois ou deux pendant mon enfance.

Je regarde autour de nous, mais il n'y a personne d'autre que lui et moi. Peut-être que c'est un rêve ? Ou une hallucination ?

Je lui dis bonjour pour m'assurer que je ne suis pas fou, et il sursaute. Quand il se tourne vers moi, je comprends pourquoi. La dernière fois que ce gamin m'a vu, j'étais en train de cogner son père sous ses yeux.

— La place est libre ?

Je lui montre l'autre moitié du banc, il ne répond pas. Son

regard se pose simplement à nouveau sur le champ qui s'étend derrière la maison. Je décide de prendre ça pour un oui. Je m'assois près de lui et on reste là… sans desserrer les dents.

Bon… super. Dixie avait tort. Je ne suis vraiment pas doué avec les enfants.

Une petite volée d'oiseaux s'envole pas loin, comme si notre présence les dérangeait.

— On dirait que les oiseaux ne veulent pas traîner avec nous.

Si je lui parle des petits oiseaux, il va peut-être se dire que je ne suis pas le monstre que j'ai sûrement l'air d'être. Il pose brièvement ses yeux sombres sur moi.

— Ce sont des merles bleus.

— Oui, je sais, dit-il.

Je me souviens du jour où on en a trouvé un, Dallas et moi, près de l'étang où on tondait la pelouse pour se faire un peu d'argent pendant l'été. Il était si beau et délicat… On croyait qu'il était mort mais, finalement, il a poussé un cri et il s'est envolé. Ce jour-là, j'ai compris quelque chose, à propos de Dixie et aussi à propos de moi.

J'ai compris que tant qu'elle avait de l'espoir pour moi, il fallait que j'en aie, moi aussi.

Je n'ai jamais cessé de l'appeler « Bluebird » depuis.

Je raconte à mon voisin l'histoire de l'oiseau. Quand j'ai terminé, j'ai l'impression d'avoir réussi à susciter son intérêt.

— Qu'est-ce qu'il lui est arrivé ensuite, à ton avis ? Une fois qu'il s'est envolé ? me demande-t-il.

Je réfléchis longuement avant de répondre :

— Je pense qu'il a parcouru le monde pendant quelque

temps et qu'ensuite il a rencontré un autre oiseau qui est parti explorer le monde avec lui.

— Ou alors peut-être qu'il est mort. Tout le monde meurt. Ma maman est morte.

Et merde.

Je ne suis vraiment pas doué. Qu'est-ce que je peux bien répondre à ça ?

— Je suis vraiment désolé de l'apprendre. Ça a dû être difficile.

Il ne dit rien. En le regardant de plus près, je me rends compte qu'il ne doit pas avoir plus de six ou sept ans. A quelle classe ça correspond, déjà ? Le CP ou le CE1, je pense.

— Tu es en quelle classe ?

— En CP, mais je ne vais pas beaucoup à l'école. Ils ne m'aiment pas trop, là-bas.

Ça, je m'en souviens bien. Etre un fils de droguée, être sale, subir les moqueries… On apprend vite à répondre avec les poings plutôt qu'avec les mots.

— Eh bien moi, je t'aime bien, et je sais que Mlle Dixie t'aime bien aussi. On pourrait venir à l'école ici. Je suis sûr qu'elle pourrait nous apprendre des trucs.

Il sourit presque. Il a envie de sourire. Et je sais pourquoi.

C'est à cause d'elle. S'il y a bien quelqu'un qui est capable de toucher ce gosse, c'est elle.

Elle a réussi à *me* toucher, après tout.

— Tu l'as vue, au fait ?

— Oui, elle m'a dit qu'elle allait faire un tour à pied. Elle m'a proposé de l'accompagner, mais Mme Lawson m'a dit de ne pas aller plus loin que ce banc et je ne voulais pas me faire…

Je finis sa phrase pour lui parce que je sais exactement de quoi il a peur.

— Punir?

Il hoche la tête et il détourne le regard. Mon instinct me dicte de lui donner un petit coup d'épaule mais je ne le fais pas. Pour avoir été à sa place, je sais que ce n'est pas une bonne idée. Ça m'a pris des années avant d'accepter les contacts physiques spontanés.

Je regarde par-dessus mon épaule et j'aperçois Mme Lawson, au téléphone, dans le patio qui se trouve à l'arrière de sa maison. On échange un signe de la main et elle me sourit.

— Pour info, les punitions de Mme Lawson ne sont pas si terribles. Elle te force juste à t'asseoir à côté de ses chats pour qu'ils puissent te prédire ton avenir.

Cette fois, l'ombre d'un sourire apparaît sur ses lèvres.

— C'est déjà fait. C'était celui-là.

Il me montre le plus sombre des deux chats de la voisine de Dixie, caché sous une chaise du patio.

— Je pense qu'il a vu des trucs tristes dans mon avenir, m'explique le petit. Mme Lawson n'a pas voulu me répéter ce qu'il a dit mais elle a parlé pendant longtemps au téléphone, et elle pleurait.

La voix de Dixie résonne dans ma tête.

« Liam. Il s'appelle Liam. »

— Mme Lawson est super émotive, parfois. Si j'étais toi, je ne m'inquiéterais pas pour ça, Liam.

Il lève la tête vers moi et hausse les sourcils.

— Comment tu connais mon nom?

Il me jauge d'un air méfiant, comme si je lui tendais un piège.

Il est toujours assis à côté de moi, et pourtant une distance vient de se créer entre nous.

— C'est Mlle Dixie qui me l'a dit.

Ma réponse paraît l'apaiser un peu.

— Elle est gentille avec moi, confie-t-il à voix basse.

— Elle est très gentille.

— Elle est à toi ?

Hum. Sa question me prend par surprise et je me retrouve bouche bée, sans savoir quoi dire.

Est-ce que Dixie Lark est à moi ?

Je me frotte le menton (il faut vraiment que je me rase) et je croise les jambes.

— J'espère qu'un jour elle choisira d'être avec moi. Mais Mlle Dixie n'appartient à personne. C'est une femme indépendante. Une personne ne peut pas vraiment être à une autre personne.

— Les enfants sont à leurs parents, soutient-il.

— En quelque sorte, mais pas comme des objets. Pas comme tes cartes de base-ball ou ton chien. Comment dire, c'est plutôt comme si tu étais…

— Coincé avec eux ? suggère-t-il en voyant que je ne trouve pas les mots.

— Non, Liam, pas coincé. Si l'univers ou quoi que ce soit qui nous gouverne donne un enfant à quelqu'un, alors cette personne devrait se considérer comme chanceuse. Elle devrait être le meilleur parent possible et elle ne devrait pas…

Disparaître. Se défoncer. Laisser l'enfant mourir de faim et finir par rapporter une pizza vieille de trois jours à la maison en ayant le culot d'appeler ça le « dîner ».

Moi qui avais peur de contrarier Liam avec ma réponse, je suis en train de me contrarier tout seul. Bien joué. Je ferme les yeux pour trouver le courage de finir ma phrase.

— Elle ne devrait pas le maltraiter.

— Mais parfois, les parents maltraitent leurs enfants, dit-il à voix basse.

On dirait que ce gamin lit dans mes pensées. Est-ce que les enfants savent lire dans les pensées ? J'espère bien que non.

— Liam ! appelle Mme Lawson. Rentre, s'il te plaît, c'est l'heure de manger.

— Il faut que j'y aille.

Il bondit et son T-shirt se soulève suffisamment pour que je puisse apercevoir d'anciennes marques dans son dos. Une bouffée de rage monte aussitôt en moi. L'espace d'un instant, je regrette de ne pas avoir rendu service à cet enfant et à la planète en achevant Carl Andrews.

— D'accord. Ravi de t'avoir rencontré.

Il acquiesce et se dirige vers la maison de Mme Lawson, raide comme un piquet.

Je regarde les merles bleus voleter pendant un moment, sans cesser de me demander où ma Bluebird a bien pu aller.

21

Dixie

Après une promenade à pied dans le quartier, j'y vois un peu plus clair. Et je suis aussi beaucoup plus énervée qu'en partant.

A mon retour, je trouve Gavin assis sur le vieux banc en pierre derrière la maison.

— Alors comme ça, tout est ma faute ? Je suis partie à la fac, le monde s'est effondré et je suis entièrement responsable ?

Voilà ce qu'il obtient en guise de salut. Je croise les bras sur ma poitrine et j'attends. Voyons s'il peut dire quelque chose susceptible d'arranger un peu la situation.

Il se lève et fait les cent pas pendant une bonne minute avant de me faire face.

— Non. C'était ma faute. Parce que je t'aimais comme un dingue, que tu me manquais horriblement et que je pensais que ça ne te rendrait pas service d'être au courant.

— Tu aurais dû me le dire, Gav. Enfin, moi aussi, j'aurais

dû te parler de mes sentiments. On s'est caché tellement de choses, et maintenant c'est…

— Ne dis pas que c'est trop tard. S'il te plaît.

Ses yeux sont suppliants et il secoue la tête.

— Je ne sais pas ce que c'est, mais je sais que ce n'est pas sans espoir, dis-je.

Il y a tellement de choses. La drogue, les filles, l'accident… Et on m'a caché tout ça, comme si c'était possible pour moi de continuer à vivre dans ma petite bulle, à l'abri de tout et de tout le monde.

Je secoue la tête, moi aussi, mais ça ne m'aide pas à remettre de l'ordre à l'intérieur. Je n'arrive pas à réfléchir ni à organiser mes pensées en un tout cohérent dont je pourrais tirer des conclusions.

— J'étais sûr que tu rencontrerais quelqu'un là-bas, un mec qui serait digne de toi. Je regardais ma vie et je voyais bien à quel point elle était pathétique. Je ne pensais pas que je pourrais être un jour capable de te donner ce que tu mérites, alors j'ai… j'ai abandonné. Toi, nous, mais aussi moi-même. J'ai tout lâché. J'ai laissé les tentations me tirer vers le bas, et il a fallu que je passe à deux doigts de tuer mon meilleur ami pour me rendre compte que j'avais touché le fond de la déchéance.

Je comprends ce qu'il dit et je sais que, si je pouvais dépasser les mensonges et la douleur d'avoir été laissée dans l'ignorance pendant si longtemps, ses mots m'aideraient certainement. Mais là, c'est trop. C'est tout simplement trop.

Pour la première fois de ma vie, j'ai envie qu'il redevienne le Gavin silencieux et taciturne que je connais. Ça me permettrait d'essayer de trouver un moyen de digérer tout ce qui s'est produit. Un moyen de faire la paix avec le passé pour que je détermine si on peut avoir un avenir.

Mais il continue à parler et je dois lutter contre l'envie de me boucher les oreilles comme une gamine pour que ses mots ne parviennent pas jusqu'à moi.

— Ashley m'a aidé. Elle a bien voulu me défendre, alors que personne d'autre ne voulait s'occuper de mon dossier. Elle a accepté ce que j'étais en mesure de lui donner et ça s'est transformé en… *quelque chose*. Mais, après Austin, j'ai mis un terme à tout ça et je jure devant Dieu que je ne l'ai pas touchée depuis. Elle est toujours mon avocate, par contre. Parce qu'elle est hyper-douée, qu'elle connaît mon dossier et fait de son mieux pour que ma liberté conditionnelle se termine plus tôt et que je puisse refaire partie de Leaving Amarillo. Au lieu d'être le boulet qui ralentit le groupe et nous empêche de jouer ailleurs qu'au Texas.

Il me lance son fameux regard, celui qui veut dire : « S'il te plaît, ne me déteste pas, je suis juste un pauvre mec qui a du mal. » Je fronce les sourcils, sans toutefois lui répondre. J'ai trop peur d'ouvrir la bouche et de dire quelque chose que je ne pourrai pas retirer.

— Dis-moi ce que je peux faire, Bluebird. Qu'est-ce que je peux dire pour arranger les choses, pour arrêter de te faire du mal ? S'il te plaît. Tout ce que tu voudras, tu n'as qu'à me le dire et je le ferai.

Gavin en mode désespéré, c'est nouveau. D'habitude, c'est moi qui supplie et qui essaie de le pousser à admettre les choses. Maintenant, je ne sais plus trop qui fait quoi.

— Je n'en sais rien. Je suis juste… Il y a tellement de choses que j'ignorais, et puis il y a cette autre fille dans ta vie contre laquelle je ne peux pas lutter. Je ne veux même pas…

Il m'interrompt en se précipitant sur moi pour prendre mes mains dans les siennes, un contact qui me met les nerfs en pelote.

— J'ai mis un terme à notre relation sans lui laisser l'ombre d'un doute. Je lui ai dit que je me procurerais l'argent que je lui devais dès que je pourrais et, depuis, je la rembourse un peu toutes les semaines. Elle passe encore au bar de temps en temps, peut-être parce qu'elle est seule, ou parce qu'elle s'ennuie, je n'en sais rien. En tout cas, je lui ai clairement fait comprendre que je ne voulais plus faire de trucs comme ça. J'en ai assez de ce genre de vie, avec des hauts qui ne durent pas, des bas toujours plus difficiles et des relations sans lendemain. J'en ai marre d'utiliser le sexe comme une monnaie d'échange ou un moyen d'arriver à mes fins. Ce que je veux, c'est ce qu'il y a entre toi et moi, ce qu'on pourrait avoir si j'arrêtais de me mettre des bâtons dans les roues tout seul.

— Je pense que c'est mieux si…

Je fixe nos doigts enlacés puis je le regarde, impuissante. Mon instinct m'ordonne de le réconforter, de tout arranger, de mettre un peu de lumière dans l'obscurité qui l'entoure. Mais, cette fois, moi aussi je suis perdue dans l'obscurité, et je n'arrive pas à trouver la sortie, pour aucun de nous.

— Peut-être qu'il vaut mieux que tu t'éloignes pendant

quelque temps. J'ai besoin de réfléchir et là, avec tout ça, je n'y arrive pas, alors…

La douleur se lit instantanément sur son visage. La seule personne qui a toujours voulu de lui vient de lui demander de partir, et je déteste être cette personne. Il fait de son mieux pour rester stoïque et il hoche la tête avant de lâcher ma main. Les barrières qu'il n'a pas dressées entre nous depuis longtemps sont de nouveau en place, et je suis coincée dehors.

— D'accord. Je travaille au bar tout à l'heure, donc je ferais mieux d'y aller de toute façon. Mais sache juste que je ne ferais jamais quoi que ce soit pour vous blesser intentionnellement, Dallas ou toi.

Il s'éloigne et il ajoute une dernière chose avant de sortir de mon jardin, et peut-être de ma vie :

— Vous êtes tout ce que j'ai.

Si je devais écrire un livre un jour, je pense que je l'appellerais « Une vue depuis le fond du trou ». Parce que c'est exactement là que je suis en ce moment.

Gavin a ouvert son cœur, il a dit la vérité, toute la vérité, même quand je lui ai posé des questions horribles, et je l'ai mis à la porte. Je lui ai demandé de partir.

Si douloureuse qu'elle ait été, je préférerais avoir cette conversation cent fois par jour plutôt que de voir le regard froid et vide qu'il m'a adressé en partant.

S'il y a bien une personne à laquelle j'ai toujours voulu éviter de faire du mal, c'est Gavin. Il est aussi la seule personne qui ne me ferait jamais de mal volontairement.

Alors pourquoi on continue à se détruire l'un l'autre de cette façon ?

Je suis littéralement allongée par terre dans mon salon, terrassée par la tristesse. Je ferais bien de balayer. Il y a de la poussière sous la table basse et un truc qui ressemble à une chaussette sous le canapé.

Un coup frappé à la porte vient me sortir de ma léthargie et je me lève péniblement pour aller ouvrir la porte. Il va falloir me forcer pour avoir l'air un peu plus enthousiaste.

— Voilà, j'arrive !

Ça doit être Robyn. Après le départ de Gavin, je leur ai envoyé un texto, à Dallas et elle, en disant que j'avais besoin de leur parler dès que possible. Vu l'heure, ils ont eu le temps de faire la route depuis Dallas jusqu'à Amarillo. Bon sang, j'ai passé un sacré bout de temps vautrée sur le tapis.

Lorsque j'ouvre enfin la porte, je suis surprise de trouver Liam et Mme Lawson sur le perron.

— Bonjour, vous. Entrez.

Je m'écarte pour les laisser passer, mais ils restent sur le seuil.

— Tout va bien, madame Lawson ?

Liam a l'air maussade, et aussi un peu endormi.

— Tout va très bien ! m'assure-t-elle de sa voix chantante. Simplement, c'est le dîner mensuel de mon club de bridge chez moi, ce soir, et j'ai bien peur que ça n'amuse pas Liam d'entendre des vieilles dames cancaner.

Elle lui sourit avant de murmurer comme une conspiratrice :

— Vous voyez qui est Mme Emerson ? La dame d'Atlanta qui a emménagé dans l'ancienne maison du vieux Johnson sur Lane Avenue ? Si vous saviez tous les ragots qu'elle connaît. Elle serait incapable de préparer une tarte aux pommes si sa vie en dépendait mais, rien que pour ses histoires, ça vaut le coup de l'inviter.

Ses yeux gris pétillent d'excitation à la perspective d'apprendre davantage de potins, alors je décide de nous rendre service, à Liam et à moi.

— A vrai dire, je commençais à avoir faim et j'avais envie d'aller manger un morceau en ville. J'aimerais bien un peu de compagnie, si ça te dit, Liam.

C'est sans doute mieux de lui donner le choix. Je ne veux pas qu'il ait l'impression que Mme Lawson me le laisse sur les bras.

Il hausse les sourcils et ses yeux semblent s'illuminer. Un tout petit peu.

— Euh… d'accord. Comme tu veux.

— Je repasserai le prendre une fois que mes amies seront parties.

Je balaie l'offre de ma voisine d'un revers de main.

— Il peut passer la nuit ici si ça lui fait plaisir. La chambre de Dallas est vide, et j'ai des sacs de couchage s'il veut camper dans le salon.

Apparemment, je viens de dire un mot magique. Le regard de Liam s'illumine, comme si je venais de lui annoncer qu'il avait gagné au loto ou qu'il y avait une entrée secrète menant à Poudlard dans mon grenier.

— Qu'est-ce que tu en penses, Liam ? s'enquiert Mme Lawson. Tu veux camper chez Mlle Dixie pour la nuit ?

On dirait qu'il se rend compte que son enthousiasme

a été trop évident, car il fourre les mains dans ses poches et baisse la tête. Comme Gavin quand il se renferme sur lui-même.

— Je m'en fiche.

Je raccompagne Mme Lawson à la porte en lui promettant de l'appeler demain. Elle me remercie et s'en va, en descendant mon escalier avec une agilité dont je ne l'aurais pas crue capable.

— Alors… est-ce que tu aimes les gaufres ?

— Je n'en sais rien, dit Liam en haussant les épaules. Je n'en ai jamais mangé.

Je fais attention à ne pas réagir, malgré le choc que sa réponse provoque en moi. Je me souviens de la fois où, petite, j'ai mangé une glace avec Gavin et où il m'a confié qu'il n'en avait jamais mangé avant. J'avais ressenti la même tristesse indignée qu'aujourd'hui. Comment un adulte peut-il refuser à un enfant le plaisir simple d'une glace ou d'une gaufre ?

— Eh bien, c'est un peu comme des pancakes, sauf qu'il y a des petits carrés dans lesquels tu peux mettre du sirop. Et les galettes de pomme de terre, tu as déjà goûté ?

Il me dévisage comme si je parlais une langue étrangère, alors je tente une nouvelle approche.

— Qu'est-ce que tu manges pour le petit déjeuner d'habitude, Liam ?

— Des grillardises ou des céréales.

Il regarde autour de lui et s'attarde sur la fenêtre de l'entrée.

— Il fait nuit, m'informe-t-il gentiment, comme s'il était inquiet pour ma santé mentale.

Je dis doucement en hochant la tête :

— Je sais. Je n'aime pas trop manger quand je me lève, mais j'adore petit-déjeuner à l'heure du dîner. Notre mamie faisait ça de temps en temps pour mon frère et moi, quand on était petits.

Il regarde dans le vide, sans répondre. Est-ce que j'arriverai à l'atteindre un jour ?

J'attrape mes clés et j'ouvre la porte.

— Tu viens ? Il y a un endroit super qui sert le petit déjeuner à n'importe quelle heure pour les gens comme moi. Je t'emmène. C'est moi qui invite.

Il m'observe longuement d'un air méfiant avant de me suivre, et je pousse un minuscule soupir de soulagement. On progresse, au moins. Et il faut savourer chaque victoire, même les petites.

22

Gavin

— Normalement, le loyer est de cinq cents mais, si tu continues à jouer avec le groupe résident plusieurs fois par semaine, je suppose que je peux descendre à quatre cents.

— Merci. C'est sympa de ta part.

On se serre la main et mon patron fronce les sourcils.

— Je ne suis pas en train de te rendre service, gamin, me répond Cal. Si tu ne payes pas ton loyer à temps, je le retiendrai directement sur ton salaire. C'est aussi simple que ça.

— Compris. Dis-toi qu'au moins je n'arriverai plus en retard au boulot.

— Quelque chose me dit que tu arriveras encore à être à la bourre.

J'acquiesce avec un grand sourire.

— Il faut bien que quelqu'un te donne des montées de tension.

Il grommelle un juron et me tend les clés du studio situé au-dessus du bar, avant de claquer la porte derrière lui.

C'est vide mais c'est à moi. Les murs en briques nus, le film qui recouvre les fenêtres et le plancher rayé ne sont peut-être pas ce qu'il y a de plus accueillant, mais ça me va.

Dieu sait que j'ai connu pire.

Après avoir dit au revoir à Dixie ce matin, je suis rentré chez moi et j'ai trouvé une ordonnance de saisie collée sur la porte du mobile home. Ce n'était pas la première fois, mais ça a été comme un déclic. J'ai regardé autour de moi et j'ai pris conscience que c'était impossible pour moi de repartir de zéro dans ce trou à rats. Entre la vaisselle sale, les meubles tachés, et les souvenirs de toutes les fois où j'ai mis un coup de poing dans une porte ou de celles où j'ai dû en dégonder une pour empêcher ma mère de faire une overdose… De plus, ma mère n'est pas rentrée depuis un moment, alors j'imagine qu'elle se doutait que ça allait arriver. Son instinct de survie a dû se réveiller et elle a pris d'autres arrangements.

Heureusement, Cal avait encore cet appartement à louer au-dessus du bar. Il faudra que je fasse un tour dans les vide-greniers du coin pour trouver des meubles, entre autres. Je fais une liste de tous les trucs que j'ai à faire sur un bloc-notes que j'ai piqué au bar et, une fois que j'ai terminé, je la relis pour être sûr que je n'ai rien oublié.

Je dois nettoyer l'appartement, faire quelques courses (pour acheter des produits ménagers, justement), aller voir mon conseiller en addiction et appeler le centre de désintox le plus proche pour voir si je peux faire admettre ma mère.

Il y a une dernière chose sur ma liste. Enfin, ce point-là, je n'ai pas eu besoin de l'écrire pour m'en souvenir.

Faire en sorte que Bluebird retombe amoureuse de moi.

Je gère. Enfin, à part peut-être le dernier truc.

J'ai cette peur au fond de moi, cette voix qui me fait douter. Et si mon côté obscur était trop obscur ? Si l'accident était la goutte d'eau qui fait déborder le vase et qu'elle n'arrive pas à me pardonner ? Et si je ne la méritais pas, tout simplement ?

J'ai bien vu à quoi ressemblait ma vie sans elle : c'est une vie fade, vide et misérable.

Je veux l'avoir auprès de moi. J'ai besoin d'elle. Je l'aime. C'est même grâce à elle que je sais ce qu'aimer veut dire.

Mon téléphone qui vibre dans ma poche me tire de mes pensées.

Dallas veut qu'on répète une dernière fois avant le tremplin et il vient de m'envoyer un message avec la date, l'heure et l'endroit. Je lui réponds que je serai là, puis je me mets en devoir de déballer les quelques affaires que j'ai apportées avec moi. Il n'y a pas grand-chose : un futon, un grille-pain, un micro-ondes, mes vêtements, et surtout ma batterie. L'avantage de vivre au-dessus d'un bar, c'est que je pourrai jouer aussi fort que je veux et à n'importe quelle heure sans craindre de déranger les voisins.

Une fois que j'ai terminé, je suis presque en retard pour le boulot. J'enfile une chemise propre en vitesse et je m'apprête à descendre quand mon portable sonne. Je m'attends à voir le nom de Dallas s'afficher sur l'écran mais, au lieu de ça, c'est celui de Bluebird qui apparaît.

Je ne m'attendais pas à avoir de ses nouvelles aussi

rapidement, mais je mentirais si je disais que je ne suis pas ravi qu'elle m'appelle.

— Salut, Bluebird. Tout va bien ?

— Euh, oui. Non. Je ne sais pas.

— Tu peux parler ? Est-ce que tu es en sécurité ? Tu es où ?

Je peux entendre la panique dans ma voix. J'essaie de rester calme mais j'ai du mal. J'agrippe le téléphone tellement fort que je vais le réduire en miettes si je continue.

— Ce n'est pas moi, le problème, me dit-elle.

Elle soupire bruyamment.

— Je suis à la Waffle House avec Liam et c'est juste que je… enfin, il…

Sa voix se brise dans un sanglot.

— J'arrive.

— Tu as fait vite, dit Dixie quand j'arrive à leur table.

— J'étais juste à côté. Je loue le loft au-dessus de la Taverne et j'ai emprunté le pick-up de Cal pour venir.

— Il est aux toilettes, explique-t-elle quand elle voit que je cherche Liam du regard.

Je m'installe sur la banquette en face d'elle.

— Je t'écoute. Qu'est-ce qu'il se passe ?

Elle a les yeux pleins de larmes, et je vois bien à quel point elle a du mal à contrôler ses émotions.

— Il… il a des marques, Gavin. Partout. J'ai vu ses bras et son dos quand il est monté dans le van tout à l'heure et…

Elle ferme les yeux pendant un court instant pour ne pas se mettre à pleurer.

— Je ne sais pas si son père l'a affamé, mais il ne reconnaît même pas des galettes de pomme de terre ou des œufs brouillés. Comment c'est possible ?

— C'est possible si la seule personne qui t'élève te donne à peine assez à manger pour te maintenir en vie. Des restes, des trucs en boîte, des plats surgelés dont on ne sait pas ce qu'il y a dedans. Il dit qu'il ne va pas beaucoup à l'école.

Son menton tremble. Ça me brise le cœur de la voir dans cet état.

— C'était comme ça chez toi ? Ta mère, elle ne…

Je l'interromps, car Liam vient de sortir des toilettes et il se dirige vers nous.

— Salut, Liam. Ça t'embête si je dîne avec vous ?

Je me lève pour lui laisser la place et je m'assois à côté de Dixie. Il préfère sûrement être tout seul d'un côté de la table.

— C'est le petit déjeuner. Pas le dîner, explique-t-il en regardant Dixie.

Je souris en repensant aux fois où la grand-mère de Dallas et de Dixie faisait du bacon, des pancakes et des œufs, qu'elle leur servait avec des gâteaux. Je trouvais ça bizarre, mais ça ne me serait pas venu à l'idée de refuser la nourriture qu'on m'offrait. Et puis, si on ne voulait pas avoir de problèmes, on savait qu'il ne valait mieux pas dire non aux gâteaux de mamie Lark, quelle que soit l'heure.

— Génial. Ça me va. Qu'est-ce que vous avez commandé ?

— Des gaufres, du bacon et des galettes de pomme de terre, répond Dixie. On a hésité à prendre des œufs, car Liam n'était pas sûr que ça lui plairait.

J'attrape un menu plastifié et je fais semblant de l'étudier attentivement.

— Je vais prendre l'assiette de fromages et des œufs ; comme ça, tu peux goûter si ça te dit.

Il fronce les sourcils tandis qu'il étudie ma proposition. Est-ce que j'étais aussi méfiant et réservé quand j'étais enfant ? Je n'en suis pas sûr, mais Dixie dit qu'il me ressemble et c'est vrai qu'il y a des similitudes. Ses vêtements sont trop petits d'une taille et ses cheveux trop longs lui tombent dans les yeux. Il a des petits bras maigres, qui présentent des hématomes, des plaies à vif et des cicatrices plus anciennes.

— Je veux bien, oui, répond-il enfin.

— Super.

Je me tourne vers la serveuse qui vient d'apporter la commande de Liam et de Dixie.

— Est-ce que je pourrais avoir l'assiette de fromages avec des œufs, des toasts, du bacon et des galettes de pomme de terre ?

— Pas de problème, mon joli, me répond la serveuse. Quelque chose à boire ?

— Je vais prendre la même chose qu'eux. Un jus d'orange, sec.

Dixie lève les yeux au ciel, mais Liam a l'air vaguement amusé. Ça ne lui fait sûrement pas de mal de se divertir un peu. Je sais ce qu'il ressent. Je comprends quelque chose à propos de Liam que Dixie ne saisira peut-être jamais.

Il ne sait pas que sa situation fait de la peine à d'autres gens parce qu'ils s'inquiètent pour lui. Dans sa tête, il se dit que sa vie est comme ça et c'est tout. Pour lui, c'est normal d'avoir faim, de vivre dans une maison pleine de junkies, de se faire taper dessus ou tout simplement ignorer comme un animal indésirable. C'est seulement en primaire que je me suis rendu compte que ma vie n'était pas comme celle des autres enfants et que, moi non plus, je n'étais pas comme eux. Mais ce que j'ai compris longtemps avant ça, c'était la pitié et la sympathie presque gerbante que j'inspirais aux profs, aux travailleurs sociaux et aux dames des associations caritatives. Je détestais ça et je parie que ça ne doit pas plaire à Liam non plus. C'est pour ça que je fais en sorte de me comporter normalement et d'aider Dixie à se détendre.

Je reste cool, calme, détendu, du moins en apparence, et je fais des blagues jusqu'à ce que mon assiette arrive. Tout ça en envoyant un texto à Sheila Montgomery sous la table pour la supplier de me rappeler aussi vite que possible.

Quand on m'apporte ma nourriture, je prends quelques bouchées et je partage mes œufs avec Liam pour qu'il puisse goûter. Au bout d'un moment, je me rends compte que Dixie ne mange pas : elle se contente d'observer Liam. La façon dont il goûte sa nourriture pour s'assurer que c'est mangeable (une habitude qu'on développe après avoir mangé un fruit pourri ou avalé du lait périmé depuis longtemps parce qu'on n'avait pas d'autre choix). Puis la façon dont il engloutit les aliments comme si c'était son dernier repas, une fois qu'il a la certitude que c'est bon.

Je lui donne un petit coup de genou discret sous la table, et elle sursaute.

— Mange, Bluebird.

Elle a l'air de reprendre le dessus et elle attrape résolument sa fourchette.

Le reste du repas se passe dans un silence confortable.

Liam mange presque sans respirer et il est essoufflé lorsqu'il a terminé son assiette.

— On va camper à la maison après, annonce Dixie en se tournant vers moi. On va regarder un film, construire une tente et dormir dans des sacs de couchage. On va même faire griller des marshmallows sur la cuisinière, comme avec papy et mamie. Est-ce que tu aimerais te joindre à nous, Gavin ?

A la façon dont elle prononce mon prénom, je comprends qu'elle est désespérée. Je sais très bien qu'elle préférerait garder ses distances après tout ce qu'elle a appris sur moi, mais je sens qu'elle a besoin de mon aide. Pour ne pas laisser ses émotions la submerger devant Liam.

Je baisse la tête pour me mettre au même niveau que lui.

— Qu'est-ce que tu en dis ? Ça te va ? Ce n'est pas pour me vanter, mais je suis plutôt doué pour préparer les marshmallows…

Il hausse les épaules mais je vois bien la lueur d'intérêt qui brille dans ses yeux. J'ignore si c'est à cause du camping ou des friandises mais, en tout cas, elle est bel et bien là.

Quand je me tourne vers Dixie, elle a les yeux brillants, elle aussi. Peut-être que l'idée de passer du temps avec moi ne la rebute pas autant que ce que je croyais.

Ça aussi, c'est une bonne nouvelle.

Il faut savoir se contenter de pas grand-chose. Après tout, c'est ce que j'ai toujours fait.

23

Dixie

Lorsque j'arrive à la maison avec Liam, suivi de près par Gavin, j'ai l'impression que je respire un peu mieux.

Gavin a l'air de comprendre Liam tellement mieux que moi. Il paraît proche de lui, il arrive à lui parler de tout et de rien, et il n'a pas l'air d'avoir tout le temps peur de faire une bourde. Pas comme moi.

Au moment de partir de la Waffle House, j'ai vu d'autres cicatrices dans le dos de Liam en l'aidant à grimper dans le van. L'une d'elles ressemblait furieusement à une boucle de ceinture. Chaque marque sur lui, chaque signe à côté duquel je suis passée pendant tout le temps où je lui ai fait cours, tout ça me ronge. Je fais de mon mieux pour le cacher mais la vérité, c'est que je meurs d'envie de me rouler en boule et de pleurer comme une Madeleine. Mais pleurer ne sert à rien : Liam a besoin de ma force, pas de mes larmes ni de ma pitié. Heureusement que Gavin est là pour m'empêcher de craquer.

D'un autre côté, sa présence aussi est difficile à gérer. C'est dur de le regarder sans l'embrasser, d'être proche de lui sans le toucher.

On monte les marches du perron tous les trois ensemble, et un étrange sentiment de paix m'envahit. J'ai l'impression d'être exactement là où je dois être.

Gavin nous ouvre la porte, et on se met tout de suite au travail. On met la main sur la vieille tente pour deux personnes que Gavin et mon frère utilisaient quand on était petits, ainsi que sur tous les duvets, les couvertures et les oreillers qu'on peut trouver. Je charge ensuite Liam de mettre les friandises sur une assiette dans la cuisine. Il prend sa tâche très au sérieux : il compte les marshmallows, les biscuits et les chocolats, qu'il aligne soigneusement en petits groupes bien distincts.

Après qu'il a construit un fort dans le salon avec Gavin, je vais le féliciter.

— Bravo, Liam, c'est très bien. Si on faisait griller ces marshmallows, maintenant ?

Fier d'avoir bien travaillé, il sourit, ce qui me ravit et me brise le cœur en même temps. Il est si petit, si vulnérable. Je n'arrête pas de penser à son père, tellement plus grand que lui, et à la vie que ce petit garçon a dû mener jusqu'à maintenant.

Gavin intervient quand il me surprend en train d'essuyer une larme au coin de mon œil.

— On n'a qu'à s'en charger avec Liam pendant que toi, tu t'occupes de choisir un film. Ça te va ?

— Bonne idée.

Reprends-toi, ma grande, m'ordonne mon subconscient. Alors j'inspire profondément et je me reprends.

Je suis forte. J'ai passé presque trois mois seule sur les routes. J'ai monté ma propre affaire. Je gère.

Mais je n'y peux rien : tout comme celle de Gavin, la peine de Liam me touche terriblement. Je refuse que cet enfant ait la moindre marque supplémentaire sur la peau ou qu'il rate un autre repas. Peu importe ce que je dois faire pour éviter ça.

Une rage folle brûle en moi, une colère sourde contre les personnes qui laissent des enfants avoir mal, ou faim, contre ceux qui infligent de la douleur à des êtres innocents et sans défense.

— Respire, Bluebird, me dit Gavin à voix basse. Va choisir un film. Un de ces dessins animés que tu veux toujours me faire regarder.

Je lui obéis et je me rends dans le salon. Au passage, j'entends Liam lui poser une question.

— Pourquoi tu l'appelles « Bluebird » ?

Ce n'est pas bien d'écouter aux portes, mais je meurs d'envie de savoir ce que Gavin va lui répondre. Alors je me cache derrière la porte et j'attends.

— C'est une longue histoire, commence Gavin.

Il parle à peine assez fort pour que je comprenne ce qu'il dit. Il mentionne une histoire qu'il a apparemment déjà racontée à Liam, mais je ne sais pas à quoi il fait référence.

Comme Liam ne répond pas, Gavin continue :

— Quand j'étais petit, il n'y avait pas beaucoup d'espoir dans ma vie. Je n'espérais pas avoir des amis, m'amuser avec des jouets ou recevoir un cadeau pour mon anniversaire ou pour Noël. J'avais beaucoup espéré et, à chaque fois, j'avais été déçu. Du coup, je me disais qu'il valait mieux ne pas espérer. Je pensais que je n'aurais jamais une vie meilleure. Et ensuite… j'ai rencontré Dixie et son frère Dallas, et je me suis senti vivant. Plein d'espoir.

Liam garde toujours le silence.

Est-ce qu'il a de l'espoir ? Est-ce qu'il reçoit des cadeaux pour son anniversaire ? Est-ce qu'il a déjà fêté Noël, ne serait-ce qu'une fois ?

— Rappelle-toi ce que je t'ai dit aujourd'hui, reprend Gavin. Quand Dallas était en train de tondre près de l'étang et qu'il a vu un oiseau. Un merle bleu comme ceux qu'on a vus dans le jardin, toi et moi. Celui-ci était tout petit et il était allongé sur un tas de gazon. Il n'y avait pas d'arbre ni de nid à proximité. Il ne bougeait pas et on a cru qu'il était mort.

— Mais tu m'as dit qu'il n'était pas mort. Qu'il s'était envolé.

La voix de Liam est à la fois douce et pleine de reproche, comme s'il pensait que Gavin lui avait menti.

— Je t'ai dit la vérité. L'oiseau était vivant mais, comme il était immobile, on croyait qu'il était mort. Après, Dixie est arrivée et Dallas a ramassé l'oiseau pour le ramener à la maison. Mais, tout d'un coup, l'oiseau s'est mis à gazouiller et il s'est envolé.

— Mais… comment ?

Je dois tendre l'oreille pour comprendre la réponse de Gavin.

— Je me suis toujours dit que, si ça se trouve, le petit oiseau bleu était étendu là parce qu'il n'était pas bien. Il était démoralisé et il avait envie d'abandonner. Mais ensuite, on est arrivés, on l'a soulevé du sol et on l'a emmené dans un endroit sûr, et peut-être qu'en faisant ça on lui a redonné de l'espoir. Quand on l'a regardé s'envoler, il nous a donné de l'espoir, à nous aussi.

— D'accord. Donc, vous avez sauvé l'oiseau, mais qu'est-ce que ça a à voir avec Mlle Dixie ?

Gavin rit doucement, et je souris, cachée dans mon coin.

— Je l'appelle « Bluebird » parce qu'elle me donne de l'espoir. Quand je suis à terre, que ça ne va pas et que j'ai envie de tout laisser tomber, c'est elle qui me fait me relever et reprendre mon envol. Même quand je pense que je ne peux pas ou que je ne veux pas. Tant qu'elle aura de l'espoir pour moi, qu'elle croira en moi, j'essaierai d'être la meilleure personne possible.

Et dire que certaines personnes croient que c'est parce que j'ai les yeux bleus et que mon nom de famille veut dire « alouette »…

Lutter contre mon envie de pleurer devient tout simplement ridicule, alors je laisse mes larmes couler. Au bout d'un moment, en réalisant qu'ils ne parlent plus, je jette un œil dans la pièce. Gavin est en train de mettre la cuisinière en route et il approche une chaise pour que Liam grimpe dessus et le regarde griller les marshmallows.

Les voir ensemble provoque quelque chose de très étrange en moi. Je ne sais pas exactement l'expliquer, mais c'est comme s'ils allaient bien ensemble. Comme si mon seul but dans la vie était d'unir ces deux âmes blessées. Deux âmes qui m'appartiennent et auxquelles j'appartiens.

— Alors, ce film ? crie Gavin depuis la cuisine.

Même s'il ne me voit pas, je sais qu'il sait que je n'ai pas encore cherché.

— Je n'arrive pas à me décider. Il y a des princesses dans tous les sens chez Disney, je ne suis pas sûre que ça plaise à des garçons.

— Pourquoi pas *Le Magicien d'Oz* ?

Sa suggestion me fait sourire. Ça a toujours été mon film préféré.

— Je crois que je sais où il est. Ramenez des marshmallows, je meurs de faim, moi !

Tandis qu'on s'installe, on plaisante joyeusement, surtout pour faire plaisir à Liam.

— Il n'y a pas de couleurs, dit-il quand le film en noir et blanc commence.

Je souris en regardant Gavin.

— Ne t'en fais pas. Il y en aura bientôt.

Liam s'endort plus ou moins au moment où Dorothy rencontre le lion. Gavin a l'air épuisé, et je ne suis pas beaucoup plus en forme que lui.

— J'éteins ?

Gavin se frotte les yeux et secoue la tête.

— Non, laisse, au cas où il se réveillerait.

Il parvient à se mettre à quatre pattes sans faire bouger Liam, et je retiens mon souffle pendant qu'il le borde. Il se passe quelque chose. Quelque chose qui nous dépasse.

Je ne peux pas dire ce que c'est, mais je le sens dans mes tripes. C'est important pour notre drôle de petit groupe. Monumental, même.

Peut-être que je prends mes désirs pour des réalités et que ce qui se passe n'est en rien une vision du futur. Mais la petite fille en moi a encore envie de croire qu'elle va passer sa vie avec Gavin.

Il rampe jusqu'à l'extérieur de la tente et me tend la main pour m'aider à sortir. Je suis tellement troublée par le contact de nos paumes que je me prends les pieds dans le bord de la tente et je manque de me casser la figure. Gavin me rattrape et m'empêche de tomber.

— Qu'est-ce que je suis gracieuse… Heureusement que tu étais là.

Gavin plonge ses yeux dans les miens, sans me lâcher. Il entrouvre les lèvres, comme s'il allait dire quelque chose ou m'embrasser, puis il secoue la tête.

— Je vais dormir sur le canapé. Comme ça, je garde un œil sur lui et il ne paniquera pas s'il se réveille et qu'il ne sait plus où il est.

— D'accord. Bonne nuit, Gavin.

— Bonne nuit, Bluebird. Fais de beaux rêves.

Je m'écarte à contrecœur, et il attrape un oreiller et une couverture qu'il balance sur le canapé. En arrivant dans la salle de bains, je sursaute presque en apercevant mon reflet dans le miroir. J'ai les cheveux en bataille, mon mascara a coulé, et on dirait que je n'ai pas dormi depuis une semaine. J'ai même des traces de chocolat autour de la bouche. Je n'aurais jamais deviné que j'étais dans cet état à la façon dont Gavin me regardait. Il donnait l'impression d'être face à la plus belle créature qu'il ait jamais vue, comme si j'étais tombée du ciel par erreur et que j'avais atterri dans ses bras. La façon dont je me vois dans ses yeux est très différente du reflet que me renvoie le miroir sous la lumière crue du néon.

Je me penche sur le lavabo pour me laver la figure et me brosser les dents. Tandis que je me sèche le visage, je jette un œil dans la glace et je me souviens de la fois où Gavin était derrière moi, dans cet hôtel d'Austin.

Il est celui qui donne de la couleur à mes souvenirs. Il est aussi l'ombre qui fait briller davantage la lumière en moi.

Notre passé, nos erreurs, tout ça semble tellement… infime à côté de ce qu'on a.

Ce qu'il a fait pendant l'année où j'étais à Houston, c'est du bidon. C'était vide de sens et, même si je suis triste que toutes ces choses soient arrivées, je ne les vois pas comme une menace. J'étais en colère à cause de l'accident, furieuse même, mais Dallas est un grand garçon et lui aussi a sa part de responsabilité. Ce qui me gêne vraiment, c'est qu'il me l'ait caché. Qu'il n'ait pas eu assez confiance en moi ou qu'il ne m'ait pas crue assez forte pour me dire la vérité. Cela dit, peut-être que je ne l'étais pas à l'époque. Mais je le suis, à présent.

Ce qui s'est passé ce soir, par contre, ça, c'est du concret. J'ai eu besoin de lui, et il est venu. Contrairement à ce qu'il a l'air de penser, il est exactement ce dont j'ai besoin. Il restera toujours l'homme que j'ai envie d'avoir en face de moi à table, à côté de moi dans mon lit, et derrière moi sur scène.

Je m'agrippe au bord du lavabo pour ne pas laisser mes émotions m'emporter de la même façon que la musique. Je peux gérer Gavin. Je peux gérer la situation avec Liam.

Quand le moment sera venu (sûrement après la naissance du bébé, bientôt en tout cas), je vais avoir une longue conversation avec mon frère, par rapport au fait qu'il m'a caché la vérité pendant mon année à la fac de musique. Et je vais aussi dire aux garçons que je veux jouer la nouvelle chanson que je suis en train d'écrire, et la jouer à ma façon.

Je suis plus forte et plus courageuse qu'avant. Je n'ai plus peur de me battre pour les choses et les gens que j'aime.

24

Gavin

Pile au moment où je suis sur le point de m'endormir, ma vessie menace d'exploser. Je traverse donc le salon sur la pointe des pieds, en faisant attention de ne pas réveiller Liam qui dort à poings fermés. J'ai décidé de lui apprendre à jouer de la batterie et je suis déjà en train de planifier notre première leçon dans ma tête.

Perdu dans mes pensées, je n'ai pas le réflexe de frapper à la porte de la salle de bains. Quand je l'ouvre, je suis surpris de tomber sur Dixie, debout devant le lavabo et toujours pas en pyjama. En m'entendant entrer, elle ne se retourne même pas. Elle reste là, sans bouger.

— Je croyais que tu étais couchée. Ça va ?

Quand elle fait enfin volte-face, son visage est triste mais son regard est plus déterminé que jamais.

— Plus ou moins. J'étais juste en train de réfléchir. Il est hors de question qu'il retourne avec cet homme, Gavin. Je ferai n'importe quoi pour empêcher ça.

Je m'approche pour la prendre dans mes bras.

— D'accord, ma belle. Respire. Il ne retournera jamais avec lui.

Je la sens se raidir contre mon torse, et elle lève ses yeux bleus vers moi.

— Si seulement j'avais…

— Arrête. Rien de ce que tu aurais pu dire, faire, ou ne pas dire, ou ne pas faire, n'aurait changé quoi que ce soit. Tu ne dois pas t'en vouloir. Tu n'es pas le genre de personne qui imagine ces choses-là sans en avoir la preuve, et je ne veux pas que tu le deviennes. Je ne veux pas que tu te mettes à croire que toutes les personnes que tu rencontres sont mauvaises ou méchantes. Tu es pleine de lumière et tu vois la lumière que les autres ont en eux. C'est une des choses que j'aime chez toi.

Elle soupire et se blottit contre moi. Je n'en reviens pas qu'elle ait encore confiance en moi après tout ce que j'ai fait. Je l'ai tenue pour acquise, j'ai tout foiré, et pourtant elle est là, à se confier à moi et à me laisser la réconforter.

Tout ce que je veux, c'est lui faire oublier sa tristesse, comme elle l'a toujours fait pour moi.

— J'ai envoyé un message à Sheila et elle m'a répondu. Elle passera demain matin pour discuter avec Liam. Elle fait bien son travail et je sais qu'elle arrivera à lui poser les bonnes questions sans le perturber. Elle fera valider le dossier pour que Mme Lawson soit sa tutrice temporairement et elle obtiendra une injonction pour empêcher son père de l'approcher. Tout va bien se passer, je te promets.

Elle resserre un peu son étreinte et je remarque notre reflet dans le miroir.

— On va bien ensemble.

Elle doit se remémorer la même chose que moi, car je vois un éclat de désir briller dans ses yeux.

— Contrôle-toi, monsieur le batteur, grommelle-t-elle quand je l'embrasse sur le front.

— J'y travaille.

— En parlant de ça… Qu'est-ce qu'il en est de la plainte pour coups et blessures ? Est-ce qu'on pourrait utiliser les déclarations de Liam auprès de l'assistante sociale pour ta défense ?

Mon sourire se transforme en soupir. Comme d'habitude, il y a toujours quelque chose pour assombrir l'horizon. Toujours une sale histoire qui doit être réglée avant qu'on puisse aller de l'avant.

— C'est compli…

— Gavin, qu'est-ce que je t'ai dit à propos de ce mot ?

— Désolé. Disons que c'est incertain : Carl est encore à l'hôpital et, techniquement, ils ne connaissent pas l'étendue exacte de ses blessures. D'après Ashley, je peux plaider la non-contestation, accepter de faire des travaux d'intérêt général, voir un conseiller pour gérer mon problème d'agressivité et m'engager à ne plus entrer en contact avec Carl. Enfin, ça, c'est dans le cas où il n'a pas de séquelles. Ah, et ma liberté conditionnelle serait prolongée aussi.

Elle se raidit en m'entendant prononcer le nom d'Ashley, puis je la sens s'affaisser de nouveau.

— Bon sang…

— Le fait d'avoir déjà été condamné plusieurs fois pour des histoires de drogue et pour l'accident ne joue pas en ma faveur. Le fait que ma mère fréquente Carl et que je l'aie bousculé un peu au bar il n'y a pas si longtemps, non plus d'ailleurs. Et puis Carl est sans doute en train d'essayer de rallonger la sauce autant que possible pour rester sous morphine.

— C'est un père violent et dangereux ! On l'a vu frapper Liam de nos propres yeux, et tu es intervenu parce que tu as toi-même été victime des mêmes mauvais traitements que lui pendant des années ! Elle ne peut pas se servir de ça pour leur faire comprendre pourquoi tu as réagi comme ça ?

J'arrête de lui caresser les cheveux et je la prends par les épaules.

— Je n'aurais pas dû faire ce que j'ai fait, point barre. Et puis, de toute façon, Ashley ne sait rien de mon enfance, alors ça ne lui viendrait pas à l'idée d'utiliser ça pour ma défense. *Toi*, tu comprends parce que tu tiens à moi et à Liam, mais le système judiciaire ne marche pas comme ça. En résumé, j'ai voulu faire justice moi-même et régler ça par la violence. J'ai commis un crime et ce crime mérite d'être puni. Je le savais depuis le début.

Et pour être honnête, je ne le regrette pas, même si je sais que je devrais.

— Ça craint, Gav. Sérieusement. Chaque marque que je vois sur Liam me donne envie de tuer Carl de mes propres mains.

Je ne peux pas m'empêcher de rire en l'entendant parler comme ça.

— Contente-toi de te servir de tes mains pour jouer du *fiddle*, d'accord ?

— Comment va ta main, d'ailleurs ? Tu penses que tu seras prêt pour vendredi ?

Elle examine délicatement mes jointures encore mal en point, et je lui fais un bisou sur le bout du nez.

— Ça ira. Il m'en faut plus que ça.

— Mais…

— Mais rien du tout. Il est tard, Bluebird, tu dors debout. Va te coucher et repose-toi, on doit être en forme quand Sheila arrivera demain matin.

Elle soupire et me serre une dernière fois dans ses bras, en grommelant entre ses dents que je suis aussi autoritaire que Dallas.

Une fois seul dans la salle de bains, je fais enfin ce que j'étais venu y faire au départ, puis je retourne dans le salon. Liam parle à voix basse dans son sommeil, et je me crispe. J'ai peur qu'il ne dise quelque chose qui me rappellerait de mauvais souvenirs. Mais tout ce que j'entends, c'est « petit déjeuner » et « un autre marshmallow ».

Ma vie est peut-être encore un immense foutoir mais, pour la première fois depuis longtemps, je m'endors avec un sourire aux lèvres.

Les coups à la porte sont tellement en rythme avec la sonnerie de mon portable que j'attraperais presque mes baguettes pour ajouter un air de batterie. En me frottant les yeux, je me rappelle que je suis dans le salon de Dixie.

Liam dort toujours dans la tente à côté de moi, en dépit des coups de plus en plus forts.

L'écran de mon portable m'indique que j'ai un message vocal. De Sheila Montgomery.

Je me lève d'un bond et je traverse la pièce au pas de course pour ouvrir la porte.

— Je te réveille ? demande-t-elle en me scrutant de ses yeux sombres.

— Bonjour. Excusez-moi, la nuit a été longue.

Ma réponse lui fait froncer les sourcils.

— Je pensais que tu en avais fini avec tout ça.

— C'est le cas. C'était un autre genre de longue nuit.

J'ouvre la porte plus grand pour lui montrer la forteresse d'oreillers et de couvertures.

— Oh. Je vois.

Sheila entre dans la maison à pas de loup et va s'installer sur le canapé.

— C'est Liam ?

— Oui. Il a des marques, des cicatrices et des plaies. Je dirais qu'il est sept ou huit kilos au-dessous de son poids normal. Pour avoir vu Carl le frapper de mes propres yeux, je n'ai pas de mal à imaginer à quoi les journées de ce gamin doivent ressembler. Ça plus le fait que Carl est tout le temps nerveux, et que sa maison est le rendez-vous de tous les accros au crack du coin, je pense que la maltraitance ne sera pas difficile à prouver.

Je repense à ce que m'a dit Dixie la veille.

— Liam ne savait pas ce que sont des œufs brouillés ou des galettes de pomme de terre. Il mange comme s'il n'avait rien avalé depuis des semaines et il m'a dit qu'il n'allait pas beaucoup à l'école. Comment ça se fait que l'administration ne se soit pas encore penchée sur son cas ?

— Ils sont en sous-effectif, Gavin. Tu le sais bien.

Je soupire en regardant Liam, qui s'agite dans son sommeil.

— Je sais mais n'empêche. Ça n'aurait pas dû passer inaperçu pendant aussi longtemps.

— Ton cas est aussi passé inaperçu, fait-elle remarquer. Et quand les services sociaux sont enfin venus te poser des questions, tu as menti pour protéger ta mère.

Elle a raison. C'est exactement ce que j'ai fait. Et je continue.

— Je sais bien. Peut-être qu'il en a fait autant. Mais quand même…

— C'est différent quand on est de ce côté-ci de la barrière, pas vrai ?

Je ne réponds pas parce que je ne trouve pas les mots. C'est vrai que ça paraît différent. J'ai passé des années à me convaincre que, si ma mère était comme ça, c'était ma faute. Qu'elle irait mieux si elle n'avait pas à s'occuper de moi. Mais en voyant Liam dans la même situation, je trouve ça complètement absurde. Comment pourrait-il se croire responsable de tout ça ? Il n'a rien à voir là-dedans.

Plus grand, quand j'ai commencé à me droguer à mon tour, je me suis encore senti coupable. J'avais beau cacher la drogue que je ramenais à la maison, ma mère trouvait toujours ma planque. Ensuite, quand elle décrochait et qu'elle me disait qu'elle allait s'en sortir, je me moquais d'elle. A force de l'entendre dire ça et de la voir échouer, j'ai fini par devenir odieux avec elle. Ce n'est sûrement pas la seule raison qui fait qu'elle a replongé, mais ça n'a pas aidé.

— J'ai agressé son père, Sheila. J'ai vu son père le frapper et j'ai perdu les pédales. Il est encore à l'hôpital.

La ride entre ses sourcils se fait plus profonde.

— On ne peut pas dire que ce soit une bonne nouvelle. Tu as vraiment cru que ça allait servir à quelque chose ?

— Je n'ai rien cru du tout. Je n'ai pas réfléchi.

— Tu vas retourner voir un conseiller en self-control ?

— Je pense qu'on ne va pas me laisser le choix. Une thérapie gracieusement offerte par l'Etat du Texas.

— Ça pourrait être pire.

— C'est sûr. Je vous sers un café ?

Sheila pose son sac, et je remarque qu'il contient un étui avec ce qui ressemble à un appareil photo.

— Je veux bien, oui. Ensuite, il faudra le réveiller pour que je puisse discuter avec lui, prendre des photos des marques dont tu m'as parlé et le peser.

Si seulement je pouvais laisser Liam dormir au lieu de le soumettre à tout ça…

— D'accord. Je reviens tout de suite.

Après avoir servi un café à Sheila, je vais frapper à la porte de Dixie. Comme elle ne répond pas, je pousse la porte et je tombe sur elle en jean et en soutien-gorge.

— Désolé. Je sais qu'il est tôt, mais euh… Sheila est ici, alors…

— J'ai vu sa voiture dans l'allée, répond Dixie en enfilant un débardeur noir. J'arrive dans une minute.

Je retourne dans le salon pour réveiller Liam, qui est déjà en train de s'étirer.

— Salut, mon gars. Tu veux petit-déjeuner ?

Il s'assoit et se frotte les yeux.

— Est-ce qu'on dîne pour le petit déjeuner, ici ?

La curiosité sincère dans sa question me fait rire.

— Non. Je peux te préparer une salade de fruits avec du yaourt et des tartines, si ça te dit. Mlle Dixie mange équilibré le matin. Sûrement pour pouvoir se gaver de bacon et de gaufres au dîner.

Dixie arrive dans le salon au moment où je dis ça. Je lui fais un clin d'œil auquel elle répond en me tirant la langue.

— J'ai aussi des céréales et du porridge, je te signale.

— Oh ! j'aime bien le porridge. Celui à la pomme, répond Liam.

— Je m'en occupe. Est-ce que quelqu'un d'autre en veut ?

Elle a l'air profondément soulagée d'apprendre qu'il connaît au moins un aliment qu'il aime bien. Elle fait un petit signe de tête à Sheila, qui lève sa tasse pour la saluer.

— Moi, je ne dis pas non, Bluebird.

— Pas pour moi, mais merci beaucoup, répond Sheila.

— Je reviens, dit Dixie avant de disparaître dans la cuisine.

J'aide Liam à sortir de la tente et j'allume la télé, à la recherche d'une chaîne qui passe des dessins animés. Je n'en reviens pas de voir qu'ils diffusent encore *Sesame Street*.

— Ça te va, Liam ?

Il hoche la tête.

Lorsque je lui présente Sheila, son expression m'indique que ce n'est pas la première fois qu'il rencontre des travailleurs sociaux. Heureusement, Sheila parvient rapidement à le mettre à l'aise, en discutant avec lui des personnages de *Sesame Street*.

Ils discutent tranquillement pendant quelques minutes, jusqu'au retour de Dixie. Elle a du porridge et un verre de jus d'orange pour Liam, qu'elle installe dans le fauteuil de son grand-père avec un plateau-télé.

Je souris en voyant qu'elle a mis des fruits sur le sien et dans mon assiette.

Une fois qu'on est tous assis, Sheila rentre dans le vif du sujet. Elle recueille le témoignage de Dixie et le mien, et nous demande toutes les coordonnées et infos dont on dispose sur Mme Lawson. Ensuite, Sheila demande à Liam s'il veut bien discuter avec elle sous le porche après s'être habillé. Elle s'est déjà mise d'accord avec Dixie sur la meilleure manière de prendre ses traces de coups en photo sans le contrarier. En gros, Dixie va aider Liam à se changer en présence de Sheila, qui prendra des photos en tentant d'être aussi discrète que possible.

Ils partent dans la chambre tous les trois. Quand ils en ressortent quelques minutes plus tard, Dixie est pâle comme une morte, mais Liam a l'air d'aller bien.

Sheila range son appareil photo dans son sac et me sourit, puis elle emmène Liam dehors pour discuter avec lui. Quant à Dixie, elle débarrasse les assiettes de porridge vides et je la suis dans la cuisine.

— Je sais que c'est dur pour toi mais, crois-moi, c'est pour son bien. Ma vie aurait sûrement été différente si quelqu'un était intervenu quand j'avais son âge.

— Je le sais bien, dit-elle d'un air sombre. J'essaie de me concentrer là-dessus et de voir le côté positif, mais c'est dur. Sheila a dit que ça pourrait prendre un moment d'obtenir l'injonction. Qu'est-ce qui va se passer s'il doit retourner avec son père, Gavin ? Et si…

Elle n'arrive pas à finir sa phrase, la gorge nouée par un sanglot. Je la prends dans mes bras pour la réconforter. Ou peut-être parce que j'ai autant besoin de réconfort qu'elle.

— Il ne retournera pas avec Carl et il ne remettra pas les pieds dans cette maison.

Je ne peux pas lui promettre grand-chose mais ça, je peux. Je briserai chaque os du squelette de Carl s'il le faut, mais, en tout cas, il ne lèvera plus jamais la main sur Liam.

— Je suis désolé, Dixie. Pour tout. Je suis désolé de ne pas t'avoir dit la vérité, de ne pas t'avoir parlé d'Ashley et…

— Tu dois la revoir bientôt ?

— Oui. C'est elle qui va me défendre contre Carl. Je dois préparer ma défense avec elle et voir comment je peux faire pour continuer à la payer.

Je frotte le bout de mon nez contre le sien en la sentant se crisper contre moi.

— Je vais la payer avec de l'argent, Bluebird. C'est du passé, tout ça. Je mettrai ma batterie au clou s'il le faut, et je la laisserai prélever le reste sur ma paye. Je trouverai un moyen.

— Combien ça va te coûter ?

Je hausse les épaules comme si je n'en savais rien, mais Dixie me toise sans bouger. Elle sait très bien que ce n'est pas la première fois et que, par conséquent, je connais les tarifs.

— Combien, Gavin ?

— Je dirais deux mille.

Avant qu'elle puisse répondre, le bruit de la porte nous avertit du retour de Sheila et de Liam. A la seconde où Dixie s'écarte de moi, je ressens un manque.

On entend Sheila demander à Liam de s'asseoir dans le salon, puis elle nous rejoint dans la cuisine.

— Tout va bien ? s'enquiert immédiatement Dixie.

— Oui. J'ai deux choses à vous dire. La première, c'est que Carl est sorti de l'hôpital et qu'il veut voir son fils. Ce qui n'est pas une bonne nouvelle.

En effet, c'est une mauvaise nouvelle, mais ça veut au moins dire que ses blessures ne sont pas trop graves et que les charges contre moi ne devraient pas être trop lourdes. Enfin… je préfère encore faire dix ans de taule si ça veut dire qu'il ne touchera plus jamais son fils.

— D'accord, dit Dixie d'une voix sourde. Qu'est-ce qu'on peut faire ?

— Pour le moment, on va lui dire que Mme Lawson se sent seule, qu'elle est vraiment contente de passer du temps avec Liam et qu'il vaut mieux pour lui qu'il se rétablisse complètement avant de le récupérer.

Dixie tressaille en entendant la fin de sa phrase, et je passe mon bras autour de ses épaules.

— Si ça ne marche pas, continue Sheila, alors je verrai si je peux accélérer la procédure. Un de mes amis travaille dans le service concerné.

— Et si votre ami ne peut pas nous aider ? Si Carl vient chez Mme Lawson ? demande Dixie d'une voix où perce la panique.

— Dans ce cas, je…

— Toi, tu ne feras rien du tout, m'interrompt Sheila en agitant son index sous le bout de mon nez. Je ne plaisante pas. Tu attends une date pour passer en jugement pour coups et blessures sur Carl et *son* injonction contre *toi* est déjà en place, je te rappelle.

Je fronce les sourcils, mais elles me fusillent du regard toutes les deux, alors je me tais.

— Imaginons que Carl débarque chez Mme Lawson et ramène Liam chez lui. Dans ce cas, on enverra un officier effectuer une inspection régulièrement, en prétextant que c'est pour s'assurer que Gavin respecte l'injonction.

Dixie secoue la tête comme un automate.

— Non. Hors de question. Vous avez vu ses marques de vos yeux. Il n'ira nulle part avec cet homme.

— Je comprends votre désarroi, mais souvenez-vous que Carl est encore en convalescence. Ça m'étonnerait qu'il lève la main sur Liam dans son état.

— Ça vous étonnerait, mais ce n'est pas impossible, nuance Dixie.

— Une autre option serait de placer Liam sous protection dès maintenant et de le confier à un tuteur temporaire jusqu'à…

— Est-ce que je pourrais être sa tutrice ? coupe Dixie. Il pourrait rester avec moi.

Décidément, elle me surprendra toujours.

Sheila lui explique quels justificatifs elle doit fournir et les questions auxquelles elle doit répondre, et Dixie exige de pouvoir se porter candidate immédiatement. Sheila lui donne l'adresse du site Internet où il lui faut enregistrer sa demande et, avant que j'aie le temps de dire ouf, Dixie est déjà en ligne.

— Au fait, Sheila ?

— Oui, Gavin ?

— Vous avez dit qu'il y avait deux choses. Qu'est-ce que c'est, l'autre truc ?

— Liam doit retourner chez Mme Lawson dans les plus brefs délais. Si Carl apprend qu'il est ici avec toi, il aura davantage de chances d'obtenir satisfaction dans le cas où il exigerait de récupérer son fils immédiatement.

Je n'avais pas pensé à ça. Une fois de plus, c'est moi qui complique tout.

— Est-ce qu'il doit partir tout de suite ? demande Dixie.

Elle a l'air tellement déçue que j'ai envie de partir pour que Liam puisse rester. Mais, en même temps, je ne veux pas la laisser seule au cas où Carl se pointerait ici.

— Je suis désolée, dit Sheila d'un ton plein de regret. Je vois bien que vous êtes en train de vous attacher à lui, et je suis ravie qu'il puisse compter sur vous. Mais des cas comme celui-ci ne se règlent pas en un jour. Les services de protection de l'enfance devront d'abord lui assigner un tuteur temporaire, puis un juge devra statuer sur une solution permanente. Et honnêtement, si Carl se fait aider et qu'il arrive à convaincre les services sociaux qu'il s'est racheté une conduite, il y a toujours une chance qu'il puisse récupérer son enfant.

— Carl Andrews ne se rachètera jamais une conduite, que ce soit pour les services sociaux ou pour son fils. Je connais les types comme lui.

Dixie se prend la tête dans les mains, et Sheila lui tapote amicalement l'épaule.

— Dans tous les cas, je vais me mettre au travail tout de suite pour pouvoir envoyer mon rapport. Je vais ramener Liam chez Mme Lawson et j'en profiterai pour discuter avec elle. Surtout, appelez-moi si Carl passe ici ou si vous avez des questions.

Je hoche la tête et Sheila part dans le salon. Je m'attends à ce que Dixie craque et qu'elle se mette à pleurer mais, au lieu de ça, elle se lève, l'air plus déterminé que jamais.

Elle rejoint Sheila d'un pas décidé et s'agenouille près de Liam.

— Merci d'avoir campé avec nous, lui dit-elle avec un immense sourire.

— Merci pour le petit déjeuner à l'heure du dîner, répond Liam à voix basse. C'était cool.

— Tant mieux. Je serai ici si tu as besoin de quoi que ce soit, et je passerai te dire bonsoir avant que tu ailles te coucher. Peut-être qu'on pourra jouer un morceau sur le piano de Mme Lawson ?

Le visage de Liam s'assombrit.

— Je suis nul.

— Tu n'es pas nul, et c'est justement pour progresser qu'on s'entraîne. On n'est pas obligés de jouer si tu n'en as pas envie. Je pensais qu'on aurait peut-être pu essayer la chanson du film d'hier soir. Qu'est-ce que tu en dis ?

— On peut essayer.

Je les rejoins et je tends le bras pour qu'il me tape dans la main, ce qu'il fait avec beaucoup plus d'enthousiasme que ce à quoi je m'attendais.

— A plus ! Merci de m'avoir aidé avec les marshmallows.

Après le départ de Liam et de Sheila, Dixie se roule en boule sur le canapé, mon oreiller de la veille serré contre sa poitrine. Et moi, je reste planté là sans savoir quoi faire. J'aimerais tellement pouvoir arranger les choses pour elle. Mais à en juger par la lueur dans ses yeux et l'angle de son menton, on dirait bien qu'elle est décidée à gérer ça elle-même.

— J'ai quelques trucs à faire aujourd'hui mais je peux rester si tu…

— Ça va. Je vais retourner sur le site et voir ce que je peux faire pour Liam. Tu peux y aller.

Elle ne me regarde même pas quand elle me parle.

— Bluebird…

Quel merdier ! Liam ne peut pas rester ici parce que j'y suis. Et je ne veux pas la laisser seule au cas où Carl viendrait ici ou chez la voisine. Mais je dois monter ma batterie et l'emmener au local de répète pour pouvoir ramener son pick-up à Cal avant qu'il lance un avis de recherche. Et aussi, je dois appeler Ashley pour parler de ses honoraires, et je ne tiens surtout pas à le faire devant Dixie.

— Vas-y, Gav. Je vais bien, je t'assure.

Je vois bien qu'elle dit la vérité mais je déteste la laisser seule dans cette maison, même si je suis certain qu'elle serait capable de mettre Carl Andrews au tapis elle-même. Je me penche sur elle, et son regard croise le mien quand je l'embrasse sur le front. Parmi toutes les choses dont elle a besoin, j'en vois une qui domine toutes les autres : elle a besoin de sommeil.

— D'accord. Je repasserai tout à l'heure, si tu veux.

— OK, grommelle-t-elle en calant son ordinateur portable sur ses genoux.

Je pars discrètement, sans oublier de tout fermer à clé derrière moi.

25

Dixie

Lorsque je me suis retrouvée seule avec Gavin ce matin après que l'assistante sociale a ramené Liam chez Mme Lawson, j'ai eu envie de lui dire tout un tas de choses. Mais je me suis contentée de le remercier et de le laisser partir avant d'aller faire une sieste.

Maintenant que je suis en train de me préparer pour la répète, je me rends compte qu'en réalité certaines des choses que j'ai à dire ne s'adressent pas à Gavin. Alors je décide d'aller trouver la personne concernée.

Une fois que j'ai enfilé un jean et un débardeur, je me démêle rapidement les cheveux, je mets mes lunettes de soleil aviateur bon marché, et je suis prête.

Lorsque j'attrape mes clés et mon portable, l'écran s'allume. C'est un message de Dallas, pour me rappeler l'heure de la répétition.

C'est quand même incroyable. Arrivez en retard une fois

au MusicFest d'Austin, et vous pouvez être sûre que votre frère vous le rappellera jusqu'à la fin de vos jours.

Je prends le parti de ne pas lui répondre. A la place, j'ouvre mon navigateur pour rechercher l'adresse dont j'ai besoin. Dès que je la trouve, je l'entre dans le GPS de mon portable, qui m'indique combien de temps le trajet va me prendre.

Bon. Je vais être en retard.

Mais juste un tout petit peu.

Le centre-ville d'Amarillo n'est pas bien grand, mais l'agencement des rues peut prêter à confusion. Il y a plusieurs sens uniques qui vont dans des directions opposées et la voix de mon GPS me fait changer d'itinéraire je ne sais combien de fois. Par miracle, je finis néanmoins par arriver devant le bâtiment que je cherche.

Si j'en crois la plaque dans le hall, le bureau où je dois me rendre se trouve au neuvième. Alors que je suis dans l'ascenseur, mes nerfs commencent à me jouer des tours. Je ne sais pas si je suis en colère, nerveuse, ou les deux, mais il faut absolument que je me reprenne. Autrement, entre les œstrogènes et la montée d'adrénaline qui se bousculent en moi, je vais finir par faire une crise d'angoisse.

Le hall à l'étage est blanc du sol au plafond, avec quelques tableaux colorés accrochés aux murs. Tout a l'air de coûter une fortune. J'ai presque l'impression de salir les meubles immaculés rien qu'en les regardant.

Une blonde avec un chignon est assise derrière un bureau orné du nom du cabinet.

— Puis-je vous aider ?

Je me sens un peu comme la copine de Julia Roberts dans *Pretty Woman*, quand elle lui rend visite dans son penthouse. J'essaie toutefois d'avoir l'air à l'aise et lui indique le nom de la personne que je désire voir.

— Est-ce que vous avez rendez-vous ? s'enquiert Chignon-Blond.

Je réprime à grand-peine un soupir agacé.

— A votre avis ?

Elle me lance un regard désagréable et s'empare du téléphone. Lorsque son correspondant décroche, elle l'informe que Dixie Lark est ici et lui demande si elle doit me donner rendez-vous à une date ultérieure.

— Mlle Weisman est actuellement avec un client, mais elle va vous recevoir dans quelques minutes.

Le ton de la réceptionniste est tellement glacial que je manque de me transformer en iceberg.

— Merci beaucoup.

Je me dirige vers le coin salon et je prends place sur un canapé blanc. Les magazines sur la table basse en verre paraissent tous plus inintéressants les uns que les autres, alors je pianote sur mon portable en attendant.

— Mademoiselle Lark ?

Je me lève en entendant mon nom. La voix derrière moi appartient à une petite brune d'environ mon âge, qui tient une porte ouverte.

— Mlle Weisman va vous recevoir.

— Parfait.

Je la suis, concentrée sur le rythme du bruit de ses talons

aiguilles sur le plancher ciré. On s'arrête devant une porte qu'elle ouvre pour moi.

Le client assis en face d'Ashley Weisman est la dernière personne que je m'attendais à trouver ici.

Gavin.

Mon cœur se serre en les voyant ensemble.

Ashley Weisman n'est pas jolie : elle est ridiculement belle. C'est tellement énervant qu'elle soit aussi parfaite, tout le temps… A croire qu'elle n'est jamais fatiguée, que son eye-liner ne coule jamais et qu'elle n'a jamais une mèche rebelle.

J'attends patiemment, jusqu'à ce qu'elle lève ses yeux vert clair sur moi.

— Que puis-je faire pour vous aujourd'hui, mademoiselle Lark ?

Gavin se retourne d'un bloc.

— Dixie ? Qu'est-ce que tu fais ici ?

Vous avez déjà essayé de prendre une grande bouffée d'air tout en essayant de sourire ? Eh bien, ce n'est vraiment pas facile, vous pouvez me croire.

— J'aimerais discuter de quelques petites choses avec vous, mademoiselle Weisman.

Ashley paraît d'abord hésiter. Elle observe longuement Gavin, puis son expression change.

— D'accord. Tant que vous ne me demandez pas de vous communiquer des informations confidentielles, je ne vois pas où est le problème.

— Oh ! mais je ne suis pas là pour vous en demander, mademoiselle Weisman. Je suis venue pour vous en donner.

Vous savez beaucoup de choses sur Gavin, mais pas tout. Alors je vais vous dire ce que vous ignorez parce que je pense que c'est important dans le cadre de son dossier.

Gavin bondit au moment où je m'assois.

— Dixie, arrête.

— Très bien. Je vous écoute.

Ashley s'empare d'un bloc-notes, d'un stylo, et elle attend. La main posée sur le bras de Gavin pour le rassurer, je m'éclaircis la gorge et je me lance :

— Tout d'abord, Gavin n'a pas attaqué Carl Andrews sans raison. Il l'a surpris en train de frapper son enfant. Ça a provoqué un déclic en lui parce qu'il a grandi dans un environnement instable, avec une mère droguée qui n'était pas en mesure de l'élever dans un cadre sécurisant.

A voir la tête qu'elle fait, ça se confirme : Gavin ne lui a pas parlé de son enfance. J'essaie de me convaincre que je fais ça pour son bien et qu'il me pardonnera… un jour. Même si son expression indique clairement le contraire.

— Ensuite, Carl s'est déjà rendu sur le lieu de travail de Gavin et l'y a provoqué.

— En effet, je suis au courant de cet incident, dit-elle tout en prenant néanmoins des notes. Autre chose ?

— Oui. Une assistante sociale est venue collecter des informations et prendre des photos de Liam pour rédiger un compte rendu. Son rapport devrait bientôt être prêt, on pourrait donc pouvoir l'utiliser comme preuve pour illustrer pourquoi Gavin a réagi de cette façon.

Ashley acquiesce et me demande les coordonnées de Sheila, que je m'empresse de lui donner.

— Ce sera tout ?

— Une dernière chose.

Je sors une enveloppe de mon petit sac en cuir noir, que je pose sur son bureau.

— Cette enveloppe contient un chèque représentant une avance sur honoraires.

Je me lève et l'observe tandis qu'elle ouvre l'enveloppe pour inspecter son contenu.

— A partir de maintenant, c'est le *seul et unique* type de paiement que Gavin vous versera.

Elle hausse les sourcils comme pour me défier, mais je me suis préparée à cette réaction.

— Par ailleurs, si je vous soupçonne de ne pas faire preuve du plus grand professionnalisme à son égard, je n'hésiterai pas à en toucher deux mots auprès du barreau et aux associés de votre cabinet. Je serais curieuse de connaître leur opinion quant à vos méthodes alternatives pour le recouvrement des honoraires.

Elle pâlit notablement et je lui souris.

— Ai-je été suffisamment claire, maître ? Ou est-ce que vous souhaitez que je reformule en termes juridiques ?

— C'est limpide, mademoiselle Lark, dit-elle à travers ses dents serrées. Mais Gavin a déjà réglé ça, juste avant que vous n'arriviez.

— En espèces ! ajoute Gavin précipitamment. Je l'ai payée en espèces, et j'allais partir. Je te le jure.

Super. Je passe pour la dernière des idiotes, maintenant.

Je les scrute tout de même, suspicieuse, et Gavin lève les mains.

— C'est fini, tout ça. Je ne veux plus gérer ma vie de cette façon. Je te l'ai déjà dit et c'était sincère.

— Il a été on ne peut plus clair sur ce sujet, mademoiselle Lark. Si je puis me permettre.

— D'accord. Bon. Tant mieux.

Ashley se lève pour nous raccompagner et me tend mon enveloppe.

— Voilà, je suis désolée, mais il faut vraiment que je…

— En fait, j'ai une autre question d'ordre juridique dont j'aimerais vous parler.

— De quoi s'agit-il ?

— Je veux devenir la tutrice d'un enfant maltraité, celui dont Gavin a agressé le père. Je souhaiterais d'abord être sa tutrice temporaire, en attendant que les services sociaux lui trouvent une famille d'accueil adaptée à ses besoins. Et si ce n'est pas le cas, j'aimerais être nommée sa tutrice permanente.

Gavin a l'air stupéfait.

— Dixie, tu es sûre ?

— Certaine. J'en ai marre de faire les choses à moitié.

26

Gavin

Tous les musiciens que j'ai rencontrés ont un rituel qu'ils effectuent avant chaque concert. Certains boivent dans un verre spécial, d'autres mangent un repas bien précis… Il y en a même qui couchent avec une fille en particulier.

Nos rituels à nous sont moins extravagants, mais on en a quand même. Dallas fait les cent pas avant de monter sur scène, et aussi avant les répétitions. Il arpente la pièce tout en visualisant le concert et toutes les choses susceptibles de mal se passer. Je lui ai déjà dit mille fois qu'il ne faisait que se rajouter une dose de stress, mais il ne veut rien entendre.

Dixie, elle, applique de la colophane sur son archet.

Et moi, j'aime bien regarder Dixie, tout en tapotant le tempo des premières chansons sur mon genou.

Je ne suis même pas sûr qu'on se rende compte qu'on fait tout ça, et pourtant on répète toujours les mêmes gestes. A chaque fois.

Mais, ce soir, la répétition ne se passe pas comme d'habitude. Parce que Dixie a quinze minutes de retard.

Quand elle finit par arriver, Dallas est à deux doigts de péter un plomb.

— Désolée, j'avais une course à faire et je me suis retrouvée coincée dans les bouchons, explique-t-elle en sortant Oz de son étui.

— Tu le fais exprès ou quoi ? Je t'ai envoyé au moins vingt-cinq messages pour te dire de ne surtout pas être en retard, et toi, tu…

— Je te rappelle qu'on paye ce local à l'heure, le coupe-t-elle.

Elle soulève son archet et dévisage son frère.

— Tu veux vraiment régler ça maintenant, ou tu penses que ça peut attendre la fin de la répète ?

Bon. Ça, c'est fait.

Je n'attends pas la réponse de Dallas. Je me cale sur Dixie et je joue les premières notes de la chanson avec laquelle on doit commencer notre set au tremplin.

Dallas se défoule un peu sur sa guitare au début mais, la deuxième fois, il s'est un peu calmé.

Si je lui avais parlé de Liam, il comprendrait sûrement le retard de Dixie, mais je ne sais même pas si c'est à cause de ça qu'elle n'était pas à l'heure. J'imagine qu'elle est allée voir Sheila après avoir vu Ashley, mais je n'en suis pas sûr. Il n'y a pas que Dallas et moi qui avons des secrets, apparemment.

A la fin de la répétition, on doit choisir une chanson originale. Il n'y en a qu'une seule que j'ai envie d'entendre et elle ne figure pas sur la liste des chansons qu'on a composées et que Dallas nous a proposées.

Je me tourne vers Dixie.

— Tu pourrais jouer celle que tu as écrite il n'y a pas longtemps ?

Elle accueille ma question avec un regard perplexe. Elle croyait vraiment que j'allais oublier un truc pareil ?

— Celle que j'ai écrite sur mes bras ? Elle n'est même pas terminée.

— Est-ce que tu veux bien jouer ce que tu as pour l'instant ? intervient Dallas. Peut-être qu'on pourrait la finir ensemble.

C'est évident qu'il est aussi curieux que moi.

— Si vous voulez, dit-elle en haussant les épaules. Je ne sais pas si on peut vraiment en tirer quelque chose, mais je vais faire de mon mieux.

Dallas acquiesce et on attend patiemment qu'elle commence.

— C'est parti, dit-elle doucement en levant son archet. Ça s'appelle *Rester loin de toi.*

Le silence s'installe. Lorsque les premières notes retentissent, la mélodie nous emporte aussitôt.

Tu dis tellement de choses. Tu me dis d'attendre encore.

Mais ce que tu ne sais pas, ce que tu ignores,

C'est que peu importe ce que tu me diras,

Je serai toujours là pour toi.

Je connais la solitude, c'est comme une vieille amie.

Je connais la douleur, celle que l'on garde enfouie.

Tu ne crois pas que ça suffit ?
On a déjà payé le prix.
Je sais qu'un jour tu seras à moi,
Mais d'ici là,
Je dois rester loin de toi.
Tu es l'addiction dont je ne peux pas me détacher.
Tu es le temps dont je ne peux pas me passer.
Tu es tant de choses à la fois,
Mais dis-moi que tu seras à moi.
Aimer quelqu'un, jusqu'à en avoir mal,
Aimer jusqu'à mourir, d'un amour abyssal.
Je sais qu'un jour tu seras à moi,
Mais d'ici là,
Je dois rester loin de toi.
Où la limite s'arrête-t-elle ?
Je ne sais pas, le saurai-je un jour ?
Je dois juste la suivre, partout où elle va.
Elle traverse les mers et les océans,
Elle vagabonde puis disparaît,
Sans te laisser le temps d'arriver.
Je connais la solitude, c'est comme une vieille amie.
Je connais la douleur, celle que l'on garde enfouie.
Tu ne crois pas que ça suffit ?
On a déjà payé le prix.
Je sais qu'un jour tu seras à moi,

Mais d'ici là,

Je dois rester loin de toi.

— Voilà, c'est tout, annonce-t-elle brusquement après s'être arrêtée de jouer.

Avec Dallas, on la dévisage, bouche bée. On est immobiles, scotchés par son talent. Chaque mot qu'elle a chanté s'est insinué en moi pour venir se poser sur mon cœur et se graver dans mon âme. Elle n'a pas besoin de nous : elle est une star à elle toute seule. Je ne sais pas pourquoi elle s'est cachée derrière le groupe et derrière Oz pendant aussi longtemps parce que, franchement, elle est incroyable.

Et elle m'appartient. Et je lui appartiens.

Mon cœur bat à tout rompre comme si la musique retentissait encore et, d'un coup, je suis debout.

— Dallas, dis-je, si j'étais toi, je sortirais prendre l'air.

Je contourne ma batterie et je me précipite vers elle.

— Quoi ? Non mais, Garrison, pourquoi tu voudrais que je…

Je n'entends pas le reste de sa phrase parce que Dixie est dans mes bras et que ma bouche est plaquée contre la sienne. Et si Dallas n'est pas content, il peut toujours regarder ailleurs.

Dixie répond avidement à mon baiser. Elle suit mon rythme dans une harmonie parfaite et elle ne tarde pas à écarter les lèvres pour que nos langues puissent se frôler.

On s'embrasse encore et encore, jusqu'à être à bout de souffle.

— Cette chanson, ça parle de moi ?

— Ça parle de nous. Tout est toujours à propos de nous, Gavin. Je ne sais pas comment te faire comprendre que…

— J'ai compris, ma belle. J'ai tout compris.

Après avoir réussi à finir la répète par je ne sais quel miracle, on se précipite chez elle, et plus précisément dans son lit.

— Dis-moi ce que tu veux, Bluebird.

— Toi, répond-elle doucement. Tu es tout ce que j'ai toujours voulu. Toi et rien d'autre.

— Je suis à toi.

Allongé au-dessus d'elle, je nous fais tous les deux remonter vers la tête de lit. Nos langues et nos peaux se frôlent avec de plus en plus d'ardeur et nos vêtements ne tardent pas à devenir de lointains souvenirs. La promesse de ce qui nous attend est comme un incendie qui grandit entre nous.

Je suis sur le point de me noyer dans ses beaux yeux bleus. J'entrelace mes doigts avec les siens et elle gémit bruyamment quand je laisse ma langue courir dans son cou.

— Je suis là, ma belle. Je serai toujours là.

Je suis tellement excité à son contact que j'ai peur de perdre le contrôle. Encore plus quand elle me mordille le lobe de l'oreille comme elle est en train de le faire.

Mais il ne faut pas que je gâche ce qui est en train de se passer. C'est trop important, alors je me retiens, j'essaie de faire durer ce moment aussi longtemps que possible. Mon corps me supplie de la prendre tout de suite et de jouir sans plus attendre, mais je ne veux pas l'utiliser de cette façon.

C'est différent de tout ce que j'ai connu. Y compris avec elle. Il ne s'agit pas juste de s'envoyer en l'air et de prendre son pied. J'aime cette fille. De tout mon cœur. Je ne suis pas là juste pour coucher avec elle : je suis là pour proclamer qu'elle m'appartient.

J'ai voulu ça pendant si longtemps. Toutes ces heures passées séparés l'un de l'autre ont été un vrai gâchis et une véritable torture. Et je compte bien rattraper le temps perdu en la faisant jouir autant qu'un être humain peut le supporter.

Je baisse la tête et je laisse ma langue prendre la direction de son ventre. Sentir le goût de sa peau ne va pas tarder à me rendre fou.

— S'il te plaît, gémit-elle en serrant les genoux et en pressant ses cuisses l'une contre l'autre.

— S'il te plaît quoi ?

Elle mord sa lèvre inférieure et pousse un grognement frustré en se tortillant sous moi. Je ris et je reprends aussitôt mon petit manège. Je décris des cercles lents de ma langue, et elle pousse un cri lorsque je le fais autour de la pointe durcie de ses seins.

Elle arque le dos pour plaquer son corps contre le mien et agrippe mes bras. Des flammes brûlent dans ses beaux yeux.

— Putain, Gavin Garrison, je vais imploser si tu continues comme ça. J'ai envie de toi, et j'en ai envie tout de suite. Je suis prête.

Je la dévisage de l'air le plus innocent dont je suis capable, compte tenu des circonstances.

— Je ne vois pas du tout de quoi tu parles.

Elle caresse ma joue, puis sa main trace un chemin brûlant sur mon torse et mon ventre. Je m'attends à ce qu'elle referme ses doigts autour de mon sexe mais, au lieu de ça, elle prend ma main dans la sienne.

— Je suis prête pour nous et pour tout ce que ça implique.

A la seconde où ma main entre en contact avec la peau humide et brûlante entre ses cuisses, j'oublie toute logique. J'oublie la réalité. J'oublie tout.

La caresser me fait basculer et je dois faire un effort surhumain pour ne pas jouir en un instant. Au bout d'un moment, je parviens à reprendre le dessus et à me concentrer sur le rythme des pulsations de son sexe autour de mon doigt, sur le plaisir que je veux lui donner.

J'admire son corps qui prend vie sous l'assaut de ma main. Je vais et je viens en elle sans jamais me lasser, guidé par les ondulations de ses hanches en rythme avec ses gémissements. Même le sexe avec elle ressemble à de la musique. Effréné puis lent. Harmonieux et libérateur. Réel et sincère.

— Pourquoi tu me regardes comme ça ? demande-t-elle après avoir repris son souffle.

— Parce que tu es belle. Parce que j'ai eu envie de toi, de ça pendant si longtemps que je veux profiter de chaque instant et mémoriser chaque détail.

Elle m'attire doucement à elle sans que j'oppose la moindre résistance. Sa langue provocatrice vient titiller la mienne, et je mordille sa lèvre inférieure en guise de réponse.

Elle enroule les jambes autour de ma taille et arque les

hanches pour se presser contre moi. Je pousse un grognement rauque, puis je me force à m'écarter, avant d'être dépassé par mon besoin de la prendre comme une bête.

— Je meurs de faim, tout à coup.

Elle me regarde d'un air méfiant, comme si j'avais complètement perdu la tête.

— Ça ne peut pas attendre ?

Je laisse mes yeux se balader sur le moindre centimètre carré de sa peau nue.

— Hum… non. Malheureusement, ça ne peut pas attendre. Je suis affamé.

Sans lui laisser le temps de protester ni de réagir, je baisse la tête et je dépose une pluie de baisers voraces et humides à l'intérieur de sa cuisse droite. Puis je recommence la même chose du côté gauche.

— Gavin, pitié !

Elle tremble sous ma bouche, et les bruits qu'elle fait quand ma langue glisse entre ses cuisses me donnent envie de me frapper la poitrine comme un homme des cavernes. Elle est à moi, bon sang. Rien qu'à moi. Plus personne ne la touchera ni ne la goûtera comme moi.

Plus ses cris deviennent bruyants, plus j'ai du mal à me retenir. Quand je finis par tendre le bras pour m'emparer d'un préservatif, elle m'arrête.

— C'est bon. Je prends la pilule.

— Je sais.

Je déchire l'emballage, surexcité par la façon dont elle observe mes moindres gestes. La lumière de la rue qui entre par la fenêtre donne l'impression que son corps est composé d'une substance surnaturelle. Quelque chose de beau et de brillant… qui m'appartient.

— Je veux quand même faire attention. Jusqu'à ce que tu en décides autrement.

Un sourire illumine son visage.

— Tu prends toujours soin de moi, murmure-t-elle.

J'entre enfin en elle et j'entrelace mes doigts avec les siens, comme je l'ai déjà fait quelques minutes plus tôt.

— Toujours.

Blottis l'un contre l'autre, on se confie l'un à l'autre avec une sincérité et une émotion que je n'aurais jamais crues possibles.

Dixie Lark fait autant partie de moi que mon passé. Parce qu'elle est mon avenir.

Je ne sais pas pourquoi j'ai mis aussi longtemps à m'en rendre compte, pourquoi je suis resté bloqué sur le court terme sans parvenir à voir à quel point ce qu'on avait était fort. Sans comprendre que notre amour était capable de nous offrir un avenir magnifique.

— Je donnerais tout pour que ton rêve devienne réalité. Tu le sais, pas vrai ?

— C'est déjà fait, répond-elle, le matin du concert au Phi Kap. Etre avec toi, reformer le groupe. Mes rêves se réalisent enfin.

Je prends sa main dans la mienne et je l'embrasse doucement.

— Pour ce qui est du groupe, ce n'est pas encore gagné.

— Je ne m'en fais pas pour nous. Pour Liam, par contre…

Je veux juste être sûre qu'il est en sécurité. Je n'arrête pas de penser à lui. Il te ressemble tellement, et j'ai découvert tellement de choses sur toi en apprenant à le connaître.

— Décidément, tu as vraiment un faible pour les vilains petits canards.

J'ai dit ça pour détendre l'atmosphère, mais ma blague tombe à plat.

— Qu'est-ce qui va se passer s'ils le rendent à son père ? Et si…

— Ne pense pas à ça. Sheila est sur le coup et Ashley aussi va voir ce qu'elle peut faire.

Elle m'embrasse avant de s'affaler sur mon torse. On est tous les deux bien trop fatigués pour faire à nouveau l'amour. Je pense qu'on a battu tous les records au cours des dernières vingt-quatre heures.

— Au fait, tu ne m'as pas dit ce qu'il en est pour ta mère et la plainte de Carl. J'allais te poser la question hier, mais…

Mais ce n'est pas vraiment avec des mots qu'on a communiqué hier.

— Ashley a convaincu Carl de ne pas porter plainte en lui disant que Mme Lawson l'avait aperçu en train de frapper Liam avant notre arrivée. Et pour ce qui est de ma mère, en voyant qu'elle ne rentrait plus, j'ai arrêté de payer le mobile home et il a été saisi. Elle n'a qu'à se débrouiller.

— Il était temps, souffle-t-elle.

— Je sais. Je pense que je me sentais redevable envers elle, étant donné que c'est elle qui a payé ma caution la nuit de l'accident.

J'ai le cœur gros en la sentant se raidir contre moi.

— Jamais je ne vous ferais du mal intentionnellement, à Dallas et toi. Tu le sais, pas vrai ? Crois-moi, je préférerais briser tous les os de mon propre corps avec un pied-de-biche plutôt que de vous faire de la peine.

— Je sais, répond-elle d'une voix si douce que je l'entends à peine.

— Bluebird, tu es et tu seras toujours la chose la plus importante dans ma vie. Et rien ne pourra gâcher ou mettre en péril ce qu'on a. Même pas moi.

— Promis ?

Ses yeux sont remplis d'émotion et me supplient de me donner entièrement à elle. Elle est si belle, si parfaite. On dit toujours que personne n'est parfait, mais elle, elle l'est. En tout cas, elle l'est pour moi.

— Promis. A partir de maintenant, c'est toi et moi contre le monde entier.

27

Dixie

Le concert au Phi Kap, ça a été du gâteau. Le public se constituait de quelques centaines d'étudiants accompagnés de leurs copines, et la majorité était trop soûle pour savoir si on était bons ou nuls. Plusieurs personnes ont reconnu Dallas, surtout des filles, mais seulement quelques-unes d'entre elles lui ont fait des avances. Après ça, Robyn nous a rejoints et on est allés prendre un petit déjeuner dans un café-restaurant du quartier. On a ri comme on n'avait pas ri depuis longtemps. On est une famille maintenant, tous les quatre. Enfin, bientôt cinq. Voir notre petit groupe me donne le sourire, et en même temps, une pensée me ronge. *Si seulement Liam était avec nous…* J'ai mangé à peine la moitié de mes gaufres et je n'ai pas touché à mes galettes de pomme de terre.

J'ai appelé Mme Lawson, elle m'a dit que Liam était officiellement sous la protection des services sociaux et qu'elle s'était portée candidate pour être sa tutrice temporaire, au cas où ma demande serait rejetée. Tout semble donc être sous contrôle.

Ce soir, je dois oublier mes préoccupations et me concentrer sur la musique. Autrement, toute la tension que je ressens va se communiquer à mes mains et s'entendre lorsque je vais jouer sur Oz. Je passe donc tout le trajet nous séparant de la Taverne à mettre en pratique les techniques de respiration que Robyn nous a enseignées.

Dallas pense qu'on est prêts. Il ne nous reste qu'à espérer qu'il a raison.

L'ambiance quand on entre dans la Taverne le soir de la compétition est surréaliste. Il y a deux fois plus de monde que ce à quoi je m'attendais, et l'excitation dans la salle est palpable. Gavin me tient la main et m'embrasse de temps à autre, en dépit de mon frère qui a l'air sur le point d'entrer en éruption à chaque fois qu'on se touche.

Il faudra bien qu'il s'y habitue. Surtout que lui et Robyn passent leur temps à se sauter dessus, alors il est mal placé pour parler.

Plus notre tour approche, plus on est tendus, Gavin et moi. Le silence règne dans la zone où on se trouve avec les autres groupes, à côté du bar. On a tiré au sort le numéro 15, ce qui veut dire qu'on est vers le milieu. Enfin, notre tour arrive.

Notre première chanson est une reprise de Lady Antebellum qui s'appelle *Just a Kiss*. Nos voix s'accordent vraiment bien sur celle-ci avec Dallas… peut-être parce qu'on partage le même ADN, ou un truc comme ça. Ensuite, on joue un hit R'n'B qu'on a mis à la sauce country et qui a toujours remporté un grand succès auprès des fans, et on quitte la scène sous un véritable tonnerre d'applaudissements.

J'ai les nerfs en pelote mais je garde le sourire pendant le passage des autres groupes. Deux autres participants semblent être des concurrents sérieux. Ce n'est donc pas gagné, et le savoir décuple mon envie de remporter la bataille.

On retourne faire la queue et on tire le numéro 8 pour le deuxième round. Seule une quinzaine de groupes va y participer et, comme tout à l'heure, je suis contente de passer vers le milieu.

Lorsqu'on remonte sur scène, on se lâche davantage avec une chanson plus énergique et agressive qui s'appelle *Take It Out on Me* et qu'on a mélangée à une autre, intitulée *Games*. Le public est en transe, surtout les femmes. Gavin déchire à la batterie et Dallas donne tout ce qu'il a. Je chante de tout mon cœur, et force est de reconnaître que Dallas avait raison : ma voix ajoute une nouvelle dimension à notre groupe.

Voilà. C'est nous. On est lancés, et je suis si fière de faire partie de cette aventure que j'ai l'impression que je vais exploser.

Etre le groupe du coin a ses avantages : tout le monde dans le bar nous connaît, et notre fan-club fait un boucan énorme comparé aux autres. Robyn passe dans la foule pour distribuer des porte-canettes isothermes, des T-shirts et des cartes postales avec notre nom et toutes les infos pour nous trouver sur les réseaux sociaux.

Tandis qu'on attend que les derniers groupes montent sur scène, Gavin s'éloigne pour consulter son portable et je vais aux toilettes pour retoucher mon maquillage. Les papillons présents dans mon estomac depuis le début de la soirée se sont déchaînés pendant la pause.

On y est enfin. On tient notre chance.

Ce tremplin est encore plus important que le MusicFest d'Austin. Parce que, cette fois, on est prêts et on veut tous les trois la même chose. Dallas ne peut plus se permettre de « jouer » à avoir un groupe, et nous tenons là l'occasion de transformer un rêve en véritable carrière. Ici et maintenant.

En prendre conscience me rend de plus en plus nerveuse et je sens que j'ai besoin des garçons pour parvenir à retrouver mon calme. Sauf qu'à ma sortie des toilettes, je ne les trouve pas.

Je traverse la foule qui se presse au bar et je cherche Dallas et Gavin du regard dans chaque petit groupe que je croise, en vain.

Enfin, j'aperçois mon frère qui me fait signe. Installé à une table avec Robyn, il est en train de discuter avec des types de Rock the Republic. C'est un bon début, mais ça ne me dit pas où est Gavin, alors je continue mes recherches.

Le présentateur annonce qu'il ne reste que deux groupes en lice, et j'ai l'impression qu'on vient de me pousser hors d'un avion en vol sans me donner de parachute.

Où il est, bon sang ?

Je prie intérieurement, comme à chaque fois que je suis sur le point de perdre totalement espoir.

Pitié, pourvu qu'il ne choisisse pas le côté obscur.

Pitié, pour une fois, faites qu'il choisisse la lumière. Pour moi.

28

Gavin

Je ne sais pas si j'ai un sixième sens mais, à chaque fois que ma mère est sur le point de revenir mettre le bordel dans ma vie, je jure que je peux le sentir.

Pendant toute la soirée du tremplin, j'ai été nerveux, agité, en proie à un mauvais pressentiment. Après le deuxième round, je consulte mon portable en m'attendant à trouver un message m'annonçant que le ciel s'est effondré. Et je ne suis pas déçu.

Le mobile home n'est plus là.

Il faut que tu m'aides.

Je suis toute seule.

Gavin, s'il te plaît, j'ai peur.

Je ne reconnais pas le numéro, mais c'est sûrement une de ces cartes prépayées qu'elle utilise toujours. Plusieurs groupes doivent passer avant qu'on remonte sur scène, si toutefois on est sélectionnés pour la finale. Alors quand Dixie va aux toilettes, je me faufile à l'extérieur et je compose le numéro.

Je n'obtiens pas de réponse, à part une voix préenregistrée qui m'annonce que mon correspondant n'a pas de répondeur.

Quelques secondes plus tard, ça ne rate pas. Mon portable vibre dans ma main.

Numéro inconnu.

Inconnu, tu parles !

Je décroche en soupirant.

— Salut, maman.

— Comment tu as pu me faire ça ? crie-t-elle d'une voix stridente. Comment tu as pu les laisser prendre notre maison, Gavin ? Qu'est-ce que j'ai bien pu te faire pour mériter ça ?

Si elle veut une liste complète, j'espère qu'elle n'est pas pressée…

— Personne ne payait les traites et tu n'étais jamais là. Je t'avais prévenue que je déménagerais et je l'ai fait. Ça fait presque une semaine que le mobile home n'est plus là et c'est seulement maintenant que tu t'en rends compte. Ça devrait répondre à ta question.

Tandis que je m'écarte pour laisser un couple entrer dans le bar, ma mère continue à piquer sa crise. Ses cris sont tellement aigus que je comprends à peine ce qu'elle dit. Enfin, je saisis l'essentiel : en gros, elle n'a nulle part où aller et elle n'est pas en sécurité.

— Comment ça, pas en sécurité, maman ? Calme-toi, respire, et explique-moi.

— Carl, s'étrangle-t-elle. On est tous en danger. Ils lui

ont pris son fils, il a dit que toi et ta copine l'avez dénoncé et que c'est votre faute. Il m'a demandé où tu étais et il m'a étranglée pour me forcer à lui répondre. J'ai cru qu'il allait me tuer.

Nom de Dieu.

— Tu es où ? Et où est-ce que tu lui as dit de me chercher ?

Au lieu de me répondre, elle se met à tousser, de sa toux typique de fumeuse.

— Maman, réponds-moi, bordel ! Qu'est-ce que tu lui as dit ?

— Je… je ne savais pas trop, bafouille-t-elle. Je lui ai dit que tu travailles au bar où il t'a vu et que ça t'arrive de traîner au magasin coréen. Je ne lui ai rien dit d'autre, je te le jure.

C'est déjà bien assez.

— Où est-ce que tu es, là ?

— Chez lui mais il n'est pas là. Quand ils l'ont appelé et qu'ils lui ont annoncé qu'il ne pouvait pas récupérer son fils, il est parti. Il a dit qu'il allait vous trouver, toi et ta copine, et vous donner une leçon. Qu'il allait vous apprendre à vous mêler des affaires des autres.

— Génial. Super, maman. Merci beaucoup.

— Je suis désolée, mon chéri. Je… Il… il est méchant, Gavin. S'il veut te faire du mal, il y arrivera.

Je respire profondément par le nez.

La violence.

Elle arrive toujours à me retrouver.

Mais plutôt mourir que d'exposer Dixie à ça.

* * *

Le truc, avec mon monde, c'est que tout baigne toujours dans l'obscurité. Des gens comme Carl ou ma mère trouveront toujours un coin sombre, même lors de la plus belle des journées ensoleillées. Ils adorent ça.

J'envoie un message à Dallas disant que je dois vérifier quelque chose et que, si je ne reviens pas à temps, ils n'ont qu'à monter sur scène sans moi. Dixie et lui peuvent très bien jouer la chanson qu'elle a composée en acoustique, ils casseront la baraque dans tous les cas.

Je me rends au magasin de M. Kyung au pas de course, foulées qui se transforment en sprint quand j'aperçois les flammes. *Qu'est-ce que c'est que ce bordel ?*

L'odeur de la cendre et de la destruction flotte partout autour de moi. M. Kyung est dehors, avec sa femme, il est en train de crier dans son téléphone. Pourvu qu'il soit en contact avec les pompiers ou la police. Je contourne le bâtiment en courant et je m'empare du tuyau d'arrosage, que j'étire autant que possible.

Carl a mis le feu au pick-up. Le pick-up que *moi*, j'utilise parfois.

C'est un message, un avertissement. Dont je ne vais certainement pas tenir compte.

Quelques minutes plus tard, les pompiers arrivent et combattent les flammes beaucoup plus efficacement que moi. Je console M. Kyung et sa femme et je leur promets que je remplacerai le pick-up et que je rembourserai tout ce que l'assurance ne couvre pas. Je ne sais pas comment, mais je le ferai. C'est à moi de régler tout ça.

L'idée que Carl puisse aller à la Taverne et en faire autant avec Dixie à l'intérieur commence à m'obséder. Les images qui me passent par la tête me font trembler de rage pendant que je cours jusque chez lui.

Le temps de reprendre mon souffle devant sa porte, et je m'engouffre dans sa maison comme un ouragan. Quelques junkies sont allongés par terre dans le salon et ma mère est affalée sur une table de cuisine improvisée, faite de parpaings et de contreplaqué.

— Maman ! Maman, regarde-moi !

Ses yeux sont vitreux et elle est complètement avachie. Elle a dû se défoncer après m'avoir eu au téléphone.

— Où est-ce qu'il est ?

Elle me dévisage comme si j'étais un inconnu qui parlait une langue étrangère.

— Maman, où est Carl ? Tu sais, ton ami ? Où est-il ?

— Carl ?

J'ai envie de hurler, de la secouer comme un prunier en espérant que ça la fasse redescendre. Mais ça ne ferait qu'aggraver les choses, alors j'opte pour la manière douce.

— Dis-moi où est Carl. Il va t'aider à te sentir mieux, d'accord ? Carl peut t'aider.

Il ne peut pas, mais c'est comme ça qu'on soutire des infos à un drogué : en lui promettant des choses qui n'arriveront jamais. Les flics sont particulièrement doués à ce petit jeu.

— Carl est… Il est…

D'un seul coup, elle se met à rire comme une hystérique, et je dois faire tout ce qui est en mon pouvoir pour ne pas la gifler.

— Dis-le-moi. C'est important. Si tu me le dis, je t'aiderai à te sentir mieux.

Elle soupire, en me scrutant de ses yeux noirs.

— Carl est parti chercher son fils. Je ne savais même pas qu'il avait un fils ! ajoute-t-elle en gloussant.

Elle tourne la tête et interpelle un camé en train de tripoter une fille qui n'a même pas l'air majeure.

— Hé, B. ! Tu savais que Carl avait un fils ?

Cette fois, je l'attrape par les épaules et je la secoue sans ménagement.

— Où est Carl, Katrina ? Réponds-moi. Où est-il ?

— Comment tu connais mon nom ?

Qu'ils aillent se faire foutre !

Je ressors, en manquant de trébucher plusieurs fois sur des corps et Dieu sait quoi d'autre. Les alentours de la maison de Carl sont plongés dans l'obscurité, mais il y a de la lumière un peu plus loin. Un lampadaire qui envoie un rai de lumière semblant descendre du paradis.

— Gavin, dit une voix dans la lumière. Gavin, attends.

29

Dixie

En grandissant, j'ai appris des choses qui ont façonné la personne que je suis devenue.

Mes parents m'ont enseigné l'amour. Mes grands-parents m'ont appris la patience, la gentillesse et la persévérance. Et chaque instant de ma vie m'a enseigné la musique.

Pour ceux qui n'en jouent pas, la musique peut sembler compliquée. Les notes, les accords, les gammes, les chœurs, les crescendos…

En réalité, tout se résume à

une

seule

chose.

Le rythme.

Si on peut le sentir, alors on a tout compris.

Le rythme m'a toujours accompagnée, il a toujours guidé mon cœur. Et à chaque instant, à chaque temps, chaque mesure qui le compose, j'ai aimé Gavin. J'ai eu envie et besoin de lui.

Gavin est le rythme de Leaving Amarillo. Il est le battement de cœur de mon existence, et je passerai le reste de ma vie à l'aimer. Mon cœur battra toujours en rythme avec le sien, jusqu'à ce qu'il ne batte plus du tout.

— Gavin, attends.

Ma voix vient briser la torpeur silencieuse de la nuit. Je savais qu'il viendrait ici. Je savais que sa mère finirait par l'attirer à nouveau dans ses filets, exactement comme Dallas l'avait prédit.

Je regarde par-dessus mon épaule. Mon frère est assis au volant d'Emmylou et, comme moi, il attend que Gavin prenne une décision.

Choisis-nous. Choisis la lumière.

Je tends la main vers lui aussi loin que mon bras me le permet.

— Je t'aime, Gavin. Je t'aimerai dans les bons comme dans les mauvais moments. Je t'aime tel que tu es, avec ton côté lumineux et ton côté obscur. Et je continuerai à t'aimer quoi que tu décides.

— Bluebird, je…

— Il n'y a rien à expliquer. Mais là, Gavin, tu dois choisir. Tu dois me choisir, choisir le groupe, nous choisir. Je t'aimerai toujours et je te choisis, toi. Et si tu ne me choisis pas, je devrai réussir à t'aimer suffisamment pour te laisser partir.

Des pneus crissent sur le bitume et un vieux pick-up Ford bleu déboule dans la rue. Le conducteur s'arrête brutalement à quelques mètres à peine de Gavin.

Dallas sort d'Emmylou comme un génie qui jaillirait d'une lampe, mais Carl est encore plus rapide à descendre de voiture. Et il a une batte de base-ball à la main.

— Je te trouve enfin, sale petit bâtard. C'est toi qui as pris mon fils ? Toi et ta copine, c'est ça ? Alors, on fait moins les malins maintenant, dit-il en brandissant sa batte vers moi.

Gavin vient immédiatement s'interposer entre lui et moi.

— Arrête, Gavin.

Ma voix n'est qu'un murmure, car je ne veux pas que Carl m'entende.

— Il n'en vaut pas la peine. C'est sa propriété et il a une injonction contre toi. Arrête et réfléchis.

Un autre homme sort du pick-up et nous scrute d'un air menaçant. C'est comme ça que les malheurs arrivent. C'est comme ça que des gens avec un avenir brillant finissent dans le coma, en fauteuil roulant ou en prison. Il ne suffit que d'une seconde, d'un mauvais choix, pour qu'ils gâchent leur vie et brisent leurs rêves.

— Tu ne la touches pas, lui crie Gavin. Tu ne t'approches pas de ma mère et, si tu es intelligent, tu vas aussi laisser ton fils tranquille.

— Elle, dit Carl en me montrant du doigt, je n'en ai rien à foutre. Pareil pour ta mère d'ailleurs, c'est quand même pas ma faute si elle ne peut pas se passer de moi. Mais par contre, Liam, c'est *mon* fils. Tu m'entends, pétasse ? *Mon* fils !

Je bondis sur Gavin juste à temps pour l'empêcher de se jeter sur Carl. Je le ceinture tandis que Dallas lui bloque les bras dans le dos. Il est hors de question qu'on le laisse foutre sa vie en l'air pour ce minable pathétique.

— Ta mère a fait des choix, dit doucement Dallas. Maintenant, c'est à toi de faire les tiens. Monte en voiture et on retourne à la Taverne.

Une violente douleur m'étreint l'estomac et la poitrine quand je constate que Gavin ne bouge pas d'un pouce. J'aimerais le sauver, le secourir, mais je ne peux pas. Ça dépend de lui. Cette fois, c'est lui qui doit faire un choix.

— On sera dans le van. A toi de décider ce que tu préfères : passer ta vie à te battre contre des voyous pour ta mère, ou être avec moi. Avec nous.

Dallas me dévisage, bouche bée, quand je lui fais signe de me suivre jusqu'au van. Il ne veut pas laisser Gavin, et je le comprends, mais on n'a pas le choix.

— C'est à lui de choisir, Dallas. On ne peut plus le forcer à vivre dans notre monde. Il doit y vivre parce qu'il le veut.

J'embrasse Gavin sur la joue et je lui murmure une dernière chose avant de m'éloigner :

— Je t'aime. Tout entier.

Il reste là, immobile, et je me sens mourir à petit feu.

Dans tous les cas, cette soirée va marquer la fin de quelque chose. Je ne sais simplement pas de quoi.

30

Gavin

Je suis déchiré entre deux mondes. Entre deux versions contradictoires de moi-même.

Il paraît que l'homme a normalement deux réactions de base : le combat ou la fuite.

Pour la première fois de ma vie, je choisis la fuite.

— Va en enfer, Carl. Quoique je pense que tu y es déjà.

Il me fusille du regard et fait un pas en avant.

— Réfléchis bien à ce que tu t'apprêtes à faire, dis-je. J'ai des témoins.

Un bruit de sirène retentit et c'est le moment que choisissent trois voitures de police (que j'ai appelée en partant de chez M. Kyung) pour faire leur arrivée.

— Un tas de témoins même, on dirait.

Carl regarde autour de lui et jure entre ses dents.

— Prends soin de toi, Carl. Au fait, je me suis assuré de laisser la porte d'entrée ouverte, c'est plus accueillant pour les policiers et ils pourront plus facilement s'emparer des kilos de narcotiques que tu planques chez toi. Tu leur expliqueras aussi ce qu'une mineure fabrique dans ta cuisine. Bonne soirée.

Sans regarder derrière moi, je rejoins Dixie, debout à côté d'Emmylou.

— Et ta mère ? demande-t-elle d'un air inquiet.

— J'ai parlé à Ashley. Elle va voir si elle peut la faire condamner à une obligation de soins au lieu d'une peine de prison, cette fois. Tu avais raison sur une chose, en tout cas.

— Ah oui ? Et c'est quoi, monsieur le batteur ?

— Le moment est venu de prendre mes propres décisions.

Elle acquiesce, les yeux brillants et un petit sourire adorable aux lèvres.

— Et qu'est-ce que tu décides ?

— Qu'on ferait mieux de se grouiller si on veut arriver à la Taverne à temps.

Dixie pousse un petit cri de joie tandis que je la prends dans mes bras pour l'installer dans le van. Dallas rit et on se met en route sans attendre.

La route de notre bel avenir tout neuf, la route de notre destin. Celui qui m'attend depuis le jour où j'ai rencontré Dallas et Dixie Lark sous un vieux porche délabré.

— Un, deux, un, deux, trois, quatre.

Je donne le tempo et on attaque la chanson que Dixie a composée pour le dernier round du tremplin. Dallas a effectué quelques modifications et, avec la batterie en fond sonore, le morceau est vraiment génial. Le public a l'air d'être du même avis, mais on sait que ce n'est pas à eux que revient la décision. C'est au jury de choisir qui remporte la compétition, et il comporte un responsable de la maison de disques qui va offrir un contrat au gagnant.

J'ai les mains horriblement moites mais je parviens à ne pas lâcher mes baguettes. Tandis que je regarde Dixie jouer et chanter, je me dis qu'elle ne sait peut-être même pas que je la regarde et que je l'aime avec la même ferveur depuis qu'on a commencé à jouer il y a des années.

A la fin de la chanson, la foule garde le silence pendant quelques instants et je commence à paniquer. Mais juste avant que j'aie pu me persuader qu'ils ont détesté, les applaudissements éclatent et remplissent la salle. Le niveau sonore est impressionnant et les fans tellement enthousiastes que, pendant un moment, on a l'impression d'avoir déjà gagné.

Dallas ouvre la marche et on sort de scène, direction le bar. Il nous commande un verre, même à Dixie, et on descend tous les trois notre shot d'un trait.

— On a tout déchiré, dit Dixie en souriant de toutes ses dents. J'avais un de ces tracs. C'est une nouvelle chanson et on n'a pas répété autant qu'il l'aurait fallu, mais je crois qu'on a assuré. C'était encore mieux que tout ce que j'ai imaginé.

— Je suis bien d'accord, dit Robyn, qui vient d'arriver. Je ne suis pas très objective, c'est sûr, mais je pense que l'affaire est dans le sac.

— Possible, dit Dallas avant de l'embrasser. Même si on ne gagne pas, c'était une sacrée performance en tout cas.

Il nous tape dans la main, à Dixie et à moi, et je prends une longue gorgée de la bière que Jake m'a apportée.

— Une sacrée nuit, tu veux dire. Dixie, tu peux venir dehors une minute ?

Son sourire me réchauffe le cœur.

— Pas plus d'une minute, alors, me répond-elle.

Ça nous prend un moment de nous frayer un chemin dans la foule jusqu'à la sortie au fond de la salle. Après un paquet de tapes dans le dos et de félicitations, on finit enfin par réussir à nous échapper de cette folie.

— C'était quelque chose.

— Comme tu dis, acquiesce Dixie.

Elle s'appuie contre un mur et regarde les étoiles pendant que je la regarde, elle.

— Tu penses que tout ça a un but, Gav ? Nous ? La musique ? Tout ce qui nous entoure ?

Je tourne la tête vers les étoiles et je m'éclaircis la gorge avant de répondre :

— Je ne sais pas. Enfin, j'espère que oui. Ce serait bien de pouvoir se dire qu'il y a quelqu'un là-haut qui sait ce qu'il fait. Parce que, ici, on ne peut pas dire que ce soit le cas pour tout le monde.

Elle rit, mais je vois bien que son sourire est empreint de tristesse.

— Tout va bien, Bluebird ?

Elle se tourne vers moi en poussant un grand soupir.

— Je suis tellement fière de toi et de ce que tu as fait ce soir. Mais je ne peux pas m'empêcher de penser à quelqu'un d'autre. Et j'ai peur que ce quelqu'un reste à jamais perdu dans l'obscurité si on ne fait rien.

— Tu as un autre homme dans ta vie, Lark ? Alors celle-là, je ne l'ai vraiment pas vue venir.

Elle rit et me donne un coup dans les côtes.

— Je parle de Liam, idiot. Je n'arrête pas de penser à lui et à ce qu'il est en train de traverser. Il doit être tellement triste et perdu. Et effrayé, aussi.

— Probablement, oui. Mais ils l'ont mis à l'abri de Carl, et c'est déjà une très bonne chose.

Elle s'approche pour me prendre dans ses bras, et je la serre contre moi.

— Je sais. Je suis contente qu'il n'ait pas à retourner là-bas mais je n'arrête pas de me dire que j'aurais aimé pouvoir passer plus de temps avec lui. Plus de temps pour camper dans le salon, faire des cookies, lui apprendre la musique… Il me manque, Gavin.

— Je sais, ma belle, et je comprends. Mais un petit garçon comme lui, qui a eu le même genre de vie que moi, c'est une grosse responsabilité. Surtout quand on est une femme de vingt ans qui vit seule et qui doit gérer un groupe et une école de musique qui commencent à vraiment bien marcher.

— Mais je m'en fous, de tout ça ! réplique-t-elle.

Le moins qu'on puisse dire, c'est que je suis surpris.

— Depuis quand tu te fous de Leaving Amarillo ou d'Over the Rainbow ?

Elle secoue la tête, un peu énervée, et s'écarte de moi.

— J'en ai quelque chose à faire du groupe et des cours.

Ce que je veux dire, c'est que tout le succès et toutes les ascensions du monde ne signifient rien si je dois vivre en sachant que personne n'a donné sa chance à ce petit garçon.

— Comme à moi, c'est ça ?

Elle parvient à me sourire faiblement en dépit de ses yeux pleins de larmes.

— Tu as bien tourné parce que tu as trouvé une famille qui tenait à toi et avait de l'amour à te donner. Tu nous avais, Dallas, papy, mamie et moi. C'est pour ça que tu es si équilibré, malgré les erreurs que tu as faites à une époque. C'est pour ça que tu as choisi la lumière au lieu du côté obscur, et c'est précisément ce qui m'inquiète pour Liam. Qu'est-ce qui se passera si, lui, n'y parvient pas ?

— Il n'y a aucune garantie dans la vie, pour aucun de nous, et ça vaut aussi pour Liam. Le mieux qu'on puisse faire, c'est être là et nous rendre disponibles pour lui, dans la mesure du possible.

— Eh bien je suis désolée, mais ça ne suffit pas. Ton chemin n'a pas croisé le mien par hasard, et je suis convaincue que ce n'est pas par hasard si son chemin a croisé le nôtre.

— Et d'après toi, si ce n'est pas le hasard, c'est quoi ?

A en juger par son air excédé, on dirait bien que je l'agace prodigieusement. Je passe mes bras autour d'elle et je l'attire contre moi.

— Tu ne peux pas sauver tout le monde, Bluebird.

— Je ne veux pas sauver *tout le monde*. Seulement toi et Liam. C'est vraiment trop demander ?

La petite moue qui se forme sur ses lèvres m'excite au plus haut point, sauf que ce n'est vraiment pas le moment.

— Non, ma belle, ce n'est pas trop demander. Simplement, c'est un peu plus compliqué, parce que Liam est un enfant et qu'il…

La vibration de son portable dans sa poche m'interrompt.

— En parlant de *compliqué*… c'est notre avocate, m'informe Dixie avec surprise.

— Réponds. On ne sait jamais, c'est peut-être une bonne nouvelle pour une fois. Si ça se trouve, elle veut juste nous souhaiter bon courage pour ce soir. Ça, ou Carl m'a balancé pour non-respect de l'injonction.

Dixie s'écarte pour répondre. Quelqu'un a laissé la porte du bar ouverte, et je peux à peine l'entendre parler par-dessus le bruit qui émane de l'intérieur. Je m'apprête à aller la fermer quand Dallas passe la tête par l'entrebâillement.

— Ramenez-vous, ils vont annoncer le vainqueur.

Je regarde dans la direction de Dixie, qui nous fait signe de l'attendre tout en continuant à parler.

— On arrive dans deux secondes.

— Magnez-vous, ordonne-t-il dans un soupir exaspéré. Ils sont en train de l'annoncer !

— Compris. On vient tout de suite.

Dixie raccroche au moment où il claque la porte derrière lui.

Elle ouvre la bouche pour parler, mais la porte s'ouvre de nouveau et un tonnerre d'applaudissements, de sifflets et de cris arrive jusqu'à nous.

— On a gagné ! hurle Dallas en tapant si fort du poing contre la porte que j'ai peur qu'il ne se casse la main. Putain de merde, venez, tous les deux ! On a gagné ! On signe officiellement avec Rock the Republic Records et on part en tournée ! Genre la semaine prochaine ! Allez, venez !

J'éclate de rire, à la fois fou de joie et amusé par sa réaction. Encore un peu, et il va entrer en lévitation.

— Du calme, tu vas nous faire un arrêt cardiaque si tu continues ! Dixie, est-ce que tout va bien ?

Ce que Dallas vient d'annoncer est énorme, et pourtant elle ne bouge pas. Elle ne sourit pas. Elle ne bat même pas des cils.

— Dixie, qu'est-ce qui se passe ?

— Dixie, intervient Dallas. Dis quelque chose, s'il te plaît. On a gagné.

Il commence à avoir l'air inquiet, lui aussi. Elle cligne des yeux, puis nous dévisage comme si elle nous voyait pour la première fois.

— C'était Ashley. Elle avait… quelque chose à m'annoncer.

Ses yeux brillent, mais je n'arrive pas à déterminer si ce sont des larmes de joie ou de tristesse.

— Je viens d'être nommée tutrice temporaire pour Liam. Et ça prend effet tout de suite.

31

Dixie

Mamie utilisait beaucoup de dictons, dont un qui disait qu'un malheur n'arrive jamais seul.

Papy, lui, reformulait de façon un peu moins subtile, en disant que toutes les merdes nous tombaient dessus en même temps.

S'ils savaient à quel point ils avaient raison…

La maison de disques s'est montrée très compréhensive face à ma situation. Ils ont même accepté qu'on diffère notre départ en tournée de plusieurs mois, le temps que je trouve un moyen de concilier mon rôle de membre du groupe et celui de tutrice de Liam.

Je ne suis pas la seule à avoir été conquise par ce petit bonhomme : Dallas lui a appris la guitare et le basket, et Gavin la batterie. En dépit de son tout nouveau statut de mère et de son état de fatigue avancé, Robyn fait des spaghettis tous les jeudis soir, parce que c'est le plat préféré de Liam. Mme Lawson lui fait des cookies, qui sont meilleurs que les miens, comme lui et Gavin ont fini par l'avouer.

Et quand je fais un petit déjeuner à l'heure du dîner, alors là… ils débarquent tous en quatrième vitesse, et pas seulement pour mes gaufres.

Liam ne sourit et ne rit pas souvent mais, quand il le fait et que c'est à vous que son rire ou son sourire s'adresse… ça fait vraiment quelque chose.

Même si notre groupe peut sembler insolite, on est une famille : on constitue un clan, composé d'êtres qui feraient n'importe quoi les uns pour les autres. Si ça, ce n'est pas une famille, alors je n'y connais rien.

Le problème, c'est qu'on est une famille qui n'a plus le temps. Les responsables de Rock the Republic ont fait preuve d'un soutien et d'une générosité inestimables, mais ils ont une tournée à organiser, des salles à remplir, des places à vendre et tout un tas d'autres coûts à envisager. Autant de choses qui dépendent directement de ma capacité à être à la fois la tutrice de Liam et la joueuse de *fiddle* et la chanteuse de Leaving Amarillo.

Je sais que Gavin a forcé Dallas à me laisser du temps au lieu de me mettre la pression, mais je sais aussi que si je ne donne pas une réponse rapidement, le duo Midnight Revival va nous remplacer sur la tournée. Ils sont bourrés de talent et ils mériteraient leur place sur l'affiche tout autant que nous…

J'ai rendez-vous avec Ashley ce matin pour évoquer les différentes options qui s'offrent à moi. Je dois avouer qu'elle ne ressemble pas autant à Mandy Lantram que ce que je croyais, en fin de compte. Ce serait mentir que de dire qu'elle se résume à un succube en tailleur haute couture. Ce qui s'est passé entre elle et Gavin était le fruit d'un arrangement mutuel entre deux adultes consentants et, même si je déteste le reconnaître, j'en aurais sûrement fait autant à sa place.

Je suis heureuse de constater que je ne ressens plus aucune animosité à son égard. Elle m'a beaucoup aidée avec Liam et elle n'a pas fait la moindre avance à Gavin depuis la fameuse conversation qu'on a eue dans son bureau il y a quelques mois.

— J'ai examiné l'ensemble du dossier, dit-elle en prenant place face à moi dans son fauteuil. J'ai bien peur qu'il n'y ait pas trente-six solutions.

J'accueille son annonce par un grognement frustré. Je m'y attendais.

J'aurais aimé que Gavin soit là, mais il est allé rendre visite à sa mère dans son centre de désintoxication et je sais à quel point c'est important.

— J'ai fait une esquisse des deux meilleures options. Naturellement, il faut que vous preniez le temps de lire tout ça à tête reposée et d'en discuter avec votre famille.

Elle fait glisser deux documents dans ma direction. Je commence à lire le premier, et le jargon juridique me fait hausser les sourcils. Tous les paragraphes commencent de la même façon. « Il est attendu du gardien que celui-ci s'engage à… »

— Si vous avez besoin de la moindre explication, n'hésitez pas à m'appeler. Je ferai de mon mieux pour répondre à vos questions et, si je n'ai pas la réponse, je vous dirigerai vers la personne compétente au sein des services sociaux.

Ashley a dû sentir que je n'étais pas dans mon élément. Je la remercie pour son aide, puis j'embarque les documents pour les lire à la maison. Sauf qu'en réalité je suis incapable d'attendre et je commence ma lecture à peine garée dans l'allée. A l'intérieur, je sais que Gavin et Liam sont en pleine partie de je ne sais quoi sur la Xbox, alors j'ai tout mon temps.

Ashley avait raison : j'ai deux solutions. Pas une de plus, pas une de moins. Soit je confie Liam à un autre tuteur mieux adapté à ses besoins et je pars sur les routes avec mon groupe, comme prévu. Soit je me trouve un métier plus en phase avec le statut de mère, j'adopte officiellement Liam qui devient mon fils, et je nous enferme tous les deux dans une petite vie bien proprette qui enchantera le tribunal.

Inutile de préciser qu'aucune de ces options ne me convient.

— Il s'est endormi, nous avertit Robyn aux alentours de minuit. Denver et Liam sont tous les deux dans la petite chambre, au fait. C'est bien que tu aies déménagé dans la grande chambre pour faire de la tienne une chambre d'amis.

— Oui, tu avais raison.

Robyn, Dallas, Gavin, tout le monde est là, prêt à avoir une discussion sur la garde de Liam. On a décidé que ce serait mieux d'en parler sans qu'il puisse nous entendre. Il a déjà assez de choses à gérer comme ça.

Je leur présente les deux options, en expliquant bien les

avantages et les inconvénients de chacune, comme l'a fait Ashley dans les papiers qu'elle m'a remis. Je leur montre les documents et, une fois que chacun les a examinés, Dallas me regarde enfin.

— Je pense que ça va être difficile dans tous les cas, Dix. Mais le plus important, c'est ce que *toi*, tu veux. Est-ce que tu veux un enfant ? Est-ce que tu veux être la seule personne responsable de *cet* enfant ? Et si c'est le cas, est-ce que tu es sûre de le faire pour les bonnes raisons ?

Je me lève d'un bond et je commence à m'énerver sur mon frère. Lorsque je lui dis qu'il ne sait pas de quoi il parle, Robyn m'interrompt en posant une main douce mais ferme sur la mienne.

— Je pense que ce que ton frère veut dire, c'est qu'on veut tous ce qui est le mieux pour toi. On souhaite simplement s'assurer que toi aussi, tu prends cette décision dans cette optique.

En voyant que je ne réponds pas, elle m'adresse un sourire plein d'empathie.

— Tu ne peux pas sauver tout le monde, Dixie, et encore moins si tu ne prends pas soin de toi. Crois-moi, je m'en rends compte chaque jour depuis la naissance de Denver. Si tu ne fais que donner sans jamais recevoir, tu vas finir vidée et tu vas craquer.

Je sais qu'ils sont tous animés des meilleures intentions et qu'ils pensent que je suis tarée de vouloir adopter un enfant à problèmes de même pas huit ans. Ce qu'ils ne voient pas, en revanche, c'est à quel point on fonctionne bien tous les trois, avec Liam et Gavin. C'est comme si notre petit trio coulait de source, comme c'était le cas avant avec Gavin, Dallas et moi. Je suis convaincue qu'on est faits les uns pour les autres. Mais j'ai l'impression que c'est la seule certitude que j'ai et il y a tellement d'autres questions qui exigent des réponses…

Je me tourne vers Gavin en espérant une intervention de sa part, mais il ne dit rien.

— Beaucoup de restrictions semblent s'adresser aux mères célibataires. Ce serait plus simple si tu étais mariée… à quelqu'un avec un casier judiciaire vierge, dit Robyn d'un air absent tandis qu'elle lit les documents. Désolée, Gavin.

Désolée ou pas, son commentaire est loin de l'enchanter. Et pourtant…

— Elle a raison, finit-il par dire. Ça m'agace de le reconnaître mais, si tu étais mariée à un type comme McKinley ou à un musicien d'orchestre, vous pourriez sûrement adopter Liam en un clin d'œil et vivre heureux jusqu'à la fin des temps.

— Tu veux bien arrêter avec ça, Garrison ? Je suis avec toi, tu es avec moi, point barre. C'est bon, tu as compris ? Alors on arrête de s'apitoyer.

Gavin me sourit. Un peu.

— Je veux juste dire que je ne veux pas être un obstacle pour toi, Bluebird. Plus jamais.

— Tu n'es pas un obstacle et tu ne le seras pas. J'ai juste besoin d'aide pour trouver une solution. Est-ce que le casier judiciaire de Gavin peut affecter ma capacité à adopter Liam, à votre avis ?

Robyn me tend les papiers et hausse les épaules.

— On ne peut pas vraiment le savoir, j'imagine. Qu'est-ce que l'avocate a dit ?

— Elle a dit que ça dépendait du juge qui allait statuer. D'après elle, certains juges risquent d'y accorder une grande importance, et d'autres moins.

Robyn pousse un soupir à la fois frustré et agacé.

— Ça nous aide vachement. En gros, c'est comme s'ils nous disaient qu'ils prendront leur décision en fonction du temps qu'il fera au Texas ce jour-là… En résumé, ça peut être soit l'un soit l'autre, et elle n'en sait rien du tout. Super.

— Voilà. C'est ça.

Je prends mon visage dans mes mains et j'essaie de réfléchir.

Il n'y a qu'une solution possible et je sais déjà de laquelle il s'agit. Le problème, c'est que je sais que ça va faire du mal aux gens que j'aime.

Alors je décide de faire ce que mamie m'a appris.

D'attendre qu'un miracle se produise.

32

Gavin

Dixie n'a jamais été aussi silencieuse qu'au cours de ces derniers jours. Naturellement, elle a ri et souri pour faire plaisir à tout le monde parce qu'elle est comme ça, mais je la connais. Je sais comment elle fonctionne et je sais qu'en ce moment elle est triste.

J'ai l'impression qu'elle a déjà pris sa décision concernant Liam et la tournée. Si c'était Dallas qui décidait, je dirais que la tournée est une certitude. Mais, cette fois, c'est Dixie qui choisit. Par conséquent, je n'ai toujours pas posé mon préavis à la Taverne…

Dixie a un cœur énorme et elle est déterminée à sauver la Terre entière. Elle pourrait se contenter de jouer de la musique sur la route avec son groupe, mais non. Parce qu'elle sait qu'elle peut faire une vraie différence dans la vie de Liam.

C'est pour ça que j'ai un plan. Bon, on est d'accord, mes plans n'ont pas toujours super bien fonctionné dans le passé mais, cette fois-ci, je suis presque sûr que Dixie sera partante. Enfin, du moins je l'espère. Sinon, je vais vraiment passer pour un abruti.

Il ne reste plus que quelques jours avant la date du jugement pour la garde de Liam. Le destin est cruel : c'est aussi la date que Rock the Republic nous a fixée pour leur donner une réponse. Le contraire m'aurait étonné.

On s'habille pour l'audience, et je viens me mettre derrière elle tandis qu'elle attache le collier de perles qui appartenait à sa grand-mère. Elle a eu tellement à faire avec le groupe et Liam ces derniers temps qu'on a à peine eu deux minutes à nous. Son regard bleu est chargé d'inquiétude quand il croise le mien dans la glace. Je place mes mains sur ses épaules et je l'embrasse doucement sur la joue.

— Quoi qu'il arrive, quoi que tu décides, tout va bien se passer.

— Comment tu le sais ?

Elle scrute mon visage comme si la réponse était inscrite sur mon front à l'encre invisible.

— Je le sais, c'est tout. On est ensemble, pas vrai ?

Son froncement de sourcils indique clairement qu'elle n'est pas satisfaite de ma réponse, mais je ne sais pas quoi lui dire d'autre.

Pendant le trajet en voiture, dans les couloirs du tribunal, dans la salle d'audience, je ne la lâche pas. Je lui tiens la main quand le représentant des services sociaux emmène Liam dans une autre pièce pendant que des adultes décident de son destin. Et je continue à lui tenir la main lorsqu'on s'assoit en attendant l'arrivée du juge.

Je crois que je comprends enfin ce qu'on s'apporte mutuellement avec Dixie, ce que personne d'autre ne peut nous donner : de l'équilibre. De la force. De l'espoir.

Pendant notre enfance, elle m'a toujours apporté ces choses, y compris pendant les moments les plus difficiles. Alors maintenant, c'est à mon tour. C'est un échange permanent, qui continuera à alimenter notre relation jusqu'à notre dernier souffle.

Le juge fait son entrée, et je sens Dixie se contracter à côté de moi.

— Ça va aller, Bluebird. Tout va bien se passer.

33

Dixie

J'ai l'impression que ça fait dix ans que je suis dans cette salle d'audience. J'ai témoigné pendant une éternité, et Dallas et Robyn ont aussi été appelés. La dame des services sociaux et Sheila Montgomery ont évoqué en détail leur expérience avec Liam, et même Mme Lawson a été interrogée. Pile au moment où je m'attends à ce que le juge parte délibérer, Ashley se lève et prend la parole.

— Nous avons un dernier témoignage à vous soumettre, monsieur le président. Mon client aimerait être entendu dans le cadre de cette procédure, étant donné qu'il a grandi dans le même genre d'environnement.

Le juge hoche la tête, et je vois Gavin se lever et prendre place sur l'estrade. Je n'ai aucune idée de ce qu'il a prévu de dire et mon état de nerfs est indescriptible lorsqu'il prend la parole.

— Merci de me permettre de m'adresser à cette cour

aujourd'hui dans le cadre de l'audience pour la garde de Liam.

Il s'éclaircit la gorge, et j'ai l'impression que mon cœur va sortir de ma poitrine.

— Je comprends que vous puissiez trouver mon désir de prendre la parole devant ce tribunal incongru, mais j'aimerais pouvoir vous expliquer pourquoi j'ai le sentiment que c'est mon devoir.

Alors là, je suis sciée. C'est la première fois que je l'entends parler comme ça, avec autant d'éloquence et de clarté. Moi qui pensais ne pas pouvoir l'aimer davantage… Il vient de me prouver le contraire.

— Comme vous le savez, j'ai commis des erreurs dans le passé, qui m'ont fait basculer du mauvais côté de la loi. Je ne nierai pas que, sur le papier, Dixie et moi n'avons pas le profil idéal en tant que tuteurs pour Liam. Cependant, Dixie Lark est la personne la plus gentille et la plus charitable que j'aie l'honneur de connaître. Quant à moi, j'ai grandi dans un environnement semblable à celui dans lequel Liam a évolué jusqu'à maintenant. Ma mère était, ou plutôt est, accro à l'héroïne. Elle a elle-même été victime de maltraitance et elle n'avait que seize ans lorsqu'elle est tombée enceinte de moi. Il n'y avait personne pour nous soutenir ou nous aider, et personne pour garantir mon bien-être et ma sécurité.

Il marque une pause pour reprendre son souffle, et j'en profite pour essuyer mes paumes moites sur ma jupe. Je me sens tellement proche de lui à cet instant que je suis sûre que nos corps entreraient en fusion si je le touchais.

— Cela dit, j'ai appris dès le plus jeune âge qu'attirer l'attention sur ma situation ne ferait qu'anéantir le peu de repères dont je disposais. On me forcerait à partir de ma maison, il y aurait des officiers de police et des personnes effrayantes en costume, puis on me mettrait dans une voiture pour me conduire dans une nouvelle maison qui, le plus souvent, serait tout aussi instable et terrifiante.

Toute la salle est totalement captivée.

— Le système est loin d'être parfait, monsieur le juge, je pense que nous sommes d'accord là-dessus. Néanmoins, ce n'est pas de cela que je tiens à parler aujourd'hui. Si je suis ici, c'est parce que je veux témoigner que le monde est différent à travers les yeux d'un enfant. Lorsque l'on grandit dans le genre d'environnement que Liam et moi avons connu, on développe un certain type d'instinct de survie. Jouer, s'amuser avec des petites voitures, manger du gâteau, on ne pense pas à tout ça. On essaie juste de trouver un moyen de s'en sortir et de tenir le coup jusqu'à la fin de la journée. De trouver un endroit où se cacher pour que le dealer qui nous frappe quand il vient voir notre père ou notre mère ne s'en prenne pas à nous. D'éviter l'ami qui devient brutal quand il a pris tellement de drogues qu'il en devient enragé. De mettre la main sur assez de nourriture pour ne pas s'évanouir à l'école, parce que, sinon, ils appelleront les méchants qui viendront vous prendre et vous envoyer dans un endroit encore plus effrayant.

Je bats des paupières à toute vitesse pour ne pas me mettre à pleurer. Mes yeux sont pleins de larmes de haine pour Katrina Garrison et Carl Andrews, mais je ravale le sanglot qui menace de s'échapper de ma gorge. Gavin et Liam ne voudraient pas me voir pleurer.

— Avec Dixie, nous avons appris à connaître Liam. Nous avons passé du temps avec lui et nous lui avons montré qu'il était en sécurité avec nous, que nous pouvions subvenir à ses besoins, que ce soit à la maison ou sur la route. C'est rare pour un enfant dans sa situation et, même si nous ne sommes pas mariés et que nous sommes des musiciens avec un mode de vie peu conventionnel, je peux affirmer sans réserve ni hésitation que Liam a besoin d'un environnement moins restrictif que la majorité des enfants de son âge. Une salle de classe avec des règles qu'il est incapable de garder à l'esprit en permanence serait un cauchemar pour lui, comme ça l'a été pour moi. Lui demander de s'intégrer et le mettre en compétition avec des enfants qui ont eu des avantages qu'il n'est même pas en capacité de comprendre est à la fois injuste et irréaliste. Grâce au succès de notre carrière, nous sommes en mesure de lui fournir des cours particuliers, où il pourra avancer à son propre rythme avec des professeurs bien informés de sa situation et de son caractère. Nous avons également trouvé un psychanalyste spécialisé dans les thérapies pour les enfants comme Liam.

Gavin regarde dans ma direction et je souris de toutes mes dents. Je suis tellement fière de lui à cet instant. Le petit garçon taciturne et silencieux qu'il était est devenu un homme, pour tenter de protéger un enfant qu'on adore tous les deux. Peu importe ce que le juge décidera, je sais qu'on fera toujours partie de la vie de Liam.

— Autre chose, monsieur Garrison ?

— Oui, monsieur le président. J'aimerais juste ajouter que, lorsque j'étais enfant, je pensais que tout était ma faute. Je portais tout le poids du comportement de ma mère sur mes petites épaules. Rencontrer Liam m'a aidé à comprendre qu'aucun enfant ne devrait être tenu responsable ni être puni pour les erreurs de ses parents. Je ne regrette pas d'avoir souffert en grandissant, ni d'avoir porté ce fardeau pendant tout ce temps, parce que j'ai compris qu'il y avait une raison à ça. Cette raison, c'est que si je n'en étais pas passé par là, je n'aurais pas pu comprendre Liam, me rapprocher de lui et communiquer avec lui comme je l'ai fait. Je considère son amitié et sa confiance comme des cadeaux précieux, car je sais qu'il ne les accordera pas à beaucoup de gens. J'espère que vous prendrez tout le temps qu'il faudra pour examiner le cas de Liam ainsi que le nôtre, à Dixie et à moi-même, et j'espère que vous verrez la même chose que moi : une famille, qui est faite pour être ensemble. Une famille dont les membres s'aiment et se soutiennent. J'espère que vous nous choisirez comme tuteurs pour Liam, pas parce que nous gagnons bien notre vie mais parce que nous l'aimons, que nous tenons à lui et que nous le comprenons mieux que n'importe quel autre tuteur pourrait le faire.

Le juge acquiesce et Gavin prend une grande respiration.

— Ce sera tout, monsieur le président. Merci d'avoir bien voulu m'écouter.

Il revient à sa place et prend ma main dans la sienne. Il tremble comme une feuille, lui aussi.

— Je t'aime. Plus que tout.

— Idem, Bluebird, murmure-t-il en retour.

Nos regards se croisent et je lis une promesse dans ses yeux.

Tout va bien se passer.

Gavin dit qu'on peut utiliser les morceaux cassés du passé pour se construire un plus bel avenir… Est-ce que ce qu'il dit est vrai ? Est-ce qu'on peut avoir le groupe *et* Liam, au lieu de perdre un des deux ? Je n'en sais rien.

Tout ce que je sais, c'est que mon cœur est plus important que mes rêves. Et pour la première fois de ma vie, je sais aussi que j'ai enfin la force de m'accrocher, quoi qu'il arrive.

34

Gavin

Deux ans plus tard

Je ne peux pas m'empêcher de rire en voyant Dixie jongler avec les quatre Grammy qu'on a remportés ce soir. Une chanson qu'on a écrite à propos de Liam, pendant l'année qu'a duré notre bataille pour l'adopter, a propulsé notre carrière. Depuis, on n'est toujours pas redescendus. On sait bien que ce moment finira par arriver néanmoins, alors on essaie tous de garder les pieds sur terre.

On quitte la cérémonie cernés par les photographes. C'est un tel déluge de flashs que j'en attrape presque mal à la tête. Dallas est débordé entre Robyn et Denver, j'ai Liam dans les bras, et ma pauvre Bluebird est coincée avec les récompenses, lourdes et encombrantes en dépit de leur petite taille.

— Félicitations pour les jumeaux, Dallas ! lance un journaliste. L'heureux événement est prévu pour quand ?

— Juin, répond Robyn.

En disant ça, elle fusille Dixie du regard, qui se contente de sourire de toutes ses dents en retour.

— Et vous deux, alors ? demande une autre journaliste. Gavin, Dixie, pas de bébé à l'horizon ?

Elle semble prise au dépourvu, alors je réponds pour nous deux.

— On a déjà bien assez de choses à gérer pour le moment.

En disant ça, je fais un signe de la tête en direction de Liam, dont le visage est enfoui dans mon cou.

— On se concentre sur notre famille et la musique.

Elle prend ma réponse pour un encouragement, apparemment, car elle brandit son micro vers moi et continue à parler :

— L'histoire du groupe, vos débuts, la façon dont Dixie et vous avez fini par former une famille avec votre fils adoptif, tout ça est un vrai mystère pour vos fans. Est-ce que vous pensez que vous le raconterez un jour ? Dans un reportage pour Country Music Channel par exemple ?

Je cherche Robyn du regard. C'est elle qui s'occupe du marketing et de nos relations publiques et, ces questions-là, c'est bien plus son domaine que le mien. Malheureusement pour moi, elle est occupée à consoler un Denver épuisé, alors je vais devoir me débrouiller tout seul.

Notre histoire est compliquée, pleine de condamnations en justice, de drames dans des salles d'audience, et de tournées désastreuses lors desquelles se sont déroulés des événements que j'ai promis de ne jamais évoquer en public.

J'ai fait le serment de garder le silence sur certains incidents, particulièrement celui qui implique un des membres du groupe qui aurait fait pipi dans son pantalon. Et ce n'était ni un enfant, ni Robyn pendant sa grossesse. Dixie me tuerait si qui que ce soit apprenait ce genre de détails.

— A vrai dire, euh… on n'a rien prévu de ce genre pour le moment. On se contente de…

— On se contente d'aller de l'avant, intervient Dixie, qui s'avance entre la journaliste et moi. On ne fera aucun reportage sur notre passé ou notre histoire parce qu'on est tournés vers l'avenir.

Bon sang, si elle savait à quel point je l'aime.

J'ai une femme incroyable dans ma vie, on a un fils, et un groupe à la renommée internationale, qui a remporté plusieurs récompenses et figure actuellement en haut de la plupart des hit-parades. Moi, le grand maître du foirage, le type qui, à une époque, était uniquement capable de foutre sa vie en l'air, j'ai tout ce dont j'ai toujours rêvé et mieux encore.

Je suis né et j'ai grandi dans le noir total. Et pourtant, j'ai réussi à trouver la lumière. J'ai gravité vers elle toutes ces années, comme Liam aujourd'hui, et je continue.

Dixie est comme un phare, qui brille sans cesse pour nous guider dans la nuit.

Beaucoup de monde nous demande si on compte se marier. La vérité, c'est que ça n'a pas une si grande importance à nos yeux. Ce qu'on a est bien plus profond qu'un bout de papier. Dixie Leigh Lark est mon âme sœur, et rien ne pourra jamais changer ça.

Elle me regarde par-dessus son épaule, de ses yeux bleus brillants et débordants d'amour.

— Pour toujours, articule-t-elle silencieusement.

— Pour toujours.

Ma Bluebird a raison. On est tournés vers l'avenir.

Notre brillant avenir.

Epilogue

Liam

— Mec, sérieusement, tes parents sont vraiment trop géniaux.

Malcolm me tape dans la main tandis qu'on s'installe en coulisses, avec mon cousin Denver et sa grand-mère.

— Oui, ils sont cools.

Il écarquille les yeux derrière ses lunettes, et je souris. Je sais bien qu'il trouve ça dingue que je sois aussi relax, alors que mes parents sont des musiciens super connus.

— Cools ? Tu rigoles ! On est dans les coulisses du plus gros festival de musique de l'année ! C'est mortel !

Je ris, mais pas de lui. Avec lui.

Malcolm n'est vraiment pas comme tout le monde, et beaucoup de gens rient de lui parce qu'ils ne voient pas le monde comme lui le voit. Les gens se moquent souvent de lui et il n'aime pas ça. Alors je fais très attention de ne jamais me moquer de lui, même pour plaisanter.

On est un duo un peu bizarre. Je suis plutôt costaud,

tandis qu'il est très mince. Il porte toujours des bretelles et des nœuds papillon colorés. Les nœuds papillon viennent de son grand-père et il le prend vraiment mal quand les gens s'en moquent. Ça le met en colère et ça le rend triste, aussi.

C'est un type sympa, du genre à vous réveiller pendant une soirée pyjama si vous faites un cauchemar, et à vous écouter sans se moquer quand vous lui racontez ce qui vous a fait peur dans votre rêve. Il est le genre de type qui sait garder des trucs pour lui, et ma mère dit que c'est important d'avoir des amis en qui on peut avoir confiance. Même s'ils portent des nœuds papillon vraiment bizarres.

Il est aussi super intelligent, genre il a sauté deux classes. Du coup, il est plus petit que la plupart d'entre nous et c'est là que j'interviens : moi, je suis le muscle.

Après un incident pendant une soirée pyjama en sixième, j'ai décidé que Malcolm serait mon ami pour la vie. Alors quand des types de l'équipe de foot l'ont déshabillé et l'ont attaché à un siège de toilettes avec du ruban adhésif, ça ne m'a pas trop plu. Et j'ai utilisé mes poings pour montrer que je n'aimais pas leur idée.

Ma mère n'a pas vraiment apprécié.

J'ai été puni pendant deux semaines. Ça ne m'a pas trop plu non plus.

Mon père, lui… il a compris, d'une certaine façon. Il dit que c'est important d'être loyal et que je tiens ça de ma mère. Il dit que parfois, quand on apprend la vie d'une certaine façon, comme lui et moi, on doit aussi apprendre à gérer ses problèmes et ses émotions différemment. Ça n'est pas forcément facile, dit-il, car notre instinct n'est pas toujours aligné avec le genre d'attitude qu'il faut adopter avec les professeurs, la police, enfin, ce type de personnes. Il m'a appris à compter les battements de mon cœur pour me calmer et prendre le temps de penser aux conséquences de mes actes avant d'agir.

Je compte souvent les battements de mon cœur.

Parfois, je fais encore des erreurs, mais mes parents, mon oncle Dallas et ma tante Robyn disent que ce n'est pas grave.

Avant, ça l'était. Mon père biologique trouvait même ça très grave de faire des erreurs. Il me punissait, y compris quand ce n'était pas ma faute. Le père que j'ai maintenant, celui qui m'a appris à jouer de la batterie, il dit que, parfois, les adultes aussi font des erreurs et que ce que mon père biologique a fait, c'était une erreur. Il m'a aussi expliqué que, maintenant, il était en prison pour les payer. C'est comme ça que j'ai appris ce qu'étaient les conséquences. C'est sûrement comme ça que mon père biologique l'a appris, lui aussi.

Ça m'a pris beaucoup de temps d'accepter de faire des erreurs. Apprendre le violon avec ma mère et la batterie avec mon père m'a appris que, parfois, des erreurs peuvent donner naissance à de belles choses.

Certaines des plus belles chansons ont été écrites par accident, dit toujours ma mère. Ou alors elles ont été composées à partir de quelque chose de triste ou de très douloureux.

D'après mes parents, c'est comme ça qu'on grandit et

qu'on apprend. En trouvant le bien dans le mal et en se contrôlant, même quand on pense qu'on n'en est pas capable.

C'est plus facile à dire qu'à faire en tout cas. Ça, c'est sûr.

La musique commence à retentir sur scène, et mon cœur bat au rythme de la batterie. Mon père est un batteur plutôt talentueux et il est sur la couverture de beaucoup de magazines. Je fais un grand sourire à Malcolm. D'accord, c'est vrai, mes parents sont plutôt cools pour des parents. Ils ne sont pas comme les autres parents parce qu'ils ont des tatouages et des trucs comme ça, mais la plupart de mes copains ont l'air de penser que ça les rend plus sympas que leurs parents à eux.

Le concert de ce soir est au profit d'une association que ma mère a créée et qui s'appelle Over the Rainbow. Elle voulait donner à des enfants comme moi une chance d'apprendre à « canaliser leurs émotions ». Je crois que ça veut dire apprendre à gérer les situations grâce à la musique.

Quand elle et mon père m'ont adopté, des gens l'ont découvert et ils ont écrit un article sur nous et sur comment on s'est rencontrés. Après ça, un tas de musiciens ont commencé à appeler pour demander comment ils pouvaient aider, eux aussi. Maintenant, c'est vraiment un gros truc, et ça fait super plaisir à mes parents.

Ma mère me dit que je suis le trésor au pied de son arc-en-ciel. J'ai l'impression d'être spécial quand elle dit ça. Je suis content qu'elle m'ait trouvé et qu'elle m'aime au point d'avoir voulu m'adopter. Je suis aussi content qu'elle ne dise pas le truc de l'arc-en-ciel devant mes copains. Elle le dit seulement le soir au moment de mon coucher.

Je pense que je peux dire que j'ai de la chance. Non seulement j'ai une mère cool, mais j'ai aussi un père qui comprend mes réactions, même quand moi, je ne les comprends pas. Pendant des événements organisés pour Over the Rainbow, j'ai rencontré d'autres enfants comme moi avant, des enfants avec des parents pas super ou des enfants qui, pour une raison ou pour une autre, n'ont pas connu leurs parents. Ça fait du bien de me rendre compte que je ne suis pas seul dans mon cas. Il y a cette fille par exemple, Abby, qui vit pas loin de chez moi. Elle n'a pas dû avoir une vie facile avant Over the Rainbow et elle est plutôt sympa. Enfin, pour une fille.

Maman dit que c'est l'effet que la musique produit sur les gens. Ça nous « connecte ». Même la personne la plus seule peut faire partie de quelque chose de spécial. Ça nous aide à ressentir des choses et à guérir, d'après elle. Elle a raison. Elle a souvent raison d'ailleurs, mais mon père dit qu'il ne faut pas trop le dire devant elle, autrement elle va prendre la grosse tête.

La semaine dernière, à l'école, on avait une rédaction à faire. On devait expliquer ce qu'on voulait faire plus tard et j'ai expliqué que moi, j'aimerais devenir batteur professionnel, comme mon père. Ma prof, Mme Kingston, m'a dit que la musique était un loisir, pas un choix de carrière, et que je devais recommencer mon devoir.

Ma mère est venue à l'école et elle a eu une très longue discussion avec Mme Kingston. Je ne sais pas ce qu'elles se sont dit parce que j'attendais dans le couloir, mais à la fin, ma prof a dit qu'elle avait fait une erreur et elle m'a mis un A pour ma rédaction.

— Pourquoi tu veux devenir batteur, Liam ? a demandé ma mère sur la route de la maison. Est-ce que c'est parce que tu aimes vraiment jouer ou parce que tu veux être comme ton père ?

J'ai réfléchi pendant un moment avant de répondre :

— Un peu des deux, je pense. Et parce que, pendant la journée d'orientation, on nous a dit qu'on devait faire un travail qui nous faisait nous sentir bien et qui apportait quelque chose au reste du monde.

Elle m'a souri et je lui ai fait un sourire, parce qu'elle a un sourire tellement joli que c'est difficile de ne pas le lui rendre. Même sans en avoir envie, comme quand je venais de la rencontrer. Elle a continué à sourire jusqu'à ce que je sourie, moi aussi.

— La musique t'a vraiment apporté quelque chose, pas vrai ?

J'ai hoché la tête, puis je lui ai répété ce que Teddy Gleason raconte. Il dit que la musique ne change rien dans la vie des gens. Que les docteurs font une différence parce qu'ils sauvent des vies, mais que la musique n'est pas « nécessaire ». Elle a levé les yeux au ciel et elle m'a répondu que Teddy allait vivre une vie barbante comme son père, et de ne pas m'en faire pour ça.

Quand j'étais plus petit, je traînais souvent à droite à gauche. J'ai trouvé ma mère parce que j'ai entendu de la musique chez elle, là où elle donnait des cours de piano et de violon. Je n'aime pas penser à ce qui aurait pu arriver si elle n'avait pas été là. Si elle avait été en tournée avec le groupe, ou loin d'Amarillo pour suivre ses études de musique à la fac, ou ailleurs. Si elle n'avait pas joué le genre de musique qui vous fait revenir encore et encore, le genre de musique qui vous fait vous sentir en sécurité… et *connecté*. Pour ne pas repenser à ma vie avant de la connaître, je me concentre sur le concert.

Les premières notes de la chanson que mes parents ont écrite l'année où ils croyaient qu'ils n'allaient pas pouvoir m'adopter retentissent. Pendant plusieurs minutes, j'arrête de discuter avec Malcolm pour regarder mes parents et mon oncle sur scène. La chanson s'appelle *Losing Liam* et, d'après ma mère, c'est ce qui a lancé leur carrière. Il paraît que les gens pleurent en l'écoutant. Pourtant, elle est restée numéro 1 pendant je ne sais pas combien de semaines. Il faut croire que les gens aiment bien pleurer.

Moi, elle ne me fait pas pleurer. Elle me rend… heureux, je crois. Ça me rend heureux de savoir qu'ils voulaient m'adopter à ce point. Ma mère dit que c'est important de trouver le bonheur, qu'une fin heureuse ne veut pas dire la même chose pour tout le monde, mais que ça ne fait rien.

En les regardant, en écoutant les mots qu'ils ont écrits sur moi, pour dire à quel point ils m'aiment et combien ils voulaient être mes parents, je me rends compte que Teddy s'est planté sur toute la ligne.

La musique peut sauver des vies.

Elle a sauvé la mienne.

Playlist

Goodbye, Who is Fancy?

Lonely Eyes, Chris Young

Turning Tables, Adele

Games, Luke Bryan

Better Than You Left Me, Mickey Guyton

Marry Me, Train

She Don't Love You, Eric Paslay

Sippin' on Fire, Florida Georgia Line

Not in That Way, Sam Smith

Burning House, Cam

I Know You, Skylar Grey

Love You Like That, Canaan Smith

Just a Kiss, Lady Antebellum

I'm to Blame, Kip Moore

Life Support, Sam Smith

Devil's Backbone, The Civil Wars

I Believe, Christina Perri

Take It Out on Me, Florida Georgia Line

Not on Drugs, Tove Lo

Playing with Fire, Katie Armiger

I'm Comin' Over, Chris Young

Ride, Chase Rice

Lead Me, Kip Moore

Fly, Maddie and Tae

REMERCIEMENTS

Quand je repense à l'année qu'il a fallu pour écrire cette trilogie, je vois flou. Un superbe flou éblouissant.

Je dois avouer que je ne savais pas exactement comment la trilogie se terminerait quand j'ai commencé à l'écrire. Je savais que le groupe finirait par réussir. Je savais qu'ils ne voudraient jamais partager leur histoire, mais que ce serait une histoire qui valait la peine d'être racontée. Ce que je ne savais pas, c'était l'importance que prendraient les sentiments des personnages pour moi. Même si Liam n'est pas le fils biologique de Dixie et de Gavin, j'ai appris au cours de cette année que la famille est un groupe de personnes qui s'aiment et se soutiennent, pour le meilleur et pour le pire, et que ça n'inclut pas forcément des gens qui sont liés à nous par les liens du sang ou du mariage. Liam est né de cette découverte.

Quand Dallas est parti et que Dixie est restée derrière, certaines personnes étaient furieuses. Moi aussi, je l'étais. Je leur en voulais à tous les deux et je ne comprenais pas pourquoi ce sentiment me paraissait si logique. Je ne savais pas encore que Liam existait. Je ne savais pas qu'il allait se promener près d'une vieille maison au fin fond d'Amarillo, seul et effrayé. Je n'avais pas encore compris que Dixie devait être là, à donner des cours de piano à d'autres enfants, pour que Liam l'entende et soit attiré vers cette maison.

Tout le monde était exactement là où il le fallait, même si je n'en avais pas encore conscience.

Mes premiers remerciements s'adressent à vous, qui avez lu ces livres et m'avez aidée à les écrire au fur et à mesure. A chacun d'entre vous qui avez laissé un avis quelque part et avez recommandé ce livre à un ami, je dis merci. Merci à l'infini, comme dit ma fille.

Je tiens ensuite à remercier mon éditrice, Amanda, qui ne m'a pas envoyée paître quand Liam a fait son entrée, ce qui a impliqué la réécriture de la seconde moitié du livre et, par conséquent, le non-respect de la date de livraison initiale. Amanda, je t'adore, et je remercie Dieu tous les jours de t'avoir près de moi. Tu m'as toujours soutenue et tu m'as aidée à écrire une histoire en laquelle je crois, de la façon dont j'avais envie de l'écrire.

Merci à mon agent, Kevan, de ne pas m'avoir abandonnée quand j'ai dit : « Alors… ma vie est un bazar sans nom et je dois donner une orientation différente à ce livre et je vais m'installer dans une cave jusqu'à ce que j'arrive à l'écrire. » Je promets de ne pas recommencer… du moins pas exprès.

Aux membres de CQ's Road Crew et des Backwood Belles : mesdames, vous avez été une famille pour moi. Vous avez été la lumière dans l'obscurité, en m'aidant à me sortir d'une des situations les plus difficiles et dévastatrices de ma vie. Je ne crois pas que j'aurais pu faire mon travail sans votre amour et votre soutien inconditionnels. Enfin, non, je n'aurais pas pu. Même chose pour les blogueuses qui partagent, critiquent, postent, s'énervent et s'extasient. Je vous aime toutes. De tout mon cœur.

Aux formidables auteures que j'ai l'honneur d'appeler « mes collègues et amies », merci. Je ne sais pas ce que j'ai fait pour mériter de vous rencontrer, alors que dire de la chance que vous lisiez mes livres et que vous les aimiez… En tout cas, quoi que ça ait pu être, je suis heureuse de l'avoir fait !

Enfin, à toutes les personnes qui soutiennent la musique et aux musiciens en général, merci d'exister. La musique est importante. L'épilogue de Liam est tout sauf fictif dans mon monde : je connais quelqu'un que j'aime énormément et dont je suis convaincue qu'il a été sauvé par la musique. Vous savez, ce sentiment que vous éprouvez quand vous entendez une certaine chanson ? Celle qui vous fait arrêter ce que vous êtes en train de faire, arrêter la voiture ou rester immobile en retenant votre souffle et en tendant l'oreille, parce qu'elle s'insinue en vous jusqu'à cet endroit sombre et mystérieux où vous cachez vos secrets ? C'est quelque chose de vrai, de tangible, comme sentiment. Ça nous connecte, surtout quand on est certains que personne d'autre au monde ne pourrait comprendre ce qu'on traverse. Et puis soyons honnêtes, la vie est plus belle avec une bande originale.

Merci à chaque personne qui a joué un rôle dans cette série à propos d'un groupe venu d'une petite ville, groupe qui est devenu bien plus que tout ce dont j'aurais pu rêver.

Merci d'avoir fait de mes rêves une réalité.